钟宇 著

人间游戏

伤痕

中国友谊出版公司

图书在版编目（ＣＩＰ）数据

人间游戏．伤痕 / 钟宇著．-- 北京 ：中国友谊出
版公司，2019.12
　　ISBN 978-7-5057-4853-8

　Ⅰ．①人… Ⅱ．①钟… Ⅲ．①长篇小说－中国－当代
Ⅳ．①I247.5

中国版本图书馆CIP数据核字(2019)第224307号

书名	人间游戏·伤痕
作者	钟宇
出版	中国友谊出版公司
发行	中国友谊出版公司
经销	新华书店
印刷	唐山富达印务有限公司
规格	880×1230毫米　32开
	9印张　180千字
版次	2020年3月第1版
印次	2020年3月第1次印刷
书号	ISBN 978-7-5057-4853-8
定价	42.00元
地址	北京市朝阳区西坝河南里17号楼
邮编	100028
电话	(010) 64678009

版权所有，翻版必究
如发现印装质量问题，可联系调换
　电话　(010) 59799930-601

But it is the same with man as with the tree.

The more he seeks to rise into the height and light,

the more vigorously do his roots struggle earthward,

downward,

into the dark, the deep – into evil.

其实，人和树一样。

越是向往高处的阳光，

它的根就越要伸向黑暗的地底。

又译：光明的彰显，源于对黑暗的理解。

——尼采

目

录

引子

三年，可以发生很多事情。

同样，也有很多你以为在转角就会遇到的，反而没有出现。

我叫夏晓波，海城市刑警大队副大队长。今天，是我休完婚假后第一天上班，早上刚到局里就接了个任务，下午去看守所提审三年前被我亲手抓获的连环杀人犯姚沫。

是的，三年了。那些死在他手里的无辜的人们尸骨已寒，凶手却还利用当时司法制度的漏洞，在看守所里苟活着。每每，当我们预审科的同志将姚沫的案卷提交到市中级人民检察院，开始走审查起诉流程后，最多过一个半月，检察官们就会在姚沫那儿听到新的、之前并没有被发现的命案，然后将案卷发回公安机关再次调查。而每一次的补充侦查，又岂是那么简单的呢？如此来回，本该早早接受惩罚的姚沫，还在看守所里苟延残喘着。

所以，今天下午我要再一次去看守所会会姚沫了。

对了，顺便介绍下，我的新婚妻子叫古倩倩，省公安厅宣传科科员。撮合我们的人是汪局，他和古倩倩的父亲古副厅长是老同事。在他们眼里，我是新时代刑事警察中的楷模，具备老一代刑警的坚韧与沉稳性格，又有科班刑警的专业知识武装，是他们眼中理想的新一代警队好儿郎。

是吗？

婚礼那天，我远远看到了一个熟悉的身影，站在饭店对面的马路边。她依旧穿着能够收住所有悲喜的灰色套装，在那初春漂染了一抹新绿的梧桐树下宛如雕像。

嗯！戴琳，每个人都会筑起一座属于自己的城。

遗憾的是，你我都在对方的城之外。

第一章
她在癫狂的世界里，幸福快乐着

霸下桥的半截尸体

2009年4月13日，周一。

接到香粉街派出所熊所长电话的时候，我和贾兵正在整理姚沫案的一些资料。一早上，他都在发牢骚，说这案子就跟去工地搬砖一样。每次把一摞红砖放下，以为可以舒口气了，谁知道工头又会在身后喊话，说还有一车新砖。

我微笑着没搭话。这时，熊所长的电话就打到我们刑警队了，骇人听闻的伐木工连环杀人案，在这么一个没有任何预兆的清晨，匆匆地拉开了帷幕。

霸下桥并不是一座桥，而是一条街道的名字。旧城区改造计划里，替代这片老房子的将会是一个欧式的大型居民小区。因为补偿条件比较好，所以拆迁前期工作做得很顺利，绝大部分居民已经搬走了。这片曾经繁华的老城中心区域收获了一段久违的安宁，几个月后，喧哗会再次来到，此厢依旧会是姹紫嫣红的烟火人间。

一位拾荒的老者，在这个清晨意外发现某栋小楼二楼的窗户上，有人似乎正在往里爬。老者纳闷，难道还会有哪个笨贼会愚蠢到来这片即将拆迁的空荡房子里行窃吗？他正寻思着是不是要报案的时候，却发现那人留在窗外的半截身体，正滴滴答答往下滴着某种液体。老者凑上前，紧接着惊慌失措地叫喊着逃出了霸下桥。

那并不是有人往屋里攀爬，而是某位成年人的大半截身体，被悬挂在窗户上罢了。往下滴落着的血液，漫不经心地汇集着，成了一摊如同地图一般的深色血泊。

9点05分，香粉街派出所的同志接到报警赶到现场，发现了被锯条锯成了两截的受害者尸体。这是一起作案手法极其残忍的重大刑事案件，派出所的熊所长立刻打电话给市局，通知我们市局刑警队在第一时间接手此案。

9点37分，我和贾兵抵达现场时，警戒条已经拉好了。因为香粉街派出所的同事，要保护好现场等我们市局鉴证科同事的缘故，悬挂在窗户上的半截尸体并没有被放下来。被不远处高大楼房切割后的春日阳光，如藤蔓般攀附在悬挂于半空中尸体的那截小腿上。一会，它们会向上蔓延，直至将这悬挂着的可怜人全数收拢在自己的怀抱中。尸体还暴露在外，警戒线外聚集着不少好事的人，皱眉小声议论着。不远处还停了一台电视台的小车，市局的一位女同事和几名记者模样的人正说着话，应该是希望媒体不要对本案进行太过张扬的报道。

9点43分，死者的身份被确定下来，是这栋旧楼房的户主盛利，四十多岁的中年男性，致命伤是心脏位置被人用利器刺穿。然后，凶手用一把崭新的锯子，将死者的身体由胸口位置锯成了两截。有着头颅与双手的那半截尸体，被随意地放在二楼的客厅里。而胸口以下的部分，被凶手用两个肉贩挂肉用的铁钩挂在了窗户外。

根据尸体的尸斑颜色深浅，杨琦初步认定，死亡时间应该是在凌晨3点到4点。海城的春天并不是很热，所以现场并没有尸臭，反倒弥漫着一股新鲜的血腥味。李俊站在一楼和香粉街派出所的人小声说着话，看到我时，扭头对我喊道："晓波，你新婚不久，就不要在这儿跟大家忙活了，赶紧去看守所收拾姚沫吧！"

我点了点头，没多说什么，对贾兵挥了下手，示意他跟我往外走。可刚走出门，一个肩膀上只别着个"《"徽章的实习警察便把我拦住了。

"你，你就是夏队吗？"这位块头不小的新丁有点冒失地问道。

"是，我是夏晓波。"

这名新丁便笑了："总算有机会见到你了，我是张铁。"

"张铁？"我迷糊了，上下打量了他一番，"我们见过吗？"

"张铁啊！"这新丁着急了，眼瞪得更大了，"今年新招过来的张铁……"

站在我旁边的贾兵看不下去了："这位弟兄，你哪个科室的？"

"香粉街派出所的。"叫张铁的新丁说完这话似乎想起了什么，忙不迭地从兜里掏出一包烟来，"夏队，来，抽烟。"

贾兵便火了："打住。不管你是叫张铁还是王铁。现在这是案发现场，不是在酒桌上套近乎。再说了，夏队还有其他工作要做，没时间在这里和你扯这些有的没的。"说完这话，他把拦在我们前面的这位大块头新丁往旁边一推，示意要我往前走。

我也不想搭理这位一看就没啥眼色的新丁警察，往警戒条那边走去。可身后的张铁没有死心，并试图跟上我。这时，熊所长的声音在身后响起："张铁，你小子干吗呢，追星啊？"

身后那大块头似乎止步了。

追星？走出案发现场的我回头往身后看了一眼，叫张铁的小警察站在熊所长跟前低着头，应该是在挨熊所长的训斥吧。

"夏队，你看，现在的新人真的越来越没规矩了。"贾兵拉开了车门，对我一本正经地说道。

我冲他瞪眼："就你有规矩，喊我夏队，怕是又没带烟吧？"

贾兵笑着点头："是。"

10点35分，我和贾兵抵达检察院。

移交资料给我们的张检察官正在开会，他发信息让我们坐在会议室外的长椅上等一二十分钟。贾兵属于那种尖屁股，坐不住，拉着我到走廊尽头的阳台上抽烟，他探头看着检察院的大院，小声嘀咕道："这市里就是偏心，同样是政法系统，人家检察院和法院的位置就这么依山傍水的，我们市局就非得盖在以前的乱坟堆上。"

我扭头，看到不远处有个并不是很大的摩天轮，很突兀地在那儿自顾自缓慢转动着，便对贾兵说道："这里也不一定就是个什么风水宝地，你看那摩天轮。"要知道，除了游乐场，其他地方莫名其妙盖摩天轮，其中都是有些讲究的。

贾兵望过去，接着点了点头："我一会儿问下张检，看看这地方以前是做什么用的。"

会议很快就开完了。张检领着我们去他的办公室，将一堆资料拿给我们，还说了几句诸如"又要辛苦你们公安的同志了"的客套话。

这时，贾兵指着窗外的摩天轮问他："张检，这外面盖个摩天轮，是要转什么运势啊？"

张检头都没抬："对面那块地卖给了万顺地产，据说要盖个商场。做房地产的迷信，所以先弄了个摩天轮在那摆着，说是要转走点阴气。"

贾兵又问道："那块地以前是干吗用的？"

张检笑了："没你们市局的地好。你们那儿不就是埋过几个死人吗？我们这儿啊，解放初就曾经建过一个大型屠宰场，到1992年才拆掉的。几十年下来，死在这里，被锯成几块的生灵，怕是有几万个了吧。"

贾兵也笑了："啧啧，看来市里还是对我们公安局比较好。"

听他们说到这里，我的心却猛地往下一沉——今天早上，霸下桥的那具男尸被凶手锯开后，下半身那截不就是用肉铺的铁钩悬挂了起来吗？那是不是可以理解成，凶手在用这种方式暗示，死者就像被屠宰场屠杀的牲口一般呢？

这想法我没说出来，寻思着晚点遇到李俊后再跟他说说。

下午2点15分，我和贾兵抵达看守所。

所里的茅干部领我们进去时开玩笑道:"给你们留了个大房,VIP才有的待遇。"

论贫嘴,贾兵什么时候示弱过:"怕是海城违法乱纪的人少了,你们看守所生意不好了吧?"

茅干部笑了,领我们进了最大的那间审讯室,然后提着钥匙进去准备把姚沫带过来。

很快,铁链在水泥地上拖动的声音越来越近了,头发被剃得光秃秃的姚沫,缓缓地走了进来。海城的春天还是有些微凉,但他只穿了件背心和一条短裤,脚上套了双布鞋。

他冲我笑了笑,任由茅干部把他扣到审讯椅上。贾兵这三年来和我一起办理姚沫的案件,也见过他很多次了。所以,他掏出一支烟给姚沫点上,并随口问了句:"不冷吗?穿这么少。"

"心里面燥,火气大。"他狠吸了一口,将烟雾吐出,"想早点被拉出去毙了,免得被你们嫌弃。"

我白了他一眼:"姚沫,你就不要给我们来这一套了。关了你三年,也审了你三年,你想的是什么,难道我们会不知道吗?"

"知道了又怎么样?"他眼睛较之前深陷下去了不少,被烟雾熏得眯成一条线,"以前我就留意过,像我这种连环杀人犯被羁押审查个三五年的太多了,毕竟……"他笑了,"毕竟,案情很复杂。不是吗,夏队?"

"开始吧!"我不想和他继续聊这些没有意义的话。

"嘿!急什么呢?我都已经主动给你们坦白新的案子了,就不能先闲聊几句吗?"姚沫继续笑着。

我有点恼："那你想要聊什么？又要从我这里打听林珑现在过得怎么样吗？"

姚沫忙打断："夏队，你别着急。再说，我们也可以聊聊别的。比如……"他顿了顿，语调放缓了下来，"比如今天霸下桥发生的一起凶杀案，我就挺感兴趣的。夏队，你应该有去过现场吧，给我说说呗？"

我内心一惊，紧接着反问道："你是怎么知道的？"

姚沫将嘴里叼着的烟头对着旁边用力吐出，脸扭到一边不看我了，嘴里好像自言自语一般嘀咕道："霸下桥啊霸下桥，怎么这么巧呢？当年我妈牵着我和景珑，就是走到霸下桥被人抓走的。况且……"他回过头来，与我的目光交汇，那眼神好像一下换了一个人似的，宛如鹰隼，"况且，那天我妈背着的大提琴箱里，装的正是被锯子锯开了的我爸的半截尸体。"

我头皮一麻："姚沫，你怎么知道今天上午发生的这起案子的死者是被锯开的？"

姚沫歪头："夏队，我不想回答的问题，你如何逼问，也不会有结果的。再说……"说到这儿他突然停下了，似乎有什么话被咽了下去。

他沉默了几秒："夏队，死者是不是被人齐着胸口锯开？双手还连在上半截身体上？"

我将手里的审讯本合上，犹豫了一下，最终回应道："是。"

姚沫闭眼了，深深吸了一口气，身体往椅子的后背靠去。紧接着，他很意外地大吼起来："带我进去，带我进去！"

他突如其来的怒吼令我和贾兵吓了一跳。看守所的干部听到声响快步跑了过来："怎么了？"

这时的姚沫却又安静了下来："我不舒服，想进去躺会儿。"接着，他又望向我，"夏队，我们明天再聊，可以吗？"

"姚沫，你又想要什么鬼花样？"贾兵一拍桌子站了起来。

但姚沫压根没正眼看他，只是继续对我说道："我答应你，明天一定配合你的审讯，好好聊聊。"

我犹豫了一下，最终点头。

晚上7点，我接到了李俊打来的电话，说姚沫在看守所里吞了半截牙刷，被紧急送去了医院。正在将新婚妻子古倩倩送去省厅的我，立马意识到有什么事情要发生了，忙追问："哪个医院？我们是不是要过去？"

李俊回复："今晚你不是要送倩倩吗？所以你就不用操心了，我已经安排人赶过去了，也叮嘱了看守所那边的同志多留个心。"

晚上8点17分，李俊再次打电话给我……

是的，姚沫越狱了。

如果，用来束缚他的是绳子与结，或许，他无法逃脱得如此轻松。但我们似乎忘了一点——他，是个锁匠的儿子。

晚8点35分，送完古倩倩的我，往距离学院路最近的高速出口开去。因为在那里，有着姚沫在这个世界上唯一心心念着，也永远不可能放下的人——林珑。

学院路 8 号

精神病态（psychopath），因其与成年人犯罪有着非常密切的联系，所以，一直以来都是犯罪心理学研究的焦点之一。它通常用于描述在心理、人际、神经生理等方面有着明显异常的人，但又并不等同于反社会人格。

法国精神病学家 Philip Pinel 在 19 世纪早期，创造出一个新的名词——"不伴谵妄的躁狂症"（法语 manie sans delire），来形容一些具有自我中心、躁狂但不疯癫的病人。被邵长歌娶回了家的林珑，经过长歌这三年的悉心照料，似乎可以归纳进偶尔躁狂而不疯癫的状态类。那么，她会不会具备一个精神病态者所不为人知的阴暗一面呢？

当然，因为姚沫被抓捕归案，我得到了嘉奖，并升为刑警队副大队长。在这工作颇繁忙的三年里，我与长歌、林珑见面的机会并不多。她的病现在具体康复到哪个阶段，也只有长歌自己最为明白。

想到这里，我摇了摇头，觉得自己似乎也真有点市侩了。甚至，我已经记不清上一次与他们见面是什么时候，也许有半年了吧。所以，我们必须承认，各种联系方式多了之后，我们与亲密的人，在现实生活中的接触反而少了。

我将车停在那条曾经属于公交车站的长椅前。学院路较三年前更为冷清了，所幸现在已是晚春，即将入夏。夜晚微微的凉意并不让人感觉寒冷，反倒很舒服。我望向长歌家那扇铁门，院子里没有他的车。我环顾左右，也没发现他的车。之前跟他通了电话，他说在家候着我，所以这会儿他应该没有出门。那么，他的车又是被谁开出去了呢？

我扭头，又朝周围多瞟了几眼。也就是在我寻找长歌的车时，我眼睛的余光捕捉到街角有一个人影出现。对方似乎也看到了我，他在第一时间弯腰，朝身前停着的一台车的后尾躲去。

我往后退了一步，快速蹲下，让自己消失在自己的车的阴影里。我明白对方不可能是姚沫，因为他不会如此明目张胆地出现。可是，又会是什么人，会在这冷清的街头，刻意躲藏呢？

我微微探头，再次望向那边。对方似乎也和我一样，缩进了暗处。意识到这一点后，我快步往车的另一边绕去。要知道，这种时刻，比的就是速度。或许对方这一刻，正屏住呼吸，小心翼翼地紧紧贴着他当成掩体的车。他不会想到，我已经抓住这时机，快速地从后面绕向他。

就在这时，那边蜷缩着的人居然喊话了："是……是夏队吗？"

我愣了下，这声音似曾相识。

"是夏队吧？我是张铁……"他顿了顿，"就是上午在霸下桥见过你的那个张铁啊！"

我皱了下眉，从车后站了起来。只见街对面的拐角处，站着一个穿着便衣的大个子，正是白天见过面的愣头青新丁张铁。

他也看清了我，快步朝我跑过来："嗨，吓了我一跳，我还以为自己运气真的好到爆，一来蹲守，就逮到个大家伙呢。"

"大家伙？"我依旧紧锁着眉头，"你说的大家伙是？"

"姚沫啊！"已经跑到我身前的他说出这个名字后，似乎想起了什么。他的一张方正大国字脸忽然严肃起来，"夏队，你别怪我，我就是惦记着市局刑警队的那些事，所以……所以姚沫今天晚上越狱的事，我是从在看守所当武警的堂弟那里打听来的，后来我一寻思，师兄你当时逮到他，不就是因为死咬着他妹妹这条线吗？所以，所以我就第一时间赶过来了。"

"你这是不是有点违反纪律？"我脸一黑，"你也别师兄长师兄短地套近乎了。"

谁知道我这话一出口，面前这高高大大的汉子"啪"一个立正，并一本正经地对我大声说道："苏门大学政法学院犯罪心理学专业2005级张铁，向夏晓波师兄报到。"

"你是去年刚毕业的……"我这才想起来，几个月前，局里确实是拿了几个苏门大学应届毕业生的资料给我，还让我在其中挑选出合适的人招入海城刑警队。而这个叫张铁的，好像还真是那几个人中的一个。

"没错，我就是你亲自招进来的那个张铁。"面前这大脸汉子开始眉飞色舞起来，"熊所长跟我说过，是夏队你亲自翻了我的牌子。所以，我这次进了警队后，就打听了师兄你毕业后几年的一举一动。"说到这儿，他忙不迭地从裤兜里掏出烟来，"对了，师兄，抽烟，抽烟！"

他的这一举止，终于令我对他的印象改观了不少。张铁——

我正儿八经的同校同专业师弟，新入警队的犯罪心理学科班生，肚子里应该有点料。而且目前看来，他还像一张白纸一般，可塑性很强。这笨拙的掏烟动作，说明入世未深的他在积极摸索着这大大世界里，人与人的基本社交。

我笑了笑，从他的烟盒里拿出了一支烟。张铁也乐了，又忙不迭地帮我把烟点上："师兄，我这不是也想和你一样，成为一名优秀的刑事警察吗？所以……嗨，我知道我可能有点儿猴急，师兄你得理解下。"

我点了点头，回头看了一眼身后的学院路 8 号的铁门，寻思着今晚身边也没其他同事在，领着这个新丁警察见下长歌，似乎也没有什么大碍。但紧接着，我再次看了他一眼："张铁，照你这么说，你今晚来学院路，就是因为听说姚沫越狱了，才想到这学院路 8 号蹲守，看看能不能瞎猫逮着死耗子咯？"

张铁笑着连忙点头道："就是，就是。师兄你三年前不就是这样逮着这死耗子的吗？"

我哭笑不得，寻思着警队里或许还真有些同事，会拿我当年抓姚沫是靠了点儿运气的事说给新人听。而这一刻，我面前所站着的这个有点儿愣头愣脑的学弟，说话水平也忒有待提升了，冷不丁扔出这么一句话来，压根就没过脑子。

尽管如此，我反倒觉得张铁有点可爱了。我耸了耸肩："干刑侦，有时候确实需要点运气。但更多的时候，你必须保证在运气来的时间点，你正好出现在对的地点才行。"

"那可不。"张铁把胸脯一挺，扬起了他看起来并不像应届生的大脸，"我今晚不就正是在对的时间里出现在对的地点吗？"

"是晓波吗？"长歌的声音从我身后响起了。我忙回过头，只见穿着一套浅色居家服的他，出现在学院路 8 号那栋小楼的门口。待看清是我，他迈步往前来开铁门，并继续道："有什么事非得晚上过来呢？"

我朝门里看了一眼，压低声音道："林珑呢？"

长歌一愣，见我表情严肃，便也回头朝身后看了一眼，和我一样小声道："她吃了药，睡了。"

"哦！"我点头，并咬了咬牙，最终沉声道："姚沫越狱了。"

"啊？"长歌瞪大了眼，"什么时候的事？"

"就今晚。"站在一旁的张铁有点冒失地插嘴说道。

我回头瞪了他一眼，张铁忙住嘴。

长歌再次回头往屋里看了一眼，眉头皱了起来："不会这么巧吧？早上才出了那件事，晚上姚沫就越狱了。"

我忙问道："早上？早上出了什么事？"

长歌看了我一眼："你应该比我们老百姓知道得更清楚啊？霸下桥发生了命案，有人像当年林珑父亲被杀一样，给切成了两截。"

我头一下大了。下午提审姚沫那会儿，他未卜先知似的，向我打听霸下桥命案。晚上到邵长歌家里，作为一个大学里的老师，他居然也知道这案子。难不成……难不成我们分局刑警队的一些事都是公开的，在海城市里成了小透明？

"你是怎么知道的？"我再次追问道。

长歌耸了耸肩："我们在海城电视台早间新闻里看到的。"

张铁又插嘴了："海城电视台居然还真有人看？"

我没时间冲张铁瞪眼了，脑子里又想到另外一件事，或许可以和这一刻邵长歌所说的话串联到一起。

我将声音压得更低了："长歌，你刚才说的'我们'这个词，是不是包括了林珑？"

"是。"长歌点头，"晓波，林珑还没有痊愈，我不能带着她在海城到处走动。所以，我每天都会陪着她将电视调到海城地方台，让她看到她曾经熟悉的每一条街道，与每一个小巷。这……"长歌望向了我身后的张铁，不失礼貌地朝之前发问过的张铁笑了笑，"这也是为什么我们会看海城电视台节目的原因。"

"哦！"张铁应着，没再出声。

但站在他俩身旁的我，后背却已经微微发凉了。半晌，我沉声道："早上媒体的人去了霸下桥凶案现场，而很少有人收看的海城台新闻，被你和林珑看到了。姚沫与林珑之间，似乎一直有着某种心灵上的感应，相互关联着……"

我闭上了眼睛，沉默了几秒。

"或许，这就是身处牢笼的姚沫，为什么会知道今天早上霸下桥命案的原因……"我缓缓睁开了眼睛，自顾自地小声说道。

林珑

就在我这话刚说出口时,长歌突然用手肘顶了我一下。我一愣,见他朝我身后努了下嘴。我扭头望去,看到了林珑。

她较三年前的模样,显得安静了很多。这世界上有种女人,仿佛是上天派遣来诠释美好这个词汇的。林珑,或许就是其中之一。尽管,这些年她经历了那么多磨难,却美丽依旧。她的长发漆黑宛如瀑布,垂在白色的麻料长裙上。肌肤似羊脂,眸子里载着空灵,幽远而又深邃。

见我看她,林珑微微点了点头。精神病人在没有发病时,一般都很安静。之前长歌也说了,她刚吃过药。所以,她在这一刻的恬静,并不能证明她的世界不再躁狂。

"嗨!林珑。"我也冲她点了点头,"吵醒你了。"

她没回话,只是冲我微微笑了笑。接着,她缓步向前。这时,我才发现,她并没有穿鞋,一双白嫩的脚与地面接触,让人心生怜悯,甚至想将她的双脚捧起来。她走到邵长歌身边,抬手从长歌身后将他环抱住,脸贴在长歌的脊背上,仿佛如此搂抱,她的所得便是整个世界。接着,她抬眸望向我,依旧不言语。

"她还是不喜欢说话吗?"我小心翼翼地问道。

"嗯!"长歌点头,并将手抬起,在自己胸前与林珑伸过来的手紧紧相扣。

"晓波，没有事的话，我想先去哄她睡觉了。"长歌如此说着，神情中对身后女人的爱意溢出了他俗世中的肉身，"你和你这位朋友不着急的话，可以在院子里坐一会儿，晚点我再下来陪你们聊天。"

说完这话，他并没有等我们的回答，便搂着林珑转身朝里走去。

"晓波结婚了。那天我不是问了你，要不要过去看看他的新娘长什么模样吗？"他边走边小声对林珑说着，"你不想去，我们不是就没去吗！所以，晓波过来找我麻烦了。"

林珑听到这里，扭头过来，再次冲我笑了笑，似乎是想用这个微笑来代替她与长歌对我的歉意一般。接着，他俩的身影消失在学院路8号的小楼里。

"啧啧！她，就是姚沫的妹妹吧？"张铁在我身旁压低着声音问道。

"嗯！"我点头。换作平时，我会在外人走开后，第一时间训斥这位学弟之前的冒失插嘴行为。可目睹了长歌与林珑这两位，宛如不是我们烟火人间里的人儿的那份安宁恬静后，我的心境竟也跟着他们变平和了。

"我们就待在外面等他吧！"我也压低了声音，小声说道。

张铁应了，从裤兜里再次掏出烟来："没必要进去，免得把他们家熏得都是烟味。"说话间，他给我点上了支烟，自己也来了根。两点火星在冷清的学院路闪烁着，宛如鬼火漂荡在无人秘境。

"师兄，姚沫的这个妹妹看起来，就只是不怎么喜欢说话而已，和正常人没什么区别啊！"张铁小声说着。

"这反倒让人担忧。"我沉默了几秒，"张铁，我们犯罪心理学专业，不是也有研究一些关于精神病的问题吗？我记得之前有一位老教授说过这么一句话——如果可能，我宁愿精神病人永远生活在他们那疯癫的世界里，始终快乐着。"

张铁难得没有应话，自顾自点着头，却将头转到了另外一边。

他的这一动作让我觉得有些古怪，便冲他问了一句："张铁，你们没有学过这一课吗？"

"学过，学过。"他又急急忙忙地点头，并冲我笑道，"怎么会没学过呢？我还知道精神病态呢！"

"哦。"尽管觉得他怪怪的，但也没有继续再追问什么，我又自言自语一般继续道，"让人担忧的就是，林珑在这三年里，始终沉默着。也就是说，我们可以将之理解为，她依旧将自己封闭在自己那个疯癫的世界里，心结并没有打开过。"

张铁跟个跟屁虫似的又点着头："对！你说得对。"

我便有点恼了："张铁，你不是也学得犯罪心理吗？怎么和你聊这些话题时，你总是打马虎眼呢？"

张铁咬着嘴唇，摊饼一般的大脸上挂着低幼的神情，小眼睛还快速地眨巴了几下，结巴了起来："这……这，师兄，我……我不是体育生吗？专业知识不够硬。"

我愣了，寻思着他的资料能够被我们海城市公安局收回来，应该是高才生才对，怎么现在我面前的这张铁看起来，跟"高才生"三个字有点挂不上号呢？

他自己似乎也着急了，也不咬嘴唇了，深吸了一口气："得！师兄，我就跟你直说吧。我专业课很一般，就强在这奔两百斤的块头上。况且熊所长之前也开玩笑地说过一次，咱干刑侦的，专业知识懂得太多了也不好，照本宣科，成不了大事……"

"那你是怎么进苏门大学政法学院的？"我哭笑不得，冲他问道。

张铁又笑："我不是说了我是体育生吗？高中时候还是全国中学生运动会三级跳远冠军，三年高中，拿了三届冠军的那种体育尖子。篮球也打得特好，代表苏门大学参加过全国大学生篮球赛。对了，我还有国家二级运动员证。"说到后面，他微微挺了挺胸。

"那你这号体育生怎么没挂科，资料上显示你成绩还不差啊？"

"我灵活啊！"他继续嬉皮笑脸道，"师兄，难道你还看不出我挺能来事？我和班上的尖子生，以及院里的老师们关系都处得挺不错，视力又贼好，眼尖。每每考试的时候眼观八路，混得很开的。"

我不知道应该如何接他的话了。半晌，我故意阴下了脸："看来，把你放在香粉街派出所，还真是委屈了你这么号人才。市局后勤部正缺个篮球队管篮球的，可以考虑让你这种体育特长生过去试试。"

"师兄……"这家伙居然柔声起来，撒娇一般小声道，"你我可是正儿八经的师兄弟啊。"

我感觉像吞了只苍蝇，也不想和他就这个问题继续磨叽下去了。况且，过了今晚，我也不保自己往后和他还会有多少来往。于是，我抬起头，走前几步，朝着学院路周围几栋建筑望去。

"师兄。"张铁连忙跟上，"你是不是想要找个……"说到这儿，他似乎意识到什么，压低了声音，"师兄，你是不是想要找个方便盯住这学院路8号的点啊？"

我愣了下，停步回头看他一眼："嘿，张铁，你还真是人肚子里的蛔虫。"

张铁的大脸上又挂上了讨好的笑，小声说道："我来这学院路的路上已经查过了，这附近有不少没人住，等着出租的房子。有好几个楼层还不错，作为我们蹲守的观察点应该很适合。"

他说完这番话，我停下了脚步，很认真地上下打量了他一下："还行啊！张铁，你这家伙确实比较会来事。"

"那可不。"张铁有点得意，"我听说了姚沫越狱的事后，第一时间就往这边赶。我也寻思了，之前师兄你逮住他，就靠死咬着他妹这条线。所以，我今晚过来，就做好了长期准备，在学院路蹲个十天半月。弄不好真被我逮住这姚沫，立个大功，不就能顺利调到市局刑警队去，正儿八经干个刑警了吗？"

"嗯！力争上游值得表扬。"我赞赏地点头，觉得面前这学弟似乎还真有点脑子。我想了想，最终抬手指了指位于精神病院后一栋五层高的楼，对张铁吩咐道："你给我看看那边那个楼，朝向学院路这面的，有没有房子出租。如果有，赶紧租一间下来。"

"那……"张铁仰起了脸，"那不就是姚沫以前住的那栋楼吗？"

我深吸了一口气："你连这都知道？"

张铁讪笑："师兄，我不是给你说了吗？你就是我偶像，所以，你一战成名的姚沫案，我比谁都清楚。"

　　我想了想说道："那行，这段时间市局人手紧，你就先跟我干。你们熊所长那边，我明天早上再给他电话。"

　　"是！"张铁"啪"一下立正，"一定服从师兄指挥。"

　　"还有，别老叫师兄了。"我转念一想，要他直接叫我晓波，似乎也有点不妥，"你还是叫我夏队吧。"

　　"是！夏队。"他应得很干脆。

第二章

只是，谁去疼爱你呢？

关于友情

　　长歌并没有让我们等多久，大概 10 点过一点儿，他就再次走了出来。见我们没进院子，他自然明白我们的顾虑，快步走到了马路边。

　　"你的车呢？"我不想开门见山就说姚沫越狱的事，只是用朋友间的关切问候，掩盖我在这个夜晚目的性很强的到访。

　　"卖了。"长歌小声答着，看了一眼路边停着的我的新车，"这趟回国后，我和林珑急匆匆地结婚，家里非常反对。所以，我现在和他们的关系不是很好。再说林珑也不可能出去工作，她目前这个阶段，最需要的就是亲人的陪伴，所以，我便推了很多学校里的课，尽可能把时间都空出来照顾她。"

　　说到这儿，他略微腼腆地笑了笑："反正，我现在也很少出去，开车的机会也不多。"

　　"嗯 。"我点了点头，心头浮上一种莫名的酸楚。这酸楚，来自长歌这一刻的尽力掩饰，"那，为什么不考虑请个护工呢？要知道，你一个海归的人工与一个护工的人工比较起来，还是有很大一部分差价的。"

长歌依旧微笑着，始终保持着优雅："也不是没想过，但……"他再次回头朝着身后的小楼看了一眼，"晓波，我已经亏欠了她七年。正如姚沫与我最后一次见面时说的，这接下来的七年里，我应该如何与林珑共度呢？我想，我还是选择补偿吧。"

他的话语坚决，我自然不好反驳。于是，我将手里的烟头在路边的垃圾桶上掐灭，将话题带回到正题："长歌，你刚才不是说起了姚沫吗？我今晚过来，正是因为姚沫的事才来的。"

长歌止住了笑，看了我一眼："也就是说，在这个夜晚，夏队匆忙地到来，不过是希望再次通过我这个突破口，抓到越狱的姚沫吧？"

"长歌。"我打断了他的话，"抓姚沫是我的职责所在，但是，我也同样关心着你和林珑的安危。"

"谢谢了！"长歌摇头，"晓波，姚沫不会伤害我和林珑，这点你我都心知肚明。所以……"他顿了顿，"所以，你就没必要用你所自以为代表着的正义，来掩饰你的目的。况且，我也可以很明确地告诉你，我不会配合你，以及你们警队的工作。"

说完这话，他转身，朝着学院路 8 号小楼走去。

他的这番话语，如同将我身上披搭着的岸然的外衣狠狠剥下，令我不知所措。我追上几步，并尝试性地说道："长歌，姚沫是个杀人不眨眼的恶魔，而你，是我的老同学、好朋友。"

长歌扭头："晓波，我和林珑不可能看到他恶魔的一面的。再者，你与我，也只是老同学而已，至于朋友……嗯，晓波，或许，我们现在并不是。"最后这句话被他说出口后，他自己似乎也觉得有点过了。他顿了顿，最终苦笑："晓波，情感需求是马斯洛需求层次论里的第三层。友情不过是这一需求里的一部分而已。或许，你我对于对方的友情，不过是彼此需求里的一部分罢了。我想，我这么说，你应该会容易接受一点吧。"

说完这话，他再次回头，快步走进了学院路8号的小院，并将铁门带上。

我有点尴尬，静静站在原地。这次对话中并没有插嘴的张铁终于憋不住了，在我身后小声嘀咕："这个邵长歌，怎么连最起码的是非对错观念都没有啊？"

我想反驳，但心头沉沉的，也找不出话语来反驳。就在这时，我的电话响起，是李俊打过来的。我快步往街道的另一头走了几步，按下了接听键。

"晓波，你现在在学院路吧？"我并没有对李俊说过我今晚会赶到邵长歌家来，但他与我做了这么多年同事，自然能够猜到我今晚会做些什么。

"嗯，我在。"我应着。

李俊语速加快："晓波，姚沫越狱，对于我们整个海城市公检法系统来说，都是一件非常重大的突发事故。市局的警力紧张成啥样，你心里是有数的，但我们还是要抽调大量的警力投入到对姚沫的搜捕堵截中。所以，我……"他顿了顿，"我们最多把贾兵派给你，这些天，你俩就在邵长歌与林珑的家附近布控蹲守，姚沫这货，十有八九会想见林珑一面的。所以，我希望你能二十四小时严密监视他们家，没问题吧？”

我咬了下嘴唇：“李队，能多加两个人吗？二十四小时蹲守，也总要分两组人吧！”

李俊似乎早就猜到我会提这个要求，也早就备好了台词：“最多再加一个新人给你，多的匀不出了。”

“那……”我看了一眼身旁的张铁，“得，那我自己找香粉街派出所熊所长那边借个人，今晚就开始。你通知下贾兵和那个新人，今晚赶紧好好睡下，明天早上八点直接过来学院路接班。”

挂了电话，我随口问了下张铁是不是有车，谁知道他这么个刚毕业的小伙儿，居然也开了自己的车过来。于是，我将我的车开到了不远处一个僻静的地方，因为尽管我换了车，但车牌还是以前的车牌。姚沫这么个智商不低的家伙，一定是记得我的车牌号码的。

十几分钟后，我和张铁便坐在了他的车里，开始了我们刑事警察的一项日常工作——蹲守。张铁明显很兴奋，一双门缝大的眼睛勤劳地睁着，死死盯着马路斜对面的小洋楼，嘴里小声嘀咕着：“这车贴膜的时候，我就专门给车行的人说，一定要给我贴外面行人完全看不见里面的那种。当时我就寻思着，咱这加入了警队，有事没事就得躲在车里蹲守嫌犯。谁知道这过来几个月了，到今晚才正儿八经派上用场。”

就在他自顾自念叨的时候，旁边的精神病院突然响起了一声凄厉尖锐的女人哀号声。张铁反应很快，在哀号声响起的同时立马拉开了车门，一只脚甚至都已经伸了出去。

"等会儿。"坐在副驾驶的我抬手制止了他。果不其然，那哀号声响过后，发出声音的女人似乎又深吸了一口气，再次尖叫起来："下雪了，下雪了，夏日飞雪啊！千古奇冤啊！"

"那边是精神病院。"我告诉张铁。

"哦！我知道。"他或许有点失望，连忙又把车门带上，"三年前，你们就是在那儿找到姚沫的妹妹……嘿，我都听人说过的。"

我沉声道："以后，遇到突发情况，首先要做的不是快速反应，而是要冷静思考。如果刚才的声响是姚沫制造出来的。那么，你我岂不是就第一时间从暗处暴露了吗？"

张铁忙不迭地点头："师兄说得对。"

我也不是一个喜欢说教的人，至此，这个话题就打住了。我扭头继续望向邵长歌家那栋小楼，只见二楼卧室的灯，在精神病院的哀号声响后亮了起来。它是黄色的，暖色系。而这灯光普照的房间里，林珑或许被惊醒，邵长歌自然也就起来安抚被惊吓了的她吧？

我将目光移开。尽管我并不能看到那房间里的一切，但也有一种负疚感，因为此时我正在窥探好友的私下生活。我扭头望向了之前姚沫住过的那栋楼房，它在夜色中模糊而又遥远。姚沫守护林珑的那些年里，惊雷，闪电，抑或像今晚这种声嘶力竭的莫名尖啸声响起时，姚沫一定也会从床上站起来。他，会快步走到窗前，眼神中都是关切，透过窗，望向不远处蜷缩在精神病院里的林珑。

勿论林珑或喜或悲，或乐或怒，他始终都在。

而现在呢？这对血脉相通的兄妹不曾再见。或许，邵长歌的责怪也不是没有道理的。因为，我将这对相濡以沫的兄妹硬生生地拆开了……

不！

他是恶魔。作为一个刑警，怎么可能纵容来自地狱的他在人间放肆呢？

正想到这儿，电话响起了。我一瞅屏幕，是王栋打过来的。

"还没睡吗？"王栋在话筒那头问道。

"没呢。"

"我还以为刚结婚的男人都很操劳，需要早早睡觉呢！没想到你……"他干笑起来，为自己并不幽默的幽默而得意起来。

"得，有屁就放。"我骂道。

王栋还是继续笑了几声，最后可能他自己也觉得有点冷场了，才正色起来："也没啥正经事儿，就是今天和古老的一个朋友聊天，那老头以前也是跟死人打交道的。我们俩今天聊起霸下桥那起命案来，老头就说当年霸下桥也发生过一起骇人听闻的案子——莫莉案，也就是林珑她亲爸……被莫莉亲手锯成两截的景润生，当时就是他给收拾的尸体。他还说……他还说景润生被锯开后的模样，和今天霸下桥死者差不多……"

我打断了他："你们又是怎么知道今天霸下桥命案的？"

"看晚报啊！头版头条！"王栋又干笑起来，"还有相片呢，桄在那窗户上。就是像素不太好罢了。"

我咬了咬牙，看来，局里的同事没能够说服媒体。海城虽然不小，但是这种极其恶劣的凶杀案还真没几起，也怪不得媒体会大肆报道。

王栋的笑声又止住了，他应该也意识到我有点恼火，便又连忙补上了几句："得！晓波，我没别的意思，就是这老头还啰啰唆唆地说了一些关于景润生尸体的事儿，透着古怪，我觉得有必要说给你听。你也知道我这笨嘴拙舌头，自然是问不出什么东西来，所以，我直接约了那老头，让他明天早上九点半再来我们殡仪馆。你有空的话也过来，和他聊聊，说不定会有什么惊人的发现。"

"我看情况吧！"我搪塞道，直接挂了线。

见我心情不好，张铁也没敢吱声。两个人坐在车里沉默了一会儿，他似乎意识到之后还有整宿夜要熬，这样傻坐着也不是个事儿，便又急急忙忙掏出烟来："夏队，别烦躁，来，抽烟。"

我俩把烟点上，烟头都弯回来对着掌心，这样，外面的人也就看不到车里的火星。也是因为需要隐蔽，我们还不可以开车窗，免得烟雾散出去。于是，两人很随意地一吸一吹，狭小的车厢里，便变成桑拿房了一般。

"夏队，你们平时经常这样熬夜蹲守吗？"张铁问道。

"多。"

"那……那你们蹲守时，也会聊聊天吧？否则这一宿不睡，俩大老爷们互相干瞪眼，也很辛苦啊。"

我笑笑："自然会聊一些乱七八糟的。"

"比如呢？"他的小眼睛放光了，满是期待。

"也没有特定的话题，聊到什么是什么。"我照实回答。

"那今晚咱聊些啥？"张铁似乎犯愁了，但紧接着他又一扭头，"要不，咱来点硬货，聊聊我吧！"

我笑了："你有什么好聊的，再说，也不算什么硬货啊。"

"嗨！我不是这个意思。我是想听师兄你，分析分析我是个什么样的人。要知道，这次加入警队后，有不少人说起你时，吹得神乎其神的。说你是科班出身，能掐会算，啥都能分析得头头是道。"

我又一次哭笑不得，将座椅调低了一点，不想和他继续聊这个话题了。张铁也看出了我的不配合，便也不勉强，他自顾自地笑了笑，再次死死盯住了马路对面。

"你不是独子吧？应该还有个弟弟。"我见他满脸失望，便打破了沉默。

张铁忙点头："是！是！师兄，你怎么知道？"

"你爸是经商的，应该也还算个儒商。你没有和你爸妈住在一起，自己一个人在外面住着，也没有女朋友，光棍一个。"我继续道。

"是！"张铁激动起来，"师兄，你是看过我的简历吧。"

我觉得说这么多也差不多了，便冲他耸了耸肩："刚毕业，24岁，一个刚参加工作的小警察，就开辆三四十万的车，父亲难道是个下岗职工？你头顶挂的平安符上写着爱子工作顺利，自然是你老爹写的，标准的瘦金体，不是从小开练，写不出这模样。再说你这么个高高大大的小伙，如果是家里的独子，你爸哪里会让你干刑警这个行当。所以你后面肯定有个比你听话很多的弟弟。"

张铁的眼睛放光了："都对。嘿嘿！师兄确实有两把刷子啊！"

接下来的一整晚，我和这专业技能一塌糊涂的师弟，在车里胡侃海聊地说了一宿没有太多意义的东西。而对面那栋精致的小楼，在尖啸声后没多久，便又关掉了那盏黄色的灯。它与这条安静冷清的街道，以及这街道上的一切一起，重新沉没于夜色之中。

恶魔来电

贾兵和新调到我们刑警队半年的小丁是早上七点半到的。因为天已经亮了，所以我和张铁并没有钻出车和他们交接，只是在电话里给贾兵布置了任务。其中包括需不需要去精神病院后面那栋楼里，征用一间高层的房间来进行监控。贾兵是老刑警了，我比较放心。再说，姚沫胆子再大，应该也想得到这学院路8号周围会有布控，他不可能敢在大白天里贸然行动。

我让张铁将车停在了学院路，然后开着我的车到附近吃早餐。我们到的这家早餐店的豆浆卖完了，张铁为了讨好我，非得到街对面那家小西施豆腐店排队买。我没有阻拦他，寻思着正好可以用这几分钟的时间，给熊所长打个电话，毕竟借他们所里的人也需要知会一声，顺便还能了解下张铁的情况。

熊所长倒也爽快，说张铁这孩子愣是愣了点，不过还算能来事，也挺上进，有机会跟着我们刑警队的人学习自然是好事。我便放心了，正要挂线。谁知道熊所长在话筒那头，自言自语般嘀咕了一句："嘿，我们要是像他一样有那么个老爸，还会来做这苦哈哈的小警察？"

我随口问了句："他家境很不错吗？"

"岂止是很不错啊！就是一个标准富二代。夏队，你知道张海洋吗？海洋地产的张海洋。"

这人名我没有印象，但是海洋地产在海城可算是家喻户晓了。戴琳住的小区就是海洋地产的楼盘。我"嗯"了一声，算作回应。

熊所长猜到了我的孤陋寡闻，便又补上了一句："张海洋啊！几年前他媳妇当街打二奶的事儿，在海城里可是轰动一时的大八卦。我们警队出警时，我还到了现场，连市人民医院门口都围了有好几百号人，热闹得很。"

我有点反感了。熊所长这人，话多是非也多，这在以前我就听说过，但寻思着一个公安干警又能八卦到哪里去呢？今儿个这么看来，他还不是一般的长舌。

我打了个哈哈，想再客套一句挂线。谁知道这时，他在话筒那头叹了口气，并说道："那个姓戴的脑外科医生也不知道是怎么想的，一个漂漂亮亮的姑娘，学历也高。为啥非得跟着张海洋这么个瘸子，还给他怀上孩子呢？"

我的心往下一沉："熊所，你说当时挨打的那个小三姓戴？是脑外科医生？"

"是啊！带回所里做笔录时，还是我亲自给录的，大着肚子，叫戴什么来着？戴霞？戴琳？"他又顿了顿，"嗯，就是叫戴琳。"

说到这儿，似乎有人在旁边喊他，他连忙叮嘱了我一句看好张铁，便挂了线。

我却愣在了早餐店里。透过窗，张铁正在排队的人群里傻傻站着。他的父亲，一位叫张海洋的地产商，曾经有过一位叫戴琳的女人。而戴琳在我未曾结识她的年月里，确实有过一个给她留下患有唐氏综合征女儿的男人。

戴琳……

我摇了摇头，告诉自己需要将思绪拉回来。世界很大，海城很小，人们用各种各样的方式交集着，却又谨慎而提防彼此。我与戴琳曾经有过一段男欢女爱，我们是彼此化解孤独的良药，但又都成了过去式。

我的视线跳到了窗外的街景，努力望向更远的世界。这样，似乎就不用拘泥于小情小爱中一般。很遗憾，我不同于这个时代里的同龄人，我没有诸多的前女友，或是一夜两夜的女伴。所以，我始终无法在戴琳的问题上抽身得那么洒脱。我也知道，她自始至终都害怕成为我的某种牵绊，她尽可能让我们的关系显得那么庸俗与苟且。甚至她还时不时会说，到哪天，你终会有自己的妻子，希望那时，你会好好地疼爱你的妻子，让那个女人成为世界上诸多幸福人儿中的一员。

最终，我有了古倩倩。从汪局介绍我和她认识开始，我们就是照着婚姻这一目的去的。彼此没有太多设防，彼此呈现得那么透明。当然，或者在古倩倩不为人知的一面，也有属于她的一段凄美爱恋故事，也拥有过某个男人，但，都成过去时了……

嗯，戴琳，我答应过你，到某天，我有了我的妻子后，定会好好疼爱她，让她成为世界上诸多幸福人儿中的一员……

只是，谁去疼爱你呢？

张铁终于买到了豆浆，快步穿过马路回到了早餐店里。他自然不会知道在这短短的几分钟里，我与他在这人世间的交集一下变得复杂错乱起来。看着他这张大脸的同时，我甚至还会联想那个一度拥有过戴琳的中年男人，是否也是一张如此夸张的脸庞。

我自嘲地笑了笑。

我是一名刑警，是理智必须放在第一位的职业。不过，当我接过他递过来的豆浆时，嘴里却还是没忍住，开玩笑道："你这大脸是遗传的吧？"

张铁笑了："是，我外公是蒙古人，我有蒙古人血统。有时候在电视上，看到蒙古那边满大街都是这种大盘子脸，还会油然生出一种莫名其妙的亲切感。"

我点着头，看来他的父亲并没有这么一副大脸，甚至块头也不一定很高大，因为张铁的大块头，很可能是遗传自他有蒙古血统的母亲……紧接着，脑海中不自觉地联想到一幅画面。挺着大肚子的戴琳被人按在地上拉扯，而拉扯着她的女人，身材高大，有着一张如张铁般的大脸……

我控制不住自己，心被思绪紧紧地揪着，阵阵疼痛。

正胡思乱想的时候，电话却冷不丁地响了，是一个陌生的手机号码。我纳闷谁会这么早找我，按下了接听键。

"喂！"

那头没有声响。

"喂！哪位？"我再次发问。

"嗯，方便说话吗？"话筒那头的人打破了沉默，"我是姚沫。"

我猛地站起，捂住了话筒，对张铁小声吐出"姚沫"两个字。张铁这小子反应也很快，连忙拿出自己的手机，小眼睛望向我手机屏幕上的来电显示，将号码快速记了下来。

"姚沫，你在哪里？"我也不知道自己怎么会对着话筒，说出这一句有点愚蠢的问话来。身旁的张铁对我点了下头，拿着手机往小吃店外走去。他很机灵，知道得第一时间将这事儿汇报到队里。而队里刑事技术科的同事收取信息后，也会在最快的时间锁定这个号码。他们会通过查询这个号码，来锁定姚沫的位置。

"我在哪儿，你应该很快就会知道的吧！不过，和你通完这个电话后，这个手机和号码也都会被我扔掉。所以，夏队没必要浪费警力来查这通电话了。"姚沫的声音似乎透着某种得意，是对法律藐视的得意。

我冷哼了一声："姚沫，你觉得你又能逍遥多久呢？很快，我们又会再见的，不是吗？"

"确实是！因为，我在外面多待一天，景珑所能得到的安静生活就会少一天。夏队，我这辈子已经毁了，但她还可以收获幸福，并且延续它。所以啊，我怎么会自私到用自己的自由，去掠夺她的幸福呢？"姚沫如此诡辩着。

"既然如此，你就应该现在回来自首。"我顺着他谬论的思路继续着。

姚沫在话筒那头笑出了声："嘿嘿，夏队，我虽然是个十恶不赦的杀人犯，但始终还算言而有信。昨天在看守所里，我告诉你今天会和你好好聊聊。你看，这才几点？我就打电话给你了。所以啊，刚才我给你说的话也是大实话，我这趟越狱所要得到的不是自由，而是……"他顿了顿，"夏队，我一直没有被枪毙，确实是用了一些手段，钻了司法程序的空子。但我苟活，并不是想要厚着脸皮留恋人间，而是想要……想要等到景珑病好，那我死也瞑目了……"

"嗯！挺感人的。"我打断了他，"姚沫，你这么说，意思是你越狱，是还有除景珑病好以外的其他心愿未了咯？那么，你究竟还有什么牵绊？你都可以说说，社会常理之内的，我或许还可以帮你一下。"

"你自然是可以帮我的，这事儿也正是你们警队在努力的。"姚沫的语速开始变慢了，似乎是害怕我听错，抑或听漏了什么，"夏队，我父母死于1983年。当时，我和景珑都还只有三岁。按理说，三岁孩子的很大一部分记忆是能够保存下来的。但遗憾的是，我俩都不记得母亲杀死父亲的那一晚到底发生过什么。相反，对于第二天早上，母亲将父亲的半截身体装在大提琴箱里，然后背着大提琴箱，牵着我俩走上街头的事，却印象深刻。最终，母亲在霸下桥被警察按倒在地。她……她……"说到这里，姚沫吸了口气，话筒里是液体在他鼻腔里流淌的声响。

"景珑……景珑疯了后，和母亲一样，很少吵闹，只是眼神发直，宛如行尸走肉。她们都会不断重复着一段语句。景珑是哼唱着属于她和长歌的歌曲，而我妈，是会不断背诵我爸写过的一首诗……"

他停顿了，情绪似乎有波动起伏。

窗外的张铁应该已经和市局通完了电话，他向我比画着手势，示意我继续，不要挂线。我自然明白，但也跟随着姚沫的心思，回到了二十多年前的那起惨剧。姚沫试图让我认为莫莉杀夫案，与发生在霸下桥的半截尸体凶案，是有某种联系的。至于是何种联系，线索的另一头，在和我通话的姚沫手里。

我静候着他的停顿，大概十几秒后，他的声音再次响起："抱歉，夏队，我没朋友，也很少有人可以说话。况且用你们心理学里的话来讲，我并不是一个具备正常人格的人，在你面前有点失态了。"

"姚沫，你到底想要表达什么？要知道，你这么一个智商不低的罪犯，甘愿冒着再次被抓的风险，给我打来电话，绝不会只是想找个人说说心事这么简单吧？"我选择单刀直入了。

"嗯！那我就说得简单点吧。夏队，我始终觉得，我妈在那个清晨牵着我和景珑去霸下桥，是有目的的。至于目的是什么，你我都可以去尝试查查。"

我冷冷道："明白了，你希望我帮你查你父亲真实的死因。"

姚沫："夏队，这不只是帮我查这么简单。有一点我可以肯定，昨天死在霸下桥的那个男人，与我母亲的死一定是有关联的，一定。"他很肯定地说道。

"我为什么要相信你？"我反问道。

"因为……"他顿了顿，"因为我是一个树洞，一个用来承载秘密的树洞。"姚沫如此说道，并直接挂了线。

与此同时，窗户外的张铁也举起了手机接听电话。很快，他将手机放下，并快步走了进来："夏队，姚沫用的手机是一位公交车司机的，是昨晚被人偷走的。刚才姚沫和你通话时是在海城河边，不过，他一直在移动着。"

我冲他摆了摆手："不用查下去了，现在这手机应该已经在海城河里了。"说完这话，我闭上眼睛想了想，紧接着我抬头，对张铁问道："累不？"

"不累。"他大声回答道。

"那现在，跟我去一趟殡仪馆。"

入殓师们的话题

入殓师是一个古老的职业。在各个不同民族的文化里，都有各自的殡葬传统，以及对尸体进行特殊处理的不同仪式。这些仪式有同一个目的，那便是令尸体保存完好。要知道，当一个人死后，身体会变得苍白、僵硬，在家人以及他曾经亲密的朋友向他道别时，模样并不是那么美好。于是，入殓师这一职业便应运而生。同时，防腐剂的发明，也令尸体的腐烂速度得以减缓。入殓师的精心劳作，又让死者在化妆之后，能够恢复几分生前的容貌。

王栋就是一位入殓师，收入高，工作尽管另类，但也并不辛苦。只是，令他头疼的是，他很孤独，他将自己的孤独归咎于职业，他认为人们对于入殓师始终有一种忌讳。可实际上呢？这偌大的城市里，孤独的人太多太多了，又怎么会是职业导致的呢？只是每个人都学会了对人设防，每个人都在费心修筑一座围墙，最终将自己困入了围城。

很可惜，如王栋一般没有太多心机，也学不会刻意营造距离的人并不多。所以，他的孤独，只是因为他所身处的人间，处处都是高耸的围墙罢了。

临出发前，我给王栋打了电话。他连忙告诉我，要介绍给我认识的老头正在他身边坐着。

去往殡仪馆的路上，我又给李俊打了个电话。将姚沫跟我通话时，那些莫名其妙的话简单复述了一遍。李俊听完后，并没有发表意见，而是沉默了几秒。似乎有着更重要的事情让他头疼。末了，他在话筒那头对我说道："晓波，又有人被锯了。"

"啊？什么时候的事？"我意识到这案子大了，肩上沉重。

李俊沉声继续道："刚接到报案，我们也正在赶过去的路上。晚一点，我把第二起伐木工连环杀人案的案情发你邮箱，你抽空看看，了解下。不过，你的工作重点，还是在姚沫身上！如果真如姚沫所说，杀人的伐木工与姚沫父亲被杀的事有关联，你那边或许也会有消息反馈回来。"

"伐木工连环杀人？"我重复了李俊给这两起案件的命名。

"嗯，凶手作案的工具是伐木工用的电锯，所以，我们将'四·一三'命案命名为伐木工杀人案。如果我们将新接手的这起凶案和'四·一三'命案并案的话，那么，伐木工杀人案便会是一起极其重大且恶劣的连环杀人案。"李俊说完这话，径自挂了线。

"伐木工连环杀人案！"我和李俊通话的时候，张铁这家伙一直竖着耳朵听。这一会儿，他自顾自地点头："嘿！这名不错，有大案的 feel。"

我白了他一眼，他连忙住嘴了。我将副驾驶的座位往下放了点，闭上了眼睛。姚沫很肯定地说多年前他父母的惨案，与霸下桥死者被锯的案件有关联，那么，接下来发生的第二起死者被锯案，或许也具备了与前两起案件相同的元素。我看了下表，现在九点零五分。从李俊他们赶到现场查勘，再到他们出案情报告，最快也应该是下午了。

我有点期待能在案情报告里找到一些有所突破的内容。

伐木工连环杀人案……在这个万物生长的春天。

只是，当时的我压根没有想到，这一场杀戮所掩藏着的故事背后，会是来自久远的过去。伐木工的凶残，一度令整个城市惊恐疯狂。最终，他又和诸多罪恶一样，消泯于无形。也是这伐木工连环杀人案，令我对于警察这个职业，有了新一层的认识。罪恶，没有受到惩罚的话，在一串涟漪之后所引发的，或许将是更汹涌的恶。

我们将车开进市殡仪馆时，院子里高耸的烟囱，冒出的浓浓的白色烟雾，正融入蓝色的天空。张铁仰头看着，咋舌道："火葬挺好，用另一种方式升天。"

我没有接他的话，让他将车停好，就钻出车门左右看了看，然后，朝那栋旧楼走去。王栋在电话里告诉我，他和古老以及那位要引荐给我认识的老头，就在古老的办公室里喝茶。

张铁依旧很兴奋，边走边搓着手。他时不时看我一眼，似乎想要说上一两句，可看到我表情严肃，便将话生生咽了下去。

很快，我们就走进古老的办公室。只见王栋和古老，以及另外一位精瘦的老者正燃着香烟，围坐在办公室的茶台前，努力诠释着烟雾缭绕的真谛。我冲他们点头，并指了指身后的张铁："带了个新人，刑警张铁。"

我在他名字前面加上了"刑警"两个字，自然令张铁激动不已。他连忙上前，冲王栋等人伸出手，作势要握手，嘴里还客套道："请各位多多指教。"

可王栋他们仨反倒愣住了，没人抬手来迎合张铁的礼数。半晌，王栋朝我看了一眼，小声嘀咕道："晓波，还是你给他说说吧。"

我笑了："这三位都是入殓师，就是给尸体化妆的匠人。各行各业都有各自的忌讳，像他们入殓师，就不会随便和人握手。"

"为啥？"张铁瞪眼反问道。

王栋坏笑了起来，并伸出手："当然，这不握手也只是老从业者的坏毛病，我们这些年轻人就没那么多讲究。"

张铁点头，看了一眼王栋伸出的那只大手，吞了口唾沫，将自己的手又收了回去："那，不握就不握吧。"

古老和那个老者便哈哈大笑起来，并招手让我和张铁坐下。古老介绍另一位老者："这是我的老同事，名字可拗口了。所以，我们都叫他的外号——刨子。你们年岁小，叫他一声刨叔吧。"

"哦！刨叔。"张铁倒不见外，连忙开口唤道。

被叫作刨叔的老者咧嘴笑了，对张铁说道："刚才，王栋说他们年轻人不讲究那些过时的老规矩，其实我们这些岁数大的也没那么多讲究。年轻人，如果你想要和刨叔我握个手，我也会乐意的。"说完，他抬起手来，笑得更欢了。

我在旁边找了条凳子坐下，微笑着听他们说这一串并不好笑的笑话。古老扭头看了看我，给我和张铁沏上茶，然后冲唤作刨叔的老者道："得，人家市刑警队的同志都很忙的，你就直接说主题吧，别耽误了人家。人家一会还要去办正事呢。"

刨叔忙点头："是，是。"接着，他又看了张铁一眼，"英雄年少，英雄年少啊！王栋，你这两位刑警朋友年纪轻轻，未来不可限量。"

张铁倒是把这客套话给听进去了，一张嘴乐得都合不拢了："那个……这个……嗨！为人民服务，为人民服务罢了。"

我忙干咳了一下，张铁这才将大嘴合上。他伸手在裤兜里摸了摸，变戏法般变出了一本小本子和一支笔。又左右看了看，瞅着角落里还有条小凳子，便坐了过去，不再吱声。

我冲刨叔笑笑："嗯，刨叔，听王栋说，您有一些关于昨天那起霸下桥命案的线索，想和我们聊聊。"

刨叔摇头："王栋瞎说的，我一退休老头，怎么会有啥线索呢？"

王栋便急了，怕我冲他瞪眼，连忙喊道："嘿，刨叔，你可不能这样扣屎盆子。昨儿个就是你说有线索，要跟刑警队的同志分享下的。"

刨叔没理睬王栋，又对我说道："昨天的案子我没线索，但对于二十多年前的一起案子，我倒是记忆犹新。况且，昨天晚报上把死者被锯开的部分写得挺清楚的，所以，我一下就想起当年来……"

"你说的二十多年前的案子是莫莉杀夫案吗？"张铁又没忍住，开始插话了。

"是！"刨叔点头，"二十多年前，也就是1983年，当时的殡仪馆还只是叫火葬场而已，土葬虽然已经开始严厉限制了，但人们的观念还是没有变过来，所以，殡仪馆的生意也还不好……"

刨叔说出"生意"这两个字时，古老连忙咳嗽了一声。刨叔愣了下，接着笑了笑："你看我。嗯，应该说当时主动拉着家里的死者，来我们火葬场的并不多。不过，你们公安局在那时，反倒是我们的重要合作单位。各种非正常死亡的，都必须走你们公安局一趟，走完后就直接拉到我们火葬场来了。所以，当时轰动一时的诗人景润生被杀案，他妻子莫莉被捕后没两天，景润生那两截尸体便到了我们这儿。要知道，景家人不是我们海城本地人，所以灵堂就搁在我们火葬场院里。他那尸体啊，虽然成了两截，但最后与家人见面时，也总不能那么难看吧？我和前几年已经老死了的大刘两个人，忙了一整宿，缝缝补补才算把尸体给接上。所幸他的伤口大，拉过来时候血早就流干了，内脏也被你们公安的人用另外的袋子装了提过来，这反倒好收拾。早上再给他把衣服裤子套上，脸上抹抹，也就跟个没事人似的。"

"没事人……"王栋小声道，"刨叔，你就不能换点词汇吗？"

刨叔点头："你看我，回到我们殡仪馆，就不会说社会腔了。"

我没吱声，觉得今早这趟过来，很可能没什么收获，便点上支烟，扭头朝窗外看了几眼。那烟囱里的白烟还在继续朝着天空蔓延，看来，市殡仪馆的生意确实还不错。

刨叔见我扭头，自然是猜到我的失望。于是，他清了清嗓子，继续道："不过夏警官，也是那一晚，我和大刘两个人帮景润生擦身子时，发现他身上除了横切的伤口外，还有好几块瘀青。包括脸上，似乎都有被人扇过耳光的痕迹。大刘当时还说呢，这小两口打架，身上挠伤抓伤是常见的。但搁这一位身上，却很明显是被拳打脚踢过了。"

古老便插了句："人家打架打到命都没了，还差这点拳脚的力气吗？"

他们说到这里，我回过头去。刨叔的岁数应该奔七十了，二十多年前的事，他能记得多详细呢？再说，如果景润生的尸体上真有拳脚伤的话，市局当时的同袍们自然会起疑，然后跟进的。但是古老说得也没错，莫莉对丈夫连锯子都用上了，还差几下拳脚吗？

但我还是尽可能地保持和颜悦色，对刨叔问了句："之前我看过卷宗，景润生的致命伤是心脏位置，那儿被捅了几刀。您给他收拾尸体的时候，应该也看到了那些伤口吧？"

"嗯，看到了。够狠的啊，扎心脏那几刀，有深有浅，其中有一刀直接把人捅了个对穿。"刨叔说到这儿，又想了想，补充道，"那几刀有深有浅的伤口还挺奇怪的，看痕迹，就好像刀压根没有被拔出来过，来回抽插了几下似的。"

王栋憨憨地插了一句："或许，还没换上锯条的莫莉，是把刀当锯子使了也说不定？"

我却再没搭话了。因为这一切，案卷里都有记载，这并不是一个多值得拿出来说的细节。

十几分钟后，我和张铁开车出了殡仪馆大门。我将车窗按下，再次看了一眼冒着浓烟的烟囱："基本上是白来一趟了，赶紧回去睡觉吧，晚上还要去学院路接班。"

张铁倒不这么认为，新人的积极性一般都很高。他一边开着车，一边笑着说道："夏队，也不能这么说。之前有一位老师跟我们说过，每一条有用的线索都是在一堆杂乱无章的线头中被发现的。"

我觉得好笑，他一个学渣，还拿着老师说过的语录当令箭了。于是，我便打趣道："是哪个老师说的，我应该也认识。"

学渣脸上的笑瞬间消失了，一双小眼睛眨巴了几下："是……是……"

我也没想和他再较真下去。这时，我突然想起姚沫给我打的那个电话里，最后说的那句奇奇怪怪的话。

"张铁，之前我不是给你说姚沫在打给我的那通电话里，提到过树洞吗？"

张铁点头："嗯，你给我提过一嘴。嘿嘿，你还别说，我倒想起了一个关于树洞与真话的故事。"

"说说！"我将座椅往后放了放，冲他说道。

第三章
他们的世界里，温暖始终

国王的驴耳朵

很久很久以前，有一位国王，每天头戴华丽的王冠，连睡觉时都不肯摘下。全国的人民都很好奇，为什么国王每天都戴着这顶沉甸甸的王冠呢？

不过，这问题没有人敢问。

唯一知道真相的人，是国王的那位理发匠。

因为，国王长着一对驴耳朵……

是的，国王……国王居然长着一对长长的驴耳朵。这个秘密，在整个王国里，只有国王自己和理发匠两个人知道。

于是，时不时有人跑来问理发匠："嘿，你是唯一见过国王摘下帽子后模样的人，他不会是个兔子吧？"

理发匠只是摇摇头，什么也不敢说。因为一旦被外人知晓了国王的秘密，国王一定会下令将理发匠的脑袋砍下来。为此，理发匠甚至将自己的妻子和孩子都赶到了另外的房间，他害怕自己半夜说梦话将这个秘密泄露出去，招来杀身之祸。

最终，理发匠的这一心病，令他病倒了。他告诉医生，自己的病因是因为守着一个巨大的秘密，无法和任何人说，包括医生。

医生便建议理发匠，去找一个树洞，将秘密对着树洞大声说出来。理发匠按照医生的话去做了，他找到一棵有树洞的大树，对着树洞大声叫喊道："国王长着驴耳朵！国王长着驴耳朵！"

果然，将这个秘密对着树洞喊出以后，他舒服了很多，病也就好了。

可过了几天，有一个牧羊的少年，砍下了这棵树的树枝，做了一支长笛。他将长笛吹响后，笛子里居然发出"国王长着驴耳朵，国王长着驴耳朵"的声音。

国王长着驴耳朵的事情传遍了全国，最终，国王自己也想明白了，没必要再遮掩下去，并摘下了他的王冠。令他没有想到的是，人民并没有觉得国王那难看的长长的耳朵有什么不对，相反，他们还更加拥护长着驴耳朵的国王了。

"这个故事告诉我们，没有秘密会被永远掩盖，谎言也会有被揭穿的一天。"张铁将树洞的故事讲完，最后若有所思地总结道。

其实，他将这故事说到一半时，我就开始翻白眼了。很明显，这是一个来自于某本童话书或者寓言集里的故事。也只有像张铁这般不学无术的家伙，才会将如此无聊且幼稚的故事，和现实中恶名昭彰的连环杀人犯说的话联系到一起。

我将眼睛微微眯上，透过眼帘望向车窗外。这春天的世界，婀娜曼妙。每个人到人间来，最初所听到的故事，在成年后看来，大都只沦为一些好笑的桥段吧?

树洞……

真相……

如果姚沫所说的树洞真的来自这个寓言，那么，这又承载着什么人刻意隐藏的真相呢?

张铁把我送到家后，我让他开着我的车回去，下午5点左右过来接我，到时候一起吃点东西再去学院路蹲守。临下车时，我看他摩拳擦掌的模样，便专门叮嘱了他一下，要他别四处乱转，赶紧找地方睡觉。养足了精神，晚上才能熬夜。

他冲我憨笑一声，说:"放心吧，我一定听师兄的话。"

我转身走进小区，朝着我和古倩倩的新房走去。房子是去年年底交付的，按理说，新房子要放个半年后再住。可我俩都是公安系统的，职业造就了性格，没那么多毛病。婚期定了后，我俩觉得没必要等那么久，过完年便搬了过来。再说，古倩倩还在省厅上班，只有周末才会回来。我一个干刑侦的大老爷们儿，自然没把那些看不见摸不着的甲醛当回事。

我洗了洗，走进卧室。脑子里姚沫案、伐木工案，以及早上刨叔说的二十多年前莫莉案的细枝末节都交织在一起，宛如一个被撕扯开的红蓝纤维袋，相互间联系得有点牵强，我便不去想了。又寻思着下午起来后，李俊应该已经把他第二起锯尸凶案资料发过来了。如果真要和伐木工案并案处理的话，那之后的日子，工作压力还真不小。

想到这儿，我给古倩倩发了条信息，便上床睡下。可一闭上眼睛，脑子里却好像自动打开了播放键一般。戴琳在我的世界里路过的画面，一幅幅浮现出来。最终，这些画面又重合到一起，拼成的却是一位身材高大，有着大脸的中年妇女将她按倒在地上的影像。

熊所长说当时张海洋的媳妇打情妇的事上过报纸，那么，网上应该留有痕迹才对。想到这里，我又从床上爬起来，将电脑打开，在搜索栏里输入"海洋地产张海洋情妇"这一行字。

我的手指在回车键上停顿了，心里有了一丝惶恐。有些事，其实我们已经能够揣摩到真相，但如果真要把那真相扒开摆放到眼前，却会令人难以接受。于是，我站了起来，转身，拿烟，走上阳台，将烟点上。烟雾被我吐出，相互萦绕，又相互纠缠，正如这尘世中理不清、剪还乱的郎情妾意事。或许，没有经历过诸多爱情故事的我，始终无法从上一段情感中洒脱离开。而始终昂首的戴琳啊，你刻意深藏的无边孤独，面对众生时的小心翼翼，又岂会不露痕迹？

我将烟头掐灭，回到房间。显示器的屏幕依旧亮着，光标停留在确定搜索的方格上。我深吸了一口气，将之按下……

熊所长说得没错，那件事确实在这座不大的城市中引起了不小的轰动。新闻通稿里，有好几张现场照片。尽管人脸上打着马赛克，但我依旧能分辨出，被人按在地上的穿着白色大褂的女人，是我一度亲密的人儿。我感到自己的心被揪得隐隐作痛。接着，我开始搜索张海洋，因为我迫切想要看到，这个将戴琳本应一帆风顺的人生摧毁得支离破碎的男人，究竟是如何一副嘴脸。

作为一名知名企业家，我很快就找到了一份百科里呈现得非常详细的简历。简历中他的照片看起来并不苍老，脸也不小，说明之前我以为张铁外貌上，有着更多的来自母亲基因的猜测并不正确——照片里的张海洋压根就是个老年版的张铁。他不时出席这座城市的重大活动，腰杆始终笔挺，举手投足间透着一丝儒雅。我又搜了下他的过去，发现他确实是行旅出身，而且曾经在中越边境地区受过脚伤，或许还留下了后遗症。要不，熊所长那天怎么会提起他时还说了句"瘸子"呢？

他的入伍时间是……他的入伍时间是 1983 年 12 月……

在他的简历中所捕捉到的这一信息，令我觉得有什么不对。印象中高中有一两个同学应征入伍，也都是在那个时间段离开了城市。但，二十多年前呢？

我继续搜索他的相关信息。果然，在伐木工案发生的 2009 年，我国实行的冬季征兵制，2013 年后才调整为夏季征兵制。而张海洋入伍的 1983 年，新兵抵达部队的时间一般都是 10 月或者 11 月，所以，张海洋的简历里写着 12 月入伍并没有什么不对，毕竟那时候交通工具没现在这么发达，路上有个七八天甚至十几天也很正常。不过……我在这浏览过程中又发现一个新的问题——《中华人民共和国兵役法》对于男兵的年龄要求，初中文化是不能超过20岁的，高中毕业或者大学新生、在校生是22岁以内，只有专科、本科、研究生才放宽到24岁。而张海洋入伍时候的年龄，按照他的简历算来，是25岁。

1983年12月，一个已经超过入伍年龄的张海洋，离开海城，到了部队。也是在那个月里，还有一位叫作莫莉的女人，被押赴刑场，执行了枪决。因为她在一个月以前，亲手将自己的丈夫锯成了两截。同样，一对三岁半的叫景放与景珑的双胞胎兄妹，睁着大大的眼睛，心里满是惶恐地走入了位于学院路的儿童福利院……

我将电脑关上，又到阳台上抽了根烟。放眼望去，这红尘万丈里，满满的都是各种故事……嗯，之前我还叮嘱张铁，为了晚上的蹲守，不要到处乱转，赶紧补觉。而我自己呢？

我苦笑，将半截烟掐灭，回房睡下。或许是太累了，又或者我的睡意压过了还在不断沸腾的脑细胞。于是，我很快进入梦乡。遗憾的是，因为那些不肯休息的脑细胞作祟，梦里尽是戴琳以及那个有着高大身影与硕大脸庞的中年妇女，还有戴琳努力压抑到极致的声声抽泣。

知道吗，戴琳？每个人都会筑起一座属于自己的城，你我都在对方的城之外。

但我却又为何忍不住，去窥探你的城内，所发生过的故事呢？

爱情三角理论

美国耶鲁大学心理学教授斯滕博格（Robert J.Sternberg）在他的爱情三维量表（Triangular theory of love）里，提出了一个叫作爱情三角的理论。

他认为爱情由激情、亲密和承诺这三个基本成分组成。激情，两人在情欲与情绪上的着迷，也可以看作是大部分而非全部地来自关系中的动机性卷入；亲密，指的是爱情关系中的情感性投入，也就是彼此因为对方而得到的温暖体验；而承诺，便是比较理性了，指维持两人关系的决定期许以及一种担保，大部分而非全部地来自关系中的认识性的决定、忠诚。

接着，他又根据这爱情中的三大要素，组成了七种不同类型的爱情。包括只有亲密的喜欢式爱情（liking）；只有激情的迷恋式爱情（infatuated love）；只有承诺的纯粹为婚姻的空洞式爱情（empty love）；有亲密关系和激情体验却又没有承诺的浪漫式爱情（romantic love）；缺乏激情的伴侣式爱情（companionate love）；只有激情和承诺的愚蠢式爱情（fatuous love）；具备三要素，包含了激情、承诺和亲密的完美爱情（consummate love）。

那么，我与戴琳的关系，是属于其中的哪一种呢？有一点可以肯定，我们之间是没有承诺这一元素的，从一开始就没有，到最后也没有。那么，我与她有亲密吗？抑或只是纯粹的迷恋式爱情？

下午 4 点 10 分我就醒了过来，手机里并没有提示收到新的邮件，说明队里还没有将今天这起新的伐木工案的资料整理齐全。距离张铁来接我，也还有一个多小时。于是，我坐在阳台上又点上了烟，脑子里再次想起这些乱七八糟的问题。

我自嘲地笑了。很奇怪，在与古倩倩认识以后，我就断了自己与戴琳的这段关系，在结束后的这段日子里，我都没有过太多在意。同样，戴琳在我与她坦诚地说明以后，也笑着对我祝福，并和我断绝了来往。可是，为什么过了大半年已经新婚的我，心底对她的那点情感，反倒开始缓慢而又坚决地在心底蔓延开来呢？

或许，因为早上听熊所长说起当日那一场发生在人民医院门口的故事的缘故吧？我这么安慰自己，连忙将自己的思绪转移出来……

那么，长歌与林珑呢？他们的爱情，算是斯滕博格所归纳的第七种——完美爱情吗？他们有亲密，昨晚林珑从长歌身后将他环抱的动作，说明在他们的世界里，温暖始终。至于承诺和激情……

一股凉意从我心底浮上。林珑是个精神病人，一个困在自己世界里的不具备民事能力的精神病人。那么，她能给予人的承诺是什么呢？是用她曾经耗费在长歌身上的那几个七年来代表吗？抑或是他们那匆忙而又太过草率的婚姻？另外，关于激情……一个未痊愈的精神病人在性爱中究竟是用何种方式来演绎？最为原始的？抑或是极度呆滞的？那么，作用到长歌身上，又是否得以享受到一个如他一般的正常男人应该享有的夫妻之间的肌肤亲密呢？

那穿着睡衣站在学院路边的身影，在我脑海中定格。我想，他并不幸福，也不快乐，又或者，他在用另一种方式享受着我所不能感受的幸福与快乐。

这时，放在一旁的电话响起来，是贾兵打过来的。距离我过去接班还有几个小时，学院路那边一定发生了什么，否则，他不会打给我的。

我按下接听键。贾兵是个急性子，他也没在意我是否听到，便急急忙忙说道："他俩要出门了。"

我有点蒙。他是个老刑警了，被盯的目标并不是被我们监视居住限制出行的，所以，他们出门并没有什么问题，只是蹲守的人要跟着，比较辛苦罢了。于是，我没好气地说道："出门？出多远的门？你的车没加油，跟不上吗？"

这次贾兵没和我拌嘴，而是直接说情况了："晓波，我说的出门，是出远门。"

我忽地站起来："出远门？你说的是邵长歌和林珑吗？"

"废话。"贾兵也不耐烦了，"难道我专程给你打电话还是汇报别人不成？"

"走了没？"我连忙问道。

电话那头的他顿了顿，可能也觉得自己这没前没后的说辞，确实令人摸不着头脑。于是，他语速没那么快了："下午两点半左右，邵长歌就领着他那疯子老婆出门了，不过只是去到隔壁的精神病院。我让小郭跟了进去，他回电话过来，说是那疯子老婆的主治医生要给女疯子治疗……也不，叫什么词来着？反正就是要聊两个小时。”

我沉声道：“长歌的妻子叫林珑。”

贾兵听出了我的语气不是很好，连忙改口：“对，林珑。嗯嗯，她也是我媳妇小时候的室友呢。”

我再次打断他：“继续。”

“好吧！”贾兵便接着说道，“邵长歌将疯……将林珑送到医院后就回来了。我让小郭在医院盯着，自己继续在车里盯着学院路8号，似乎也一直没有什么问题。可就在刚才，我看到他把门打开，还提出了一个很大的拉杆箱放在院子里。紧接着，他又从房里提出了一袋被褥，和那拉杆箱放到了一起。这又是拉杆箱又是搬被褥，不是出远门，难道是要在院子里野营不成？”

“知道了。”我应着，“我现在过来。”

其实搁在以前，我完全可以直接给长歌打个电话问一两句的。但是昨晚那场并不愉快的对话，令我对我们的关系不再如之前那么有把握了。于是，我打给了张铁，让他不用过来接我，直接往学院路赶。我自己下楼叫个车会快很多。

“嘿！师兄……哦不，夏队，你起来了？”张铁第一时间就接听了电话。

我应着，正要对他说话。可这时，站在阳台上的我突然发现自己的车就停在楼下的马路边。车的天窗还敞开着，烟雾从车里往上升起。

“你在楼下？”我问道。

“是啊，提前到了，等你呢。”他的语调欢快，末了还发出蛤蟆喘气般的笑声——"呵呵呵"。

我也笑了:"那就再等几分钟,我马上下来。"

我刷完牙,随便抹了把脸,快步下楼,钻进了车里。张铁精神头看起来还挺好,咧着大嘴问:"是过去和另外两个同事一起吃饭还是我们先吃了再过去接班。"

"直接去学院路。"我将安全带系上,"有点情况。"

张铁激动起来,大声说了句:"好嘞!"他一踩油门,汽车朝着前方开去。

路上,我将邵长歌可能要出门的事给张铁说了。寻思了一下,还是给长歌打了个电话过去。也不知道是没听见还是不愿听到我的声音,他并没有接电话。所幸,这期间贾兵没给我打电话过来,说明邵长歌还没有离开学院路。

我和张铁抵达学院路时,是4点35分。远远地,就看见邵长歌端坐在马路边那把长椅上,面朝精神病院。很多年前,这里是他与林珑乘坐的校车停靠的地方,也是少年的他与少年的林珑等待对方的地方。

我觉得自己也没必要遮掩什么,便让张铁直接将车停到了长歌跟前,然后拉开车门下了车。邵长歌抬头看了我一眼,表情平静,甚至还冲我微微点了点头。

"你知道我会来?"我开门见山问道。

"是。"长歌应着。他身上穿着的浅蓝色衬衣有着熨烫过的痕迹,但因为距离近,所以,我能清晰地看到衬衣衣领上有发泡。

我有点心酸。很明显，这三年里的他，过得有点拮据。尽管如此，他还悉心收拾着自己，让自己看上去体面些。

"我同事说你好像要出远门？"我回头看了街对面贾兵的车一眼，然后对长歌说道。

长歌耸肩，这一动作依旧优雅："所以你的那些负责盯着我的同事就第一时间打电话给你了，对吧？"

我点头，本也无法反驳。

长歌笑了："没错，我是要出门，而且今晚不会在这里过夜。不过，我们不是要出远门，而是想……"说到这儿，他朝着精神病院那边看了看，"而是要去林珑家住一晚。"

"去林珑家住一晚？"我愣住了。

"嗯！"长歌应着，并用明显是故意装出来的疑惑眼神看了我一眼，"不会吧，你夏队会不知道林珑有自己的家？"

我摇头："长歌，你我之间不要用这种酸溜溜的语气来对话，可以吗？"

长歌闷哼了一声，低下了头。过了一会，他依旧没抬头，如同自言自语一般说道："她父母在香粉街的那套房子一直都在，只是之前他们还小，所以一直闲置。早些年姚沫将房子改到了林珑名下，房产证和钥匙也都存在精神病院。林珑的病虽然还没痊愈，但她也不傻，看出了昨晚与今天似乎发生了什么事。所以，中午她就给我说，今晚想回去住一晚。"

他顿了顿，终于抬起头望向我。这次，他眼睛里终于有了我所熟悉的那个长歌的眼神："晓波，一晚上时间很长，也可能会发生很多事情。所以，我专程坐在这儿等着你被同事叫过来，就是想要问问你，要不要跟我们一起去香粉街？"

长歌也害怕出现危险……我心头一热，连忙点头："反正你有什么需要我的，职责范围内，我义无反顾。"

"职责范围内……"长歌苦笑了，重复了一遍我的话。接着，他叹了口气，摇了摇头。

我不知道自己该如何解释自己这句职业化的话语。半晌，我补上一句："长歌，你明白我的意思的，我是……我是想帮助你与林珑，真心地想要帮助你们。"

"我知道。"长歌点头，看了看表，"林珑差不多要出来了，一会我和她在家吃饭的时候，会告诉她，你也跟我们一起去她家老宅子住一宿。她对我言听计从，应该没什么问题。那老房子有两层，所以，今晚就有劳夏队您在那小房子的一楼待一宿了。"

"嗯！"我冲他笑了笑，并朝着马路对面停着的贾兵的车努了下嘴，"总好过在那狭窄的车上对付一宿吧。"

长歌终于笑了。

这时，我突然愣了一下，并紧接着问道："你说的这老房子，就是莫莉与景润生曾经住过的那间老房子吗？"

长歌点头："是。"

"也就是莫莉亲手将丈夫杀死，并肢解的那个案发地？"

长歌再次点头："是，就是那里。"

是的，莫莉案的第一案发现场，就在位于香粉街的那栋老房子里。那里，有着莫莉与景润生的所有幸福快乐，也有着她俩人生落幕时那一场血腥的人间悲剧。当然，老房子里，还有过一对叫作景放与景珑的双生子，一度模糊而又应该美满幸福的短暂的人生经历。

催眠

瑞士心理学家卡尔·荣格（Carl Gustav Jung，1875—1961）将大多数心理问题的形成归结为某一原型没有得到良好发展后受到阻碍，并由此衍生出原型心理学（Archetypal Psychology）理论。

原型（archetypes），集体无意识的主要内容。它并不是人生经历过的事情在大脑中留下的记忆，也没有一个清晰画面，更类似于一张需要后天经验来显影的照片底片。况且，原型深深地埋藏在心灵深处，当它们不能在意识中表现时，就会在梦、幻想和神经症中以象征的形式表现出来。在这诸多原型中，有一个叫作阿尼姆斯的原型，是我一直以来认为在林珑对长歌的爱意中所蕴含着的。当然，我也可以把阿尼姆斯这个原型解释得更为简单一点——那就是一个女人心中最为完美的男人的形象。作用到林珑的世界里，或许便是年幼时的她在福利院楼顶第一眼看到小小的邵长歌的一刻，脑海中情感之所以泛滥的缘由。

只是，对于一个女人来说，她的世界里的阿尼姆斯的形成，父亲这一角色会产生非常关键的作用。他们常常会成为女人的阿尼姆斯的化身，将不可争议且真实强大的信念赋予女儿。而林珑的父亲景润生呢？

是的，景润生在林珑与姚沫只有三岁的时候，就离开了这个世界。那么也就是说，在林珑心中的阿尼姆斯的生成，或许只是一个非常模糊的印刻。甚至，她不一定还记得景润生的模样，记忆中不过保留着属于景润生这一父亲角色零星的碎片而已。

那么，在惨剧发生的那一晚里，景润生留在林珑心中最后的画面又是什么呢？

4 点 50 分了，林珑依旧没有走出精神病院的大门。站在长歌身旁的我寻思着是不是要将姚沫曾经给我打过电话的事告诉他，但转念一想，他与林珑的世界安好且宁静，将纷扰是非带入其中的我，似乎显得有点突兀与残酷。

这时，姚沫在那个电话里提起过的，对于他父亲被杀那一夜所发生的事情，他没有一点记忆留下的话语，从我脑海中蹦了出来。我终究没有忍住，脱口问道："长歌，你有没有听林珑说起过，她父亲被杀那一晚的事啊？"

依旧坐在那条长椅上的他抬头看了我一眼："那时候她才三岁半。"

"嗯。"我点头。那一刻，想要得到答案的迫切心情，令我又一次显露出了令长歌厌烦的刑警的执着劲儿，"也就是说她对于那一晚所发生的一切，没有一点印象？"

长歌没有再和我搭话。很明显，他对于我职业化的思维方式，与无孔不入捕捉线索的相处方式心生厌倦。可我又偏偏是那种想到什么，就忍不住要一路往下深挖的性格。这，或许也是我与他的友情萌生裂缝的原因。

想到这里，我便没有再继续问下去。我后退了一小步，背靠车身，陪他等待林珑出来。可几分钟后，长歌自己却抬头了："晓波，三四岁的孩童所能保留下来的记忆不会太多，但影响到她们整个人生的那些画面，却是始终都在的。目前林珑的头脑还不是很清醒，所以我们也无法洞悉到她的记忆中，是否还保留着那一晚所发生的一切。不过，就算是有，我个人认为，她的身体出于对自己的保护，也会把那一晚的记忆深锁入潜意识深处的。另外，我不知道你为什么突然对林珑的父母感兴趣了。以我对你的了解，你的关心不会只是因为林珑与你是老同学。此时此刻，你想着的应该只有越狱了的姚沫。那么，晓波，你是不是又想通过深挖他们父母的过去，来分析这一刻姚沫所躲藏的位置？"

我不知如何回答。

我是个刑警，我习惯将一些看似并不关联的线索进行整合再思考。可长歌只是个普通人，他只是想要好好守护一个爱着他的女人而已。那么，我是不是要将这两天发生的伐木工杀人案与二十多年前的莫莉杀夫案有着某种关联的事告诉他呢？

多年后，我时不时后悔，后悔当时的自己太过激进，不懂世间事是多面的，每一面都可以独立存在，小需要将之混淆一起。其实，长歌与林珑的故事，或许本可以简单的。

嗯，也只能说，或许……

最终，我深吸了一口气："今天早上，又有一起命案发生，死者的尸体和昨天那一起命案里的死者一样，被锯成了两截。况且……况且他们被锯开的位置，与莫莉，嗯，也就是林珑的母亲锯开景润生的部位是同一个位置。据我们目前所了解到的，莫莉在当日被捕后已经疯癫，她并没有留下杀害景润生的细节的供述。而那一晚身处案发现场的另一个人——幼年的姚沫，对当晚的一切也没有任何记忆。所以，我才想问问，林珑是否还记得一些什么？"

　　邵长歌"嗯"了一声，他头也没回地应了一句："林珑也不会记得的。"

　　我那股子倔劲又犯上了，语速不自觉地快了："长歌，你刚才也说了，尚年幼的林珑就算有那一晚的记忆，也一定是被收入潜意识深处。可你我都是学实用心理学的，我们都知道人的潜意识里被深埋的记忆，通过催眠，是能够将之提取出来的。那么，我们能不能……"

　　"够了。"长歌将我的话语打断，站了起来，扭头看着我，"夏警官，其实，你可以尝试去催眠姚沫。或许，你会找到你想要的答案。况且我也相信，凭你的能力，抓到姚沫只是时间问题。"

　　说完这话，他就转身朝着精神病院。那边，穿着浅色长裙的林珑已然出现。她也看到了我，对我微笑着点头。

　　"不要打扰她，好吗？"长歌小声说了这句，接着，他并没有等我回答，径直朝着林珑走去。

　　可林珑却没有将目光转移到朝她走近的长歌身上。她的脸上依旧挂着微笑，维持着第一眼看到我时的表情，继续盯着我。眼神并没有丝毫异常，可不知道为什么，我心底却油然生起一股莫名的惶恐。

当长歌走到她身边后，她脸上的微笑开始变化，仿佛有了一丝得意，又像是孩童收获到快乐时的愉悦神情。她挽住了长歌，探头到长歌耳边，似乎在说着什么。长歌听到后，又回头看了我一眼。接着，他和林珑小声交谈起来。

半晌，他俩一起朝我这边走了过来。

"晓波，一起吃饭吧！"长歌面无表情地对我说道，看得出，他对于自己的这一提议并不是很乐意，"林珑答应让你去她家过夜。不过，条件是你必须请我俩吃一顿实验中学对面那家牛排店的牛排。"

对于这一突如其来的邀约，我有点猝不及防。

"没问题。"我对林珑笑了，应允道。

"嗯！"林珑点头，笑容依旧无邪，眸子里依旧空灵。这令伫足于她面前，有诸多所求与诸多顾虑的我自行惭愧。接着，她伸手指了指我身后，车里面坐着的张铁。

"你朋友，一起。"她非常小声地吐出了这么几个字。

我后背多了一丝凉意……她的世界里并不混乱，甚至她还能够洞悉我和我的同伴。那么也就是说，本就是她提出的今晚要去老房子过夜的想法，在她的思维逻辑中，或许也有着她的某种考虑。

"好吧！"我边说边敲了敲车门。坐在车里的张铁本就一本正经盯着车外的我们。他连忙钻出了车，并咧嘴笑着说道："大家好，我叫张铁，弓长张，铁是……是打铁的铁。"

让人完全意料不到的一幕在这一刻出现了。只见林珑脸上的笑突然消失了，她的眼睛瞬间瞪大，脸色似乎也变了。

"张……张……"她抬手指着张铁，"张……张……"

在她身旁的长歌连忙伸手搂住了她，而被搂住后的她，紧张情绪似乎因为有了长歌的臂膀而有所缓解，表情也开始慢慢恢复正常。

她的表情依然是无邪的，但指着张铁的手却没有放下。紧接着，她却小声而清晰地吐出三个字："张海洋。"

第四章
哥哥，你一直都在

张海洋

我和张铁都愣住了，刚钻出车门的他正好和我面对面站着。我瞅着他喉头动了一下，似乎要开口说话。我想，他十有八九是想询问林珑为什么喊出他父亲的名字。

我赶紧咳嗽了一下，冲他使了个眼色。张铁这家伙还算机灵，张开的口硬生生又变成了咧嘴憨笑，也不说话了，不明白我要卖什么关子。

"张海洋？"我望向林珑，"张海洋是谁？"

林珑却往长歌身后退了一小步。长歌露出关切的神情问道："林珑，你没事吧？"

林珑脸色恢复了正常，嘴角再次往上微微扬起，似乎又微笑了，并对长歌摇了摇头，示意无恙。长歌这才放心，又问了句："那，那我们还是在家吃饭吧？"

林珑又一次摇头了。她再次望向我，那看似无邪，却又有点令人捉摸不透的笑容再次浮现。

"好吧！"长歌这才回过头来，望向我和张铁，"张海洋是她的一个故人，不过那人有一把岁数了。她刚刚应该是认错人了！"

我点了点头……

张海洋是林珑的故人，但林珑简单到可以用一页纸便可以写满的过去，又怎么可能与五十多岁的本城名流成为故人呢？说她母亲莫莉与张海洋是故人还说得过去……

这胡乱而至的想法令我不由得愣了一下，但随即一想，海城说小不小，但说大是肯定不大的。那么，莫莉和张铁的父亲张海洋作为同龄人，互相认识并不是没有可能的。

在我思考的这段时间，长歌又在林珑耳边小声说了句什么。林珑点头。接着，长歌拉开了我的车门道："那我们现在就先过去吃牛排吧，吃完后我和林珑再回来拿行李去香粉街。"

我点头，然后朝街对面贾兵的车看了一眼，简单做了个手势，示意他们可以换班了。张铁站在车旁似乎在想什么，眉头微微皱了皱，又快速恢复，只咧嘴朝坐在后排的长歌和林珑说道："我知道哪里的牛排味道不错，要不要我领你们过去？"

我没等长歌与林珑的回答，径直说道："去海城实验中学对面那家。"

张铁应道："好嘞，我知道那家。"

这时，坐在后排的长歌喃喃地吐出一句："我们仨是实验中学的同学。"

是的。我、邵长歌，以及林珑和这会儿不在场的王栋，我们都是海城市实验中学的同学。

社会是一个挤满了人的巨大框架，人与人以各种方式互相连接着，进而产生情感。同时，情感作为一种纽带，维系着人与人之间的关系。而同学，在各种关系中，相对来说是比较单纯的一种存在。因为彼此在同学这一身份里，并没有经历世俗里的诸多打磨与洗礼。于是，它简单且牢固。

　　汽车缓缓驶入了海城市实验中学所在的那条马路，两边的梧桐树整齐且茂盛。偶尔，有早熟的蝉发出一串叫声，可惜的是它的同伴还没到来，无法为之后的合奏演绎序曲。

　　那家牛排店开了有很多很多年了。印象中，在海城还没有几个人对牛排感兴趣的那个年代，实验中学对面的这家店铺便存在了。虽然，不时有市民专程到这家牛排店里品尝，但是那时的人都会说："嘿，还是吃不习惯，总觉得没有就着饭吃，像没吃一样。"或许，牛排店本也不是为了他们这些人存在的。它孤零零地存在于这所比它更为古老的学校附近。它随意到连一个招牌都没有，也随意到一届一届的孩子将它存储于记忆中，却没有为之推广。

　　嗯，它如同我们那逝去的青春时日！我们时常缅怀，也时常惦记。但，我们在离开这所学校后，却又很少回来，再次将之浏览。

　　我想，是因为我们太忙了吧！

　　我们忙于将自己隔离进一个个狭窄的小格子里，而其他人，都只能在这格子以外！

　　和当年一样，这牛排店里的客人依旧不多。三五个穿着校服的孩子，围坐在最里面的一张桌台，却没人说话。他们各自拿着手机，紧盯着屏幕，仿佛周遭的人都是透明的，又宛如若干块我们看不见的玻璃，将他们彼此隔离开来。

令我没想到的是，张铁居然也是实验中学毕业的。因为他离开学校的时日比我们要晚上几年，所以他对这家店的记忆较我们要深刻不少。他指手画脚地推荐我们点了几个套餐，又自顾自地站到了厨房门口，帮开店的那两位老妇，将牛排端到了我们桌上。

我和张铁都要求把牛肉煎到八分熟。而长歌在美国待过几年，已经习惯了西方人的饮食方式。于是，他给林珑做主，点了两块五分熟的。

当长歌的刀将那块五分熟的牛排缓缓切开时，张铁就开始咂舌了："还真有血丝呢！不腥吗？"

长歌便笑了，一边小心翼翼切着牛排，一边对张铁科普道："欧美人喜欢牛肉的鲜美，所以三分熟是他们的最爱。可我们东方人肠胃没有他们那么强悍，所以将牛排煎到五分熟后，基本上就除去了那股子过生的腥味，也避免了牛肉过熟带来的韧性，是一个不错的选择。不过，国人大多数西餐厅都是默认按照七分熟来制作的，质感就比较厚重了，缺失了牛肉的鲜嫩。"

"那我和夏队选的八分熟又有什么讲究？"张铁兴致勃勃地问道。

"八分熟。"长歌将切下的牛肉放进嘴里嚼了几下，眼神中开始有了我一度熟悉，也专属于他的那份张扬的优雅。

"一成熟对应的英文单词是 rare，三成熟对应的是 medium rare，五成熟对应的是 medium，七成熟是 medium well。而二、四、

六、八成熟是没有对应的英文单词的。"他笑着回答道。

"哦！"张铁有点尴尬，并扭头对我说道，"夏队，看来我们以后点牛排也要长点心，要单数不要偶数，否则也忒丢人了。"

我的注意力压根没在他们的对话上，默默地、又尽可能不那么明显地盯着坐在我对面的林珑。她嘴角依旧往上微微扬起，美丽与无邪始终都在。只见，她左手拿叉，右手拿刀，不紧不慢地将盘子里的牛排细心切割着。她也不着急吃，似乎在享受着刀上的细微锯齿撕裂肌肉纤维的快感。

长歌留意到我的目光所向，看了我一眼："有些人喜欢把所有的事情都完成，之后再开始享受快乐，林珑就是这种人。别看了，她不过是全数切好后，再慢慢品尝。"

他说这话的时候，我已经不再刻意隐藏自己死死盯着林珑的眼神了。我也不想回答长歌的话语，而是用摇头来表达我所见的不寻常。长歌便也扭头了，望向林珑面前盘子里的那块牛肉。

她小心翼翼地将盘中的牛排切割成了人形，并将没有切割整齐的位置用力地补上一两刀。一枚有着红色闪亮物的发卡，维护着她的如绸秀发，让发丝不会跟随她兴奋后笑得有点颤抖的身体而晃动。她的皮肤白皙，坐在她面前的我甚至可以看到每一个毛孔里都那么干净，不会去怀疑这完美身体深处是否有恶念寄居。

她越发激动了，盯着有了头和脖子，有了身体与对称四肢的人形牛肉深吸气，深呼气。在场的每个人都能够察觉到，在她身体里酝酿着某种我们所体会不到的高潮，正在令这看似美丽无邪的女人兴奋不已。

她深吸气，深吐气。

她嘴角上扬，甚至微微张开，那洁白整齐的牙齿清晰可见。

"长歌，你看，一个人儿呢！"这是我这几年里第一次清晰地听到她所说出的有着完整主谓宾的句子。而紧接着……紧接着她所做出的事情……

她用叉子按住了人形的牛排，接着把刀伸到那人形的胸腔位置，还很认真地避开那人形旁边的两条手臂。

她的笑容开始凝固，握刀的手来回的动作缓慢而又坚决。

她拉扯着，拉扯着，锯齿将人形牛肉的胸腔位置撕扯开来，最终分成了两截。一截有着头颅与一半的胸腔，两条手臂与之陪伴。而另一截失去了有着心脏与头颅这两件承载灵魂的器官，却又保留着肠胃与生殖器官的残肢，显得那么肤浅与肮脏。

我胃里的酸水在往上翻涌，因为那切口位置有着五分熟牛肉的独特魅力，上下棕色，向中心处粉红，最中心处又是鲜肉色，且似乎有血滴在微微渗出。

邵长歌说的，这样熟度的牛肉没有过生的腥味，也避免了牛肉过熟后的韧性，是一个很好的选择。

林珑的潜意识深处

接下来的时间里，我们每个人都沉默着。我们也都没有吃完属于自己的那块牛排，默默地买单，默默地出门。然后，在去往学院街的路上我们没有交谈，拿上行李去往香粉街的路上也都一路沉默。最后，汽车拐入那片属于老城区的小巷子，长歌指了指一条麻石板路尽头的两层小楼，对我们说道："那里就是林珑的家。"

他率先拉开了车门，去后备厢提拉杆箱，张铁也连忙下车帮忙。林珑却没有急着下车，而是端坐在车后排，低着头不知道在做些什么。我并不知道她现在的思考方式是否和正常人一样，但是我觉得，我们还是应该把她当作正常人看待。我扭头小声说道："到了。"

她这才抬起头，眸子依旧清澈，嘴角却没再上扬，下嘴唇甚至有一排牙齿咬过的痕迹。

"救我。"她出乎意料地说出这么两个字。

我愣了，但还没有等到我的脑细胞开始对她说出的这两个字做出反应时，她却又笑了，笑容依旧无邪，跟个恶作剧成功的孩子一般。

"逗你玩。"她小声说道，并快速拉开了车门，下车朝往麻石板铺成的小巷深处迈步的邵长歌追去。

我是犯罪心理学专业的科班生，毕业后也一直从事刑侦工作。

我在学校里学过有助于侦查的诸多学科，对犯罪心理学这一实用心理学科也有着自己的见解。从警几年，我又见识过各种各样不同的罪犯以及各种各样不同的人，凭我的所学与所见，我对身边人的性格、思维方式等都有着还算准确的评估。但，对于林珑，我想，我压根就无法揣摩出一丝一毫。

首先，她的经历过于简单，情感轨迹也众所周知。她喜欢着的一切，无非就是长歌所喜欢着的一切。她厌恶着的一切，也不过是依附在长歌思想中的恶。那么，她是如何看待名利？如何看待俗世？又是如何看待人情与世故的呢？又或者说，属于她的独立人格，又是一幅如何的画像呢？

我站在车旁，看着他俩的身影往前走去。张铁缓步走到我身后，在我耳边小声道："夏队，我今晚就在这巷口守着就是了。里面有啥情况，你吼一句，我就第一时间冲进去。"

"嗯。"我点了点头，又左右看了看："距离天黑还有好一会儿，你最好在这附近转转，这种城中村里面的小路错综复杂。如果，这曾经是林珑与姚沫的家，那么姚沫对这一块区域肯定是非常熟悉的。所以，你也要提前对周围地形做些了解，用来应对晚上可能出现的紧急情况。"

张铁走前，递了支烟给我，笑着道："这点你倒是可以放心，这块我还真挺熟。"

我探头，对着他按着的打火机火苗将烟点上，问道："难道你小时候也是在这香粉街长大的？"

"不是。"张铁摇头，"但我爸是。在我还是个小孩子的时候，我爸还没有现在这么忙。那时候,他时不时会领着我来这附近转圈,并告诉我,这里有过他的童年与少年时期的所有回忆,也有过他的……"说到这里,他皱了皱鼻子,"其实你之前分析我爸的时候,说他是个儒商,那话说得并不算对。他那顶多算附庸风雅,只是没事就喜欢显摆两句。"

他顿了顿:"我爸跟我说起这香粉街的时候,就装得挺高雅的,说这里有过他的爱恨情仇……土死了。"

我也笑了:"怎么了,就不允许你爸也年轻过吗?"

张铁苦笑道:"所以,尽管我爸做过一些令我和我妈、我弟都非常气愤的事,但不得不承认的一点就是,他始终还算一个有旧情怀的老男人。"

他这句话让我的心"咯噔"一响,一下就想到了他嘴里所说的,令他的家人都气愤的事,很可能就是他爸曾经有过一个叫戴琳的女人。我扭头往一边吐出嘴里的烟雾,避开了他的眼光:"说说看,你爸做过些什么有情怀的事?"

张铁努努嘴:"远的不说吧,就我们现在所在的香粉街,早几年就被规划进了要开发的路段,我爸很早就拿下了这块地。接下来要做的事情,无非就是和这座街区的老街坊们商量价格,然后动手拆迁。可就是不知道他哪根筋不对,跟上面说这块地方有不少钉子户,拆迁比较困难,所以一直给压着。实际上,这里一到晚上人影都没几个,别说钉子户了,住在这里的老鼠都早就搬走了。"

"或许,你爸就是想留着这片承载过他的……他的什么来着?爱恨情仇的地方,没事还可以回来看看吧!"我为他如此解读道。

张铁点头："或许是吧！"

这时，已经打开了两层小楼大门的长歌扭过头喊道："晓波，进来啊！"

我应了一声，将手里的烟头掐灭，快步上前。

这应该是一栋建成于20世纪60年代，用红砖与木头砌成的小楼。我所伫足的一楼的房间里，墙壁上贴满了报纸，地板也只是刷了一层灰色的水泥而已。我倾向前看了看，墙上的报纸是1998年左右的，说明这栋房子的主人在十年前，很认真地把这房子翻新过。不过，用贴报纸来美化墙壁的手法，并不属于这个年代。所以，我可以揣摩出在二十多年前，这屋子里的主人还在其间快乐生活着的时候，可能也只是报纸与水泥地将这个属于他们的一度温暖的家包裹着（前面主语是主人，后面变成了家）。之后，将房子翻新的人，由于对过去的时日有着某些留恋情怀，所以选择了当年的装饰方式也很好理解。

1998年，也就是十年前……十年前正是长歌离开这座城市的时候，是林珑失去心智被送入精神病院的时候。那么，将一张一张1998年的报纸，贴满这间只有四五十平方米屋子的人，应该是十年前，同样还年轻的姚沫吧？那年的姚沫，20岁……

我向四周打量，这并不宽敞的房子里的每一个角落，似乎都平添了一个留着乱糟糟头发的青年男子的身影。他提着一个小小的糨糊桶，另一只手握着刷子在墙上机械式地上下来回涂抹着。接着，他又小心翼翼地将一张张报纸摊开，往上贴着……

我很想知道，他所掩盖的墙壁上，那一层属于过去时代的报纸上，是否有着属于他父亲溅出的血迹？又是否有着他或者他妹妹挥洒出的眼泪……这都不得而知，它如同这老城区里，那一页页翻过去的陈旧故事。经历过那一切的人们，正缓缓老去，而新来到这个世界的人，已经不喜欢这破旧的小巷与这破旧的小楼了。

又或者，在当日细心贴着报纸的姚沫心里，会以为他心心念着的妹妹——林珑会喜欢上这曾经有过他们幸福时光的老房子吧！

姚沫的世界里，妹妹是他的所有。他倾其所有，只想要妹妹得到幸福与快乐。那么，又有什么是比一个家，更让人感到幸福的事情呢？

猛然间，我想起了张海洋。如果说，对于林珑来说，她人生中最宝贵的是让她享有三年多真正美满幸福时光的家，那么将这个家，甚至与这个家所关联着的四周全数保留下来，不让其被拆迁的人，不正是张海洋吗？也就是说，张海洋和姚沫一样，用着另一种方式，为林珑这么一个身世可悲的姑娘，保留着最后一方温暖的地方。

林珑看到张铁后，第一时间喊出张海洋名字时的那一幕，在我脑海中快速跳出。而张铁也说他的父亲小时候在这里住过，并有过"爱恨情仇"，那么，当时的张海洋是不是与景润生、莫莉夫妇也都认识，与小小的景放、景珑也都认识呢？而属于张海洋的那些"爱恨情仇"里，是否也有着这些人的身影呢？

我往后退了几步，坐到角落里的一张小木床上。床上铺着不厚的棉絮被子，摆放着两个小枕头。整个一楼房间里，除了这张小床，就没有其他家具了。我又继续打量，揣测有水龙头的位置，或许曾经是个小小的厨房。传说中美丽迷人的莫莉，曾经站在这儿切菜做饭。我又望向差不多一米高的窗户，遐想有一双小儿女踮起脚看着外面的世界，并不时说着稚嫩含糊的话语。我不知不觉中，似乎有点着迷了。我宛如站在了多年前的小屋子里，身边的景润生、莫莉，以及曾经叫作景放与景珑的他们都在……

"晓波，晚上就委屈你在这下面睡一晚了。"长歌的声音从楼上传来。我抬头，见到他在木楼梯上方。他将二楼的房间门关上，然后缓步往下走。木楼梯时不时发出"吱吱"的声音，说明它们并没有当年那么结实，甚至可能几近腐朽。

"没事！这总比我窝在车里对付一宿要好很多。"我自嘲地笑笑，"林珑呢？"

"我给她开了电视，没有人打扰她的话，她能一直看下去。"长歌答道。

"嗯。"我点头。

接下来又是颇尴尬的沉默。这印证了越长大的我们，也越来越生疏。

许久，长歌率先打破了沉默："晓波，能给我说说莫莉吗？就是林珑的母亲莫莉。"

我愣了一下，没想到他会对我提及这个人的名字。我想了想，最后只得对他耸肩："我也并不是很了解那个案子。我所知的莫莉，或许还没有你所知道得多呢。"

"那么能告诉我，当日莫莉将她丈夫切开的位置，和林珑今天将划成人形的牛排切开的位置是不是一样？"他看着我，声音清晰缓慢。

我再次想了想，寻思着莫莉案是二十几年前的老案子了，似乎也没有什么需要保密的。于是，我点了点头："是，是那个部位。"

长歌深吸了一口气，又将这口气重重吐出，好像是某个堆积在心底很久的疑惑被解开了似的。半晌，他对我说道："晓波，或许我会考虑下你下午的建议。"

"什么建议。"我一下没反应过来，反问道。

长歌瘪了瘪嘴："晚点吧，晚点我会喊你上来。我想，我们可以和林珑一起聊聊很多年前发生在这个屋子里的事情。"

我欣然："你的意思是要尝试催眠林珑，让她说出被她尘封在自己潜意识深处的那一晚所发生的一切。"

"嗯。"长歌点头，并又看了我一眼，"不过，晓波，我想要你明白。我之所以想要知道当年林珑的母亲杀死她父亲那一晚所发生的一切，并不是因为你提出了要求，也不是想要帮助你。而是……"他扭头看了看窗外快要暗下来的天幕，"而是我觉得，或许林珑失去心智并不是因为我的离去，而是某一段属于二十几年前的噩梦，从未消散。"

说完这话，他再次往楼上走去。

这种老房子楼层一般都盖得挺高，又或者只是一楼挺高，而二楼不过是个阁楼也说不定。也是因为高的原因，在长歌将二楼的门带上后，下面压根就听不到上面的任何响动。再说，长歌和林珑也都不是那种粗枝大叶的人，他们的举止动作都很轻盈。楼下的我和他们如同身处不同的时空一般。

尽管如此，我还是不想在这个属于林珑与姚沫的老房子里抽烟，怕弄得有烟味。如果不是因为从警的话，或许我并不会抽烟，因为我始终反感烟雾中的恶臭。

当我站在门外点上一根香烟时，我朝那台孤零零停在巷子口的车望了一眼。天色微暗了，我不知道张铁是否还在里面猫着。紧接着，我又捕捉到那车窗后，一点红色的火星在闪着，便不自觉地笑了。这小子有干这行的天赋——表面看上去很糙，心思却细腻，精力也还挺充沛，教他的东西只要一次，立马学会。诸如此刻，玻璃车窗一条缝都不给自己留，将自己憋在车厢里默默抽烟的技能。对于一个新丁刑警来说，还真需要时间来适应与习惯。

我将烟雾朝着空中吐出，微风让它们快速消散。附近房子不多，但都暗着。在这夜色即将来到之际，没有一丝丝灯光溢出，说明其间都已经没有人居住了吧！我忽然意识到，如果姚沫潜伏在这片老城区中某一栋已经没有人住的房子里，给我们刑侦人员的搜捕工作，还真是添了不少难度。

这一想法令我心生惶恐了。是的，姚沫对这一片区应该非常熟悉。况且……况且……假如我没记错的话，汪局和我说过一次，姚沫的养父姚锁匠和莫莉曾经是青梅竹马的邻居，那也就是说……这周围的某一个小平房或者小楼房，是姚锁匠曾经住过的地方。那么，作为姚锁匠的养子，是不是也对那个房子非常熟悉呢？

我连忙拿出了手机，想要给李俊打电话，将这一推测告诉他。

但手机拿在手里我又愣住了，偌大的香粉街街区里，哪一栋房子才是姚锁匠曾经的家呢？这一会儿要李俊他们调动警力去找当地派出所或者居委会查，似乎也忒晚了点吧。

我望向了不远处停着的车里又闪了闪的火星，往前走出几步，给张铁打了过去。

"哎，夏队，有什么指示？"他第一时间接听了我的电话。

"你对周围曾经住过一些什么人有了解吗？"我径直问道。

"这……"他顿了顿，"师兄，我只是跟我爸来这里转过很多次，有些街坊我见过，但姓甚名谁还真不知道。"

"那……"一个有点大胆的想法在我脑海中蹦了出来，"那你能问问你爸吗？"

"问啥？"

"姓姚的、开锁匠铺的，你看你爸是不是还记得他家住哪儿。"我如此给他布置道。

"没问题，我现在就打电话给他。"

"行。"我又想了想，补上了一句，"问到了后，你去那一家周围转转，今晚重点给我盯着那一家。"

"是！一定盯紧。"张铁在电话那头大声回答道。

我重新回到了屋里，坐回到那张小床上。然后，我用手机给古倩倩发信息，告诉她今晚又会很忙。很快，她便给我回了信息，无非还是要我小心点之类的话。她是个并不善于表达内心所思所想的人，可能因为父母亲都是公检法系统工作人员的缘故吧。当然，我也一样，一直都不算是个能够很好地表达自己爱憎喜怒的人。尽管我内心深处又有着柔软，我的感性时不时会跳出来与理性博弈。想到这些，我笑了笑。又或许，古倩倩也是这么个人，她内心深处有着的柔软，和我一样隐藏得足够深刻，没有让我发觉吧。

我是爱她的，所以我总是在略微空闲的时间里，给她发个只有只言片语的信息。她也是爱我的，所以每次我的信息发过去以后，她都会很快便回复那么简单几个字。寥寥数字间，又让我感受到来自一个女人的盈盈情意。我想，这也是为什么我在今天琢磨起戴琳的事儿时，会有着负罪感的原因。

想着想着，便又想要抽烟。我站起，朝着那已经漆黑的门外走去。可还没走出几步，楼上便传来缓缓地开门声。

我抬头，只见长歌再次出现在木楼梯上方。他表情严肃，似乎又带着一丝不情愿的神情看着我。我以为我的脚步声吵到了他与林珑，便报以一个带着歉意的笑容。谁知道他抬手，对我做了个招手的手势，示意我上去。

我意识到，他之所以要我上楼，应该是已经把林珑催眠了。

而在我上去之后，即将听到的，便是二十几年前发生在这栋两层小楼里的一段血腥的、惨绝人寰的故事。

潜意识深处

催眠，以其状态进行区分，可以分为清醒催眠和深度催眠两种。在清醒催眠状态下，目标对象的意识尚存。而在深度催眠状态下，目标对象的意识完全被潜意识取代。

我们身边都或多或少有听说过或见识过"梦游"或者"说梦话"的人，他们其实就处在典型的深度催眠状态。那么，我们又可以把催眠过程视为人为触发梦游状态的一个过程，或者说是人为引导目标对象进入梦游状态的一个过程。

从古到今，人类社会中的很多活动都有着明显的催眠的痕迹。对催眠最原始的应用包括跳大神、巫毒教以及妖术等，宗教上的神迹、信仰疗法、修行中的出神状态等。而现代心理学上对于催眠的应用就比较广泛了，如身心关联法、催眠疗法等。尽管形式上各有不同，但最终目的都是一样：诱发梦游状态——也就是让人进入一个非常容易受到特定方式接受暗示影响的精神状态中。

我尽可能小心翼翼地走向二楼，仿佛木楼梯那轻微的吱吱声，会吵到某位正在沉睡中的人儿。和我猜测的一样，二楼并不高，比起正式的房间更像个阁楼。靠门的左手边，摆放着一个很大的老式衣柜，衣柜的底色应该是枣红吧？不得而知，因为若干张邓丽君的泛黄海报将它包裹着。除此之外，这二楼房间里就只有那一张靠里的大床了。这是一张在那个年代来说比较流行的木质绷子床，四角有着黑色的圆形木条往上伸起，撑着一副略微泛黄的白色蚊帐。而这一刻的林珑，正侧身躺在床上，背对着我和邵长歌。

"你坐门口吧。"长歌指了指衣柜旁的一把椅子，对我小声说道。

我点头，坐下，双手放在自己的双腿上，身体往后微微靠着。我想，一个比较舒服的坐姿，能让我在接下来的几十分钟里保持足够的安静。况且，在一次催眠过程中，本就应该只有催眠者和被催眠者在的，而我……嗯，这一刻应该就只是一件摆设罢了，就和我身边摆着的大衣柜一般。

长歌也没多看我。他缓步向前，坐到了床沿上。接着，他伸出手到背对着我的林珑脖子位置，轻轻地抚摸了几下。他的手掌与林珑肌肤的触碰，似乎令林珑感觉舒服。接着，我听见林珑发出了很小声的"嗯嗯"声。

我尽可能不发出一丝声响地将椅子稍微移了一下，并侧过了身子，望向了门的方向。无论他俩现在是作为催眠者与被催眠者的关系存在，还是以心理咨询师与来访者的关系存在，也始终是夫妻。所以，我觉得我直愣愣地盯着他俩看，似乎不太礼貌。

"好了些吗？"长歌的声音缓慢而又带着磁性，很明显，这是他作为一名心理咨询师时才会使用的职业化声调。

林珑应着："挺好的。"

"放松了吧？"长歌又问道。

"是的。"林珑又应着。

"那么，你回到了那一晚吗？"

长歌的这一发问后，林珑并没有回应。但长歌似乎也并不着急，只是在过了几秒后，又柔声道："哥哥没有牵着你的手吗？"

我开始莫名紧张了。因为我意识到，在这一刻和我近在咫尺的林珑的意识世界里，她或许已经变成了当日那三岁半的小女孩。而在这一刻她的意识世界中的身边，已经不是现实世界中存在于这一房间里的我和邵长歌了，而是……而是那之后年月里满手鲜血的连环杀人犯——姚沫。

"嗯。"林珑的声音开始变得较之前她的寥寥数语声要清脆不少了，"哥哥在……"

顿了顿，她又补了一句："哥哥一直都在。"

"那爸爸在吗？妈妈在吗？"长歌又柔声道。

"他们……他们在……嗯，他们在楼下呢。"林珑回答。

长歌问："那你和哥哥在楼上干吗呢？"

林珑又没回答了，她发出"啧啧"声，好像这一刻她所处的梦游世界里，有着某些令她惊讶的事情。

长歌安静地等她恢复到平静："景珑，看到什么好玩的东西了吗？"

已经回到当日时光中的景珑回答他了："嘘，小声点！我们藏东西呢！"

"藏什么呢？"长歌又问。

"嘘！我，关门。"她的声音开始变得有点口齿不清，像是刚学说话不久的孩童。

长歌等了一会，然后又开始发问了："藏好了吗？"

"嗯，在藏……在藏……好像……好像……好像楼下……"林珑应着，但这一个"嗯"字以后那几个吐词，声音似乎又开始有了细微的改变，变得不再清脆，变得有点成人了。

"不……"她声音大了，"不，不要……"很明显，催眠状态下的她在梦境中受到了刺激，并开始尝试摆脱。

我转过了身。尽管我明白自己无法帮助到梦境中的林珑，也知道我与长歌在这一晚所要捕捉的真相，其实就在此刻林珑的显意识与潜意识的对抗中即将来到。但，这一会儿躺在床上的她，是一个有着精神疾病的可怜女人。她受了足够多的苦难，也经历了足够多的煎熬。她的激动与惶恐，让人所产生的担忧牵挂更甚于他人。

长歌并没有望向我，他的全部身心都集中在林珑身上。他依旧侧身坐在床沿上，放在林珑后颈的手依旧温柔地轻抚着她。

"没事的，没事。我在你身边，嘿，我在你身边呢！林珑。"他再次用林珑现在的名字开始叫唤他。

我并不能看到林珑的表情，因为她依旧背对着我。她肩膀的耸动与身体的起伏在告诉我，她依旧惶恐着。我也无法看到长歌的正脸，因为他侧着身体正对着林珑。不过，我能清晰地看到侧面的他，一张完全面无表情的侧脸。

我开始意识到，这一刻的邵长歌，是作为一名非常专业的心理咨询师而存在着。我也开始明白，自己与专业的心理咨询师之间所存在的差距了。一个如我们一样的普通人，在最亲密、最关心的人遭遇噩梦时，势必会第一时间将爱人唤醒。而心理咨询师呢？一位正在用催眠疗法企图深挖被催眠者内心深处，那埋藏得最深也最阴暗的秘密的心理咨询师呢？

他的侧脸没有一丝表情，这一画面令我有点不习惯了。甚至，我开始觉得面前的他无比陌生。我明白，他在做着正确的事情，用着正确的方法，保留着正确的职业心态。但……但我就是感觉眼前的他是那么陌生，不再是印象中那为爱一个人而始终执着的他了。

"听到我的声音了吗？林珑，你能听到我的声音，感觉到我的存在吗？"长歌依旧柔声说着，多么的职业，也多么的悦耳。

"能……能……长歌，长歌，我害怕。"林珑的手开始试图往上举起，在微微抬起后便被长歌一把握住了。

"我在呢！林珑。我在呢！现在，我希望你跟随着我走出来，我们走出这个属于你过去的噩梦吧！好吗？"长歌说出这句话的时候，依旧面无表情。这让我意识到，他并没有真正想把林珑从催眠状态中解救出来。

"现在，你能尝试从你那幼小的身体里抽离出来吗？慢慢地、慢慢地。"果然，长歌开始引导林珑。

"嗯。"被长歌握住了手的林珑较之前安静了一点，她肩膀没有耸动了，呼吸似乎还是没有平复下来。

长歌继续道："你，能看到这个房间吗？"

"能！"林珑应着。

"你能看到这个房间里的景珑与景放吗？"

"景珑……景珑和景放？"林珑重复着自己与哥哥的名字，"嗯，我看到他俩了，他们……他们……他们……"

林珑开始哽咽了，肩膀也再一次耸动起来，不过她的呼吸没有变得急促，说明这一刻催眠状态下的她还算稳定。

　　"他们怎么了？"长歌小声问道。

　　"他们很害怕……他们手牵着手……他们蜷缩在……蜷缩在桌子底下。"

　　"什么令他们害怕？"长歌追问。

　　"楼下，楼下有人大声说话。"

　　长歌的追问变得越发急了："是爸爸和妈妈在说话吗？"

　　"是！他们在说话。"林珑的回答令我意识到那一晚的景润生和莫莉似乎开始了争吵，也就是说，他们正在为之后的惨剧拉开帷幕。

　　"妈妈在哭……妈妈在哭……妈妈在哭……"林珑的语速也随着长歌变快的语速加快了一点，"妈妈，妈妈在求饶……"

　　她们的妈妈在求饶？杀人的不是莫莉吗？怎么这一刻的林珑描述的那一个夜晚，首先传来的是莫莉求饶的声音呢？

　　我下意识站了起来，但紧接着想到我的举动并不能走入林珑的梦境中一探究竟。长歌似乎感觉到了我的站起，他回头看了我一眼，又连忙扭了回去。也是这一眼，我看到了一张没有一丝丝怜悯、紧张与担忧的脸。尽管这张脸，在女人眼中是那么英俊好看。

　　长歌继续："爸爸呢？爸爸在说什么？"

　　"没有爸爸，没有爸爸。只有……只有……只有他们在说话……他们在说话……他们都在说话。"林珑的回答语无伦次。

　　"是谁在说话？"长歌追问。

"好几个人，好几个人在说话……不，妈妈，妈妈在求饶……妈妈，妈妈在喘息……妈妈在喘息……妈妈，妈妈在喘息……不，不……"林珑的呼吸再次变得急促，肩膀再次开始急促地耸动。她的说话声与抽泣声越发急促。

"他们是谁？说话的人是谁？"这一刻，即使林珑的情绪产生了巨大波动，也没能令长歌结束催眠。相反，他的语调变得更为决绝，语速也越发快了起来。

"不……不……妈妈在求饶，妈妈在喘息，妈妈在求饶……"终于，林珑哭喊起来，尽管声音依旧不大，但却听得让人的心揪紧发疼，"不，我不知道是谁，我害怕……我害怕。"

"握紧我，我在你身旁。去看看，去看看他们是谁，说话的人都是谁？"长歌开始用命令的语气指示催眠状态中的林珑。

"不……不要……我害怕……"林珑哭泣着，语调近乎求饶，"别让我去看，我害怕呢，我害怕呢，我害怕呢……"在连续说了十几次"我害怕"后，侧躺着的林珑突然转身，并一把甩开了长歌紧紧握着的左手。

我再次站起，伸长脖子去看挣脱了长歌的手的林珑接下来会做什么动作。只见……只见变成仰卧的她将左手放到了胸前，与自己另一只之前被压在身体下的右手紧紧握住了。她的眼睛依旧紧闭着，眼泪流过她那白皙的脸庞，而她的胸腔在自己的双手握到一起后高高耸起，接着重重往下。

是的，她舒了一口气，噩梦中的她舒了一口气，并缓缓地吐出一句："哥哥，你一直都在。"

第五章
那个夜晚，妈妈的求饶声

张铁的收获

差不多与她这句"哥哥，你一直都在"同时响起的，是我手机那不合时宜的震动声。几米之外的长歌扭头过来，他终于有了表情，眉头紧锁，并狠狠地瞪了我一眼。我以为他是在责怪我手机的响动，但紧接着我又觉得，这震动声似乎对于他与林珑之间的催眠治疗影响并不大。那么，他的皱眉是不是因为林珑松开了本紧握着他的那只手呢？

"好，林珑，现在，我希望你松开哥哥的手，好吗？"长歌一边说着，一边将自己的手伸到林珑那紧紧攥在一起的双手之间。

"林珑，现在，我会带你走出这个可怕的噩梦。我从三数到一，你就会回到我身边。"长歌继续着，"三……二……一。"

数到"一"的时候，我清晰地看到他那伸到林珑紧握着的双手中间的手掌猛地用力一扯，但，他并没有能够将林珑攥在一起的手分开。也就是说，那尚处于梦游中的林珑，用着某种我们无法体会的方式，在继续紧紧握着她哥哥——姚沫的手。

手机再次震动起来，我往门口退去，打电话过来的居然是张铁。

我关上门并快步轻轻地往楼下走去。我下到一楼,犹豫了一下,拉开了一楼的房门,走到外面。只见巷子尽头那辆车还在,但里面闪烁的火星却消失了。并且,如果张铁窝在车里的话,他应该会第一时间看到我,并按掉给我打来的电话。

手机依旧在震动着,我意识到,张铁不在我的周围。并且,他在我按掉来电后再次拨过来,应该有紧急情况。

我接通了电话,那头第一时间传来了张铁急促的声音:"夏队,香粉街外……快……海城大道方向。"

他在追赶某人。我快速解读他这一刻在做着什么……我边说边朝巷口跑过去:"你追的是什么人?"

"可能……可能是姚……"他并没有把话说完,便怪叫起来,"哇!我叫你跑!"他的声音开始变模糊了,应该是手机没有放到嘴边的缘故。

"逮……逮住了……"他有点兴奋,"夏队,你快来,是……是个光头。"

我也兴奋起来。之前我给他布置的任务便是去找到姚锁匠在香粉街的老宅子。要知道,姚沫很有可能猫在那里。张铁这家伙听话,晚上自然不会闲着,一定是摸了过去,那么,他这一会费劲追赶,并逮住的人很可能就是姚沫了。

再说,他逮住的还是一个光头……

要知道,只有看守所羁押着的犯罪嫌疑人才会给剃成那模样。

我冲出了香粉街,朝着海城大道的方向发力狂奔。很快,我便看到了不远处某盏路灯下面围着几个人,在指指点点看着热闹,人群中间是一个大块头，正狠狠地将一个剃着光头的男人双手往身后别，并骂骂咧咧着："不自量力，还和我比跑步，你跑得过国家二级运动员吗？"

我冲了过去，拨开人群。那大块头正是张铁，他也第一时间看到了我，并将已经铐上手铐的那光头小子朝着我送："夏队，你瞅瞅，逮了个飞贼。"

光头小子抬头了："哥，谁飞贼了？"

我一看，被逮住的并不是我所期望看到的姚沫。不过，这小子长得獐头鼠目的，也不像个好人，而且，他身上的短袖衬衣还敞开着，下身就穿着条花短裤，瞅着还不像能够穿着上街的那种沙滩裤，像是条平角内裤。

"哥……哥，你是公安吗？"光头小子努力扭头，朝着他身后的张铁说道。

张铁瞪大了他那双小眼睛："这不很明显吗？不是公安能有手铐。"

"那公安大哥，可能有……可能有误会。"光头小子咧嘴笑了。

"误会？"张铁铁青着脸，"有什么误会也到我们所里……哦不。"他看了我一眼，"到我们局里再说。"

"哥……"光头小子的笑收住了，有点着急，"没必要吧，不过就是偷个情。再说了，再说我和老王家那二丫头初中时候就处过，是……是有感情基础的。"

张铁那小眼都要瞪出血了："你小子说啥？你翻墙就是因为偷情。"

光头小子都要挤出眼泪了："哥，那你以为是啥呢？这二丫头她爸也没必要整这么宏大的计划，调动出你们公安大哥来逮我吧！"

我有点哭笑不得，双手环抱胸前，朝着后面退了两步，和围观的群众站到一起。张铁又看了我一眼："那……那你也找个证人出来证明一下，要知道大半夜，你小子在这翻别人家围墙，我们人民警察不逮你逮谁呢？"

站在这海城大道前看张铁处理这桩被他偶遇的突发"案件"，耗时大半个小时。最后，光头小子被牛高马大的人民警察张铁批评教育了一番后放走了。围观群众也都点头，表扬了张铁几句"不放过一个坏人，也不冤枉一个好人"后，陆续散开。

张铁耷拉着脑袋，跟在我屁股后面，再次朝香粉街走来。我也不知道是该表扬他几句呢，还是骂他几句，最后还是拿出烟来，递一根给他。张铁连忙接上，对我咧嘴，没脸没臊地笑着，并拿出打火机给我点上。

"夏队，我爸今晚陪客户跑去了香港，之前电话打不通。后来他给我回话，说有姓姚的锁匠这么一家人，但我爸和他们家不熟，还说姚家很多年前就搬走了。不过，他还是告诉了我大致位置，我照着那位置一路摸了过去，很快就找到了他说的那间平房。却瞅到一黑影从那房子的围墙处翻了出来，然后……然后就给你打电话，再然后，就是你后来看到的那一幕了。"他一口气将这一串话说完，面不红心不跳的，瞅着就一典型猪队友模样。

我冲他瞪了下眼，也懒得点评。半晌，林珑家老房子前那条小巷再次出现在我的视线中。我将手里的烟头掐灭，扭头对张铁说："发现情况，立马处理是值得表扬的。但是，急功近利，不问青红皂白便擅自行动，绝对是不可取的。"

张铁连忙点头："是，是，是！夏队……哦不，师兄说得很对。"

我笑了："嘿，批评你小子的时候就赶紧改口叫师兄，套路用得挺不错。"

"那是。"张铁也笑了，继续点着头，"要不怎么说我机灵啊，智商没别人高，情商绝对不低。"

我抬手，将他的大头给狠狠拍了一下。再一回头，发现林珑家那老房子的门，这一刻已经紧闭了。不只是门紧闭了，连一楼的灯也关上了。我又朝着二楼望去，二楼那盏明亮的日光灯也灭了，替代的是一片暖色微黄的微亮。

我犹豫了一下，最终拉开了车门。我想，这个夜晚还是留给长歌与林珑吧，我——这个目的本就不那么纯粹的守护者，还是乖乖待在外面得了。况且，如果长歌真的愿意让我在一楼那张小床上过夜的话，他也不会把门给锁上，更不会将一楼的灯关掉。

妈妈在求饶

我再次坐回到了副驾驶的位置。我将座椅往后放，身子半躺，双手交互放到胸前，微微闭上了眼睛。张铁瞟了我一眼，在他看来，我是想小睡一会儿。于是，他扭头朝着巷子尽头那栋栖息在黑暗中的小楼望过去。

我并不困。实际上对于一个刑警来说，作息的各种颠倒又算得了什么呢？之所以选择一个如此放松的姿势半躺下，是因为我觉得自己在这半天里接收到的新信息太多，需要好好捋一下。尽管，它们看似杂乱无章，也并无关联，甚至，它们对于再次抓获姚沫似乎并无多大作用。

"妈妈在求饶……"

"妈妈在喘息……"

"他们在说话……"

"好几个人在说话……"

这些奇怪的话语，都是林珑在接受催眠后断断续续吐出的简单句子，每句话都无头无尾，拼凑出的是否真是当日惨剧发生时的声响呢？真相无从考证。不过，既然长歌这次催眠企图深挖的，本就是属于林珑潜意识深处被深埋着的那一晚的一切。那么，这一刻进行分析整理的我，也必须将催眠状态中的林珑所描绘的一切，拉回二十几年前的那个夜晚，做一番合情合理的演绎。

我将头朝着巷子微微偏了偏，视线所至，是那破旧的两层小楼。它，在我的思绪中开始缓缓穿越，周遭时空飞快交替，那花草树木也不再凌乱……最终，那些麻石板地上的青苔消失不见，一切重拾生机，回到了二十几年前那热闹的老城居民区。

我仿佛看到了……我仿佛看到了那房子的窗户里，一个高挑女子站在那里洗菜、煮饭。接着，我又看到从她身后，一个瘦削挺拔的男子身影出现，他伸手，将女子环抱。女子应该在微笑，扭头冲男子笑骂着。尽管，我看不到他们的容貌，也看不到他们的表情，但我能感受到他们之间的爱意，浓得无法化开，溢出了房子，溢出了小巷，充斥于这个早已不存在的空间里。

我莫名悲伤起来，因为在我脑海中遐想出来的世界里，所有的美好都只是短暂的。转瞬间，一切都会遭受重击，支离破碎……

于是，我连忙逃离，思想中的那个远眺他们的眼睛往上升起，穿越墙壁……接着，我又仿佛看到了那一双尚小的无邪生灵，正在二楼的衣柜旁边玩耍。他俩穿着臃肿的衣裤，且都肥大，说明他们的父母并不富足，给他们的每一件添置都是为了多穿几年而计划的。而且套在最外面的白色围兜一看就是手工缝的，布料尽管粗糙，但却很干净。

站在前面的男孩自然就是曾经叫作景放的姚沫了。他可能有点感冒，不时吸着鼻子，确保自己不会流出大鼻涕，维护着属于幼童的他的尊严。他很用力地将一把椅子搬到衣柜前，并快速爬上椅子，踮起脚，努力将手里的一团花花绿绿的东西往柜子顶上藏。在他身后，同样穿着白色围兜的小女孩，扎着两条稀疏的朝天辫。她用手扶住承载着哥哥那小小身体的椅子，仰着脸，望向将手伸向柜顶的哥哥……

有人说，每一个孩子，都曾经是天上闪烁着的一颗星。他们闪啊闪啊，累了，便会来到人世。又有人说，兄妹是同一颗星。他们闪啊闪啊，累了，想要来到人间了，便携手一起！我化为流星，先去为你看看尘世万物苍生的模样，为你铺路搭桥，为你披荆斩棘，只为等你到来。然后，你来到了，我就是你的依靠，就是你的护卫舰，就是你的保护伞。或许，我并不能强大到改变世界，又或许，我渺小如蝼蚁，湮没于苍生中，只是颗没有光泽的沙砾。但我愿意牺牲自己保护你。

想到这里，我深吸了一口气。长歌望向我的鄙夷眼神又一次浮现。但我又怎么可能因为自己扯开了这对兄妹紧握的手而愧疚呢？

我是一个警察。

我收起思绪，继续揣测那一晚发生在小楼中的惨案经过……小小的景放与小小的景珑继续忙碌着，想要收藏好他们的珍宝。可就在这时，楼下传来了某些巨大的声响……

他们开始变得惊恐，才三岁半的小小生灵对于这突如其来的声响感到无比害怕。哥哥慌张爬下了椅子，他努力吸了下鼻子，让两道已经露出头的鼻涕缩了回去。他看了看那扇没有紧闭的通往一楼的门，又扭头看了看身后和他一样面带惧色的妹妹。最终，他一把牵住了妹妹的手，并拉扯着妹妹一起朝旁边用布帘遮盖的桌底钻去。

楼下的声音开始杂乱起来，有那美丽女人莫莉的求饶声……喘息声……有好几个人的说话声……

我闭上眼睛，思绪越发清醒了。一个有点惊人的推断正呼之欲出……

那一晚，在这栋小房子里，不止景润生、莫莉与景珑、景放这一对孩子。并且，令莫莉求饶与喘息的，也不可能是景润生。只是，在这一系列声响回荡的过程中，为什么被催眠状态下的林珑没有提到她爸爸的说话声呢？是不是可以理解为那一晚景润生压根就不在家，或者是他……或者是他在莫莉求饶与喘息之前，就已经失去了知觉，昏迷或者死去了呢？

那一晚，有人进入他们家。接着，他们伤害了莫莉，也可能伤害了景润生。莫莉的求饶与喘息声，也是因为他们而发出的。况且，他们不止一个人，而是好几个。

我拿出手机看了下时间，十一点半了。或者，守完这个夜晚后，我需要再去市局查查当年的莫莉案的卷宗。也是因为看手机，我发现自己有一条新的未读信息。

来自李俊的：明早 9 点回局里，伐木工连环杀人案碰头会。

我深吸了一口气。李俊是一个比较严谨的人，到他将伐木工案定性为连环杀人案，也就意味着，发生在今晨的那起我没有到现场的锯尸案，已经被确定要与昨天凌晨霸下桥案并案处理。

我睁开了眼，那栋夜色中的小楼依旧安静。很可惜的是，这个春天，我与我的一干同袍，无福消受这番迷人的安静。但是，我们的奔波与辛劳，目的本也就是为了让更多人的安宁不被打扰。

我突然想起自己成为公安干警时，第一天宣誓的誓词中的几句——为维护社会大局稳定、促进社会公平正义、保障人民安居乐业而努力奋斗！

慢慢地，我们开始逐渐理解，这誓词所蕴含的真正意义。

"没睡吗？"身旁的张铁扭头过来。

"没睡。"我应道。紧接着，我将座椅往上调整，觉得自己需要和这有点愣头愣脑的新搭档聊些其他的话题了，免得自己钻牛角尖，钻入这案子里无法自拔。太累了，似乎也不好。我假装一本正经地看了张铁一眼，然后冲他问道："嘿，像你这种含着金钥匙出生的家伙，为什么会要加入警队呢？"

张铁一愣，他可能压根就没料到我会问他这样一个问题。紧接着他眨巴了几下小眼睛，很认真地回答道："我说是因为梦想，哥，你信吗？"

"叫夏队。"我连忙纠正道。

"好吧。"他笑了，"夏队，我还真是为了梦想。你呢？你难道不是吗？"

他的这一问话让我一下语塞了。诚然，每个人的每个选择，都是有原因的。不可否认，男孩子谁没有过对金色盾牌的崇拜呢？

末了，我嘀咕了一句："过几年，你就会厌恶这个职业的。"

"到时候再说吧。其实夏队，不只是你，很多人都问过我这个问题。他们的话更加直白，说你张铁有这么个爹，可以少奋斗三十年，为啥还要去做苦力小警察呢？"张铁耸了耸肩，扭头看了看巷子尽头的房子，继续道，"我给他们的回答，就没有对夏队你这么客气了。我直接就说了，拿条上吊绳，别说少奋斗三十年，直接可以跨越到终点，岂不更省事吗？"

他的话让我忍不住笑了，并再次冲他问道："你父母呢？我可不相信你这般家庭条件，你的父母会对你从警的选择投支持票。"

"他们？"张铁摇摇头，"这一辈子我是要为自己活的。况且，我和我爸从七年前就不很对路了。"

他无意地说道，在心里本就藏着某些秘密的我听来，不自觉地又联想开来。因为，他所说的那个七年前，似乎正是戴琳生孩子的那一年。又或者应该说，正是戴琳有着身孕的那一年。当时的张铁，已经有十七八岁了吧，对于父母辈的某些所为，也已经有了自己的看法。所以，七年前的他之所以与他父亲有了隔阂，很可能就是因为他父亲张海洋有婚外情的事情被人知晓。

我犹豫了一下，最终没有选择和他继续聊这个话题，因为有些人、有些事早已与我无关。尽管一度亲密，但谁又没有过诸多的亲密时刻？在某一次挥手抑或告别后，从此成为陌路，再也不曾相见。

可张铁却似乎并不想就此打住这个话题。按理说，这是他的家事，不方便对外人提起的。不过，在他心里，我虽然只是这一两天才走进了他的生活，却也算不上外人，甚至在他心里，我还当了他好长一段时间的偶像，是他亲密无间的师兄，是图腾般的人物。于是，他对我并不避讳，也合情合理。只见他瘪了瘪嘴："以前，我以为我弄不明白我爸不喜欢我妈，却又和我妈结婚生下我和我弟弟的原因，是因为当时我尚且年幼，不懂得成人间的爱恨情仇。现在我成年了，自己也处过一两个姑娘，可还是弄不明白有些成人的世界里，爱与不爱之间，为什么那么复杂？"

我避开他的眼光，尽管他并没有盯着我看的意思。但有些小心思却蠢蠢欲动，最终化为语言，脱口而出："你的意思是说你爸并不爱你妈妈，而是爱着其他人？"

"是的。"他点头。

"那是……"我犹豫了一下,"那是一个什么样的女人呢?"说完这话,我暗地里深吸了一口气,等待着戴琳的名字被提起。

"谁知道呢?"张铁顿了顿,"我和我妈聊过。以前我以为是几年前他在外面的那个漂亮女医生,结果我妈说压根就不关那漂亮女医生什么事。还说,那女医生在我爸心里,不过就是另外一个女人的替代品。至于另外一个女人是谁,我妈说她也不知道,那是张海洋这老男人内心深处最大最大的秘密。"

我有点好奇了。他所说的女医生应该就是戴琳,而在张海洋心里,戴琳只是某一个女人的替代品,以张海洋现在拥有的财力,还需要找替代品吗?

于是,我将自己的这一疑惑提出了:"本城大亨张海洋,也会有得不到的女人吗?"

张铁闷哼了一下:"谁知道这老男人心里到底暗藏着啥阴暗东西呢?或者,或者对方压根就瞧不上他,又或者人家早就离开了海城,甚至……甚至对方有可能都不在这个世界了。"

他最后这句话让我愣了一下。猛然间,我突然想起了几年前,有一次在戴琳家翻阅她的相册时,看到她刚毕业时的相片中的青涩模样,令我觉得非常眼熟,似乎有几分林珑的模样。那么,是不是也可能有几分林珑生母莫莉的模样?我记得自己当时好像还给戴琳说起过,说我有一个同学和刚出校园的她有几分相像。而她的表现好像……好像有点慌乱,连忙将相册合拢。我也没有多想什么,毕竟好看的女人本就有着诸多共性,尤其在当时涉世未深的我的眼里。而在张海洋情窦初开的年月里,他也住在这条香粉街上，那么，他很可能也认识当年的大美人莫莉，也很有可能和当时年轻的锁匠一样，是莫莉的追求者。二十几年前，莫莉被处以极刑，人世不再了。多年后事业有成的张海洋依旧无法释怀，遇到了和莫莉有几分相似的戴琳，并与戴琳有了一段情债，这一切，似乎也说得过去……

我望向了车窗外，那是依旧安静的香粉街深处。很多我们以为被时代缓缓拉入幕后的人，在多年前，也一定有着属于他们的轰轰烈烈的离合悲欢。只是，那些情爱故事所发生的地点，现在已慢慢变荒凉了。正如他们脸上那已经蔓延开来的纹路，阻不断，理还乱。

所以说，属于这老城区的故事，本就不只有长歌和林珑吧……

香粉街 159 号

蹲守，并不像外人想象的那样，三两人待在一个地方，小声地聊着天熬时间那么简单。尤其是整宿在固定地方的蹲守，包括我们老刑警都觉得是一件吃力的苦差事。

但作为新丁的张铁，似乎并不这么认为。他身体里有为了自己的理想而沸腾的血液，精神头自然很足。我不时扭头看看他，仿佛看到了几年前的自己。不过相比较而言，那时的我似乎还不如他优秀。因为刚走出校园的我自信过头，总觉得自己所学的犯罪学知识，随时能够为各位同袍指出侦破案件的方向，所以……

我被很多老刑警训斥过。

当然，他们的训斥并不是因为看不起或者看不惯我，而是用那种过来人的口吻，告诉我年轻人需要脚踏实地、戒骄戒躁等。那时候，我总觉得自己已经明白了一切道理，内心深处有着一团火焰，须臾间会熊熊燃烧，令众人都为我的小宇宙折服……

是的，张铁很像当年的我，相比较而言，却又比我优秀。

想到这里，我不由自主地笑了笑。他一个学渣，想要在我面前表现出足够的优秀，似乎还没做什么真正令我刮目相看的事情。

我看了看表，5 点 10 分了。初夏的漫天星子消退得早，所见的苍穹尽头，已经有了微微泛白。

"你要不要眯一会儿。"我对着整宿都睁着那双小眼睛东张西望的张铁问道。

张铁憨笑："不用，我还好。"

这时，电话又震动了。我掏出一看，还是李俊打过来的。

我暗想这个时间点打来，应该是有什么突发状况，连忙按下了接听键。

"你在学院路？"李俊依旧开门见山。

"没，今晚林珑她们不在那边过夜，我跟到了香粉街蹲守。"我回答道。

李俊的声音一下提高了："你在香粉街？距离香粉街 159 号远不远？"

我立刻探头朝着不远处路灯下一栋应该早已没人居住的老房

子的门牌望过去："我在的位置是……是香粉街 342 号附近。"

"那你现在赶紧去香粉街 159 号。"

"有什么情况吗？"我边说边拉开了车门左右看了几眼，确定了 159 号所在的方向。

"又有一具悬挂在显眼位置的被锯开的半截尸体。几分钟前，巡警在老城区巡逻时发现的……"他说到这儿停了下，对身旁什么人说了一句："晓波在附近，他很快能到现场。"

在他说这话的同时，我对瞪大了那双小眼睛看着我的张铁吩咐道："给贾兵打电话叫他马上过来接班，然后你来 159 号和我会合。"

说完这话，我便朝着香粉街另一头小跑起来。这时，李俊的声音也再次响起："晓波，几分钟能到现场？"

我再次瞟了一眼旁边的门牌："两分钟内。"

"好，我们最多十分钟就到。"他顿了顿，声音压低了，"汪局也和我一起过来了。"

我应声，挂了电话。

犯罪现场的犯罪信息采集和记录是侦破案件过程中一个非常重要的环节，是刑事案件得以侦破的前提和基础。尤其是凶杀案现场，能够捕捉到当时控制被害人行动、搏斗厮打、杀人分尸等整个作案过程的诸多痕迹。因此，命案的现场勘验和检查工作就显得尤为重要。

一般来说，现场勘查人员视人数多少，需要分工来成立指挥组、实地勘验检查组、现场访问组、现场保护组以及现场搜索组。

我国对于命案有"一长双责制"的规定。

"一长"即各级公安机关一把手。接报杀死一人的命案，县级公安局局长或分管刑侦工作的副局长要到现场担任指挥组组长。两人以上或者碎尸的命案，地市级公安机关分管刑侦工作的副局长需要赶到现场负责案件的指挥、协调工作。至于两人以上或杀人碎尸、焚尸、爆炸杀人、持枪杀人等恶性命案，省辖市公安局局长、分管刑侦工作的副局长需抵达现场。那些在全省造成重大影响的恶性命案，省厅分管刑侦工作的副厅长或者刑侦总队队长也都要赶到现场。并且，我国目前对于命案的要求是"命案必破"。一个县市区一年内如果有两起以上现行命案未破，局长必须脱离日常工作，直接组织侦破。也就是说，在命案的问题上，严肃追究当地公安机关一把手的责任。

"双责"即专案组组长和现场勘验技术人员双人负责制。专案组组长原则上由市县两级公安局局长视命案侦破工作需要指定人担任，特别重大案件需要亲自担任。

而这一次在海城连续三天都有人死亡的，死者尸体被锯开的，性质极其恶劣的连环杀人分尸案，汪局和一线干警一起，第一时间赶到现场，自然是责无旁贷的。况且，已经快六十岁的他，始终有着一线刑警对于重大案件的那股子狠劲在，每每刑案现场有他坐镇，大伙都觉得没有搞不定的案子。

我冲到香粉街 159 号门前时，那两位最早发现尸体的巡警一下子没反应过来。他俩下意识将一只手放到了腰边挂着的警棍上，并作势要朝我扑过来。我连忙表明身份："市局刑警队夏晓波。"

这两位在微微晨曦中尚模糊的人影，收住了朝前扑的身体，但他俩的手还是搁在警棍上。距离我近一点的，有点微胖的巡警歪了歪头道："你是……你是夏队？"

我应了声，放缓步子，抬头望向他们身后那栋小楼，二楼的一扇窗户边，果然有半截黑乎乎的人形物体悬挂着。这时，另外一位巡警认出了我，他冲之前向我问话的微胖同袍说："是夏队。"

微胖同袍连忙讪笑，放在腰上的手也收了回来："市局刑警队的人果然神速，这通报上去还没有五分钟，夏队您就好像土地公公一样，从这地面下蹦了出来。"

我没有回答他，冲他客套地笑了笑，又左右看了看。就目前情况来说，我和这两位同袍一起把守好现场是第一任务。不过，有他俩在，我倒是可以在这周边稍微看看，就像当日在精神病院里发现那位保安被杀后，我在第一现场的外围，发现了姚沫出现的视频一样。

不过这次，我就没有那么好的运气了。这位于本就僻静的老城区中的小楼附近，安静得如同无人荒野，也因为属于白昼的光明尚未到来，要捕捉到什么痕迹还是有些难度的。我四处转了两圈后，看见街角拐弯处有警灯的光影在闪烁。我忙回到香粉街159号门口，和那两位同袍一起，等我们市局的一干专业刑侦人员到达现场。

外围的警戒线很快就拉好了，刑侦技术科的法医、摄像等技术人员在李俊和杨琦的带领下，快步走入了小楼。因为对周边地形已经有了初步观察，所以我指挥几位刑警队的同事分成三组，去周边排查访问。和李俊也搭档几年了，对于这种出警，我们早就不需要分工，很有默契地各自投入到指挥工作中。

初步安排结束，我又抬头看向已可以确定是受害者的半截尸体的窗边一眼，抬步想要往楼上走。这时身后传来了声音："晓波，过来一下。"

我扭头，发现自己这一忙活，居然忘记了领导已经到达现场。只见他始终挺拔的身子，挨着停在路边的警车站着。我上前："汪局，我刚刚在布置勘验，没注意到您。"

汪局是一线刑警出身，自然不会在意这些。他白了我一眼，然后问道："你盯姚沫的妹妹那条线，怎么盯到这香粉街来了？"

我冲他笑了笑："林珑跟邵长歌提出今晚要回家睡一晚，这里不就是她爸妈当时的家吗？"

汪局点头，眉头依旧锁得很紧，似乎在思考什么。沉默了几秒后，他对我吩咐道："你去楼上，让杨琦她们用最快的速度查出死者的身份。不出意外的话，今天这案子应该和昨天前天发生的伐木工连环杀人案一样，尸体的上半身就扔在房子里，应该很好辨认出身份的。"

我应了声，就要转身。可汪局在我身后又补了一句："让杨琦直接查死者是不是叫赵过就是。"

我扭头道："赵过？"

汪局："是。这栋房子以前的主人的儿子叫赵过，和伐木工前两天杀死的那两位死者年龄相仿，都是五十出头的中年人。"

因为有汪局的提示，所以刑侦技术科的人很快就通过核对死者的容貌、指纹等信息，确定了死者的身份，还真是这栋房子现在的户主赵过。不过，他在很多年前就离开了海城，甚至户籍都已经迁走了。我们通过系统查了一下，已经有四五年没有回过海城的他，昨天下午坐飞机抵达海城，十几个小时过后，他的尸体便被我们巡警同袍发现了。

法医杨琦将口罩提了提，透了口气，小声嘀咕了一句："这种情况就叫作千里迢迢赶来赴死。"

李俊听了便有点不爽了，冲杨琦骂了句："你一个人民警察，这是怎么说话的？"

杨琦连忙住嘴，再次走向已经放入尸袋的那两截尸体。我转身下楼，回到案发现场外停着的警车旁，将这一结果汇报给了汪局听。汪局那麻花一样的眉头皱得更紧了，他也不说话，自顾自思考了一会儿，然后拿出手机，翻了翻，找了个号码拨了过去。

我忙识趣地往后退了两步，寻思着汪局应该是给市局老大通报这边的情况吧。一扭头，发现不远处张铁正站在警戒线外左顾右盼。这现场的人，他应该没有一个认识的，自然不敢随便进来，看来瞪大了小眼应该是在找我。

我喊了他一嘴，他连忙跑过来，并对我说道："贾兵他们也好快，现在已经在那边蹲守了，我就赶紧到这里来找你。"

我白了他一眼："你不是着急跟我，你是着急跟案子。"

说话间，我身后的汪局电话也打完了，他再次喊我："晓波，你过来。"

张铁探头，循声朝我身后望去，紧接着这小子脸色猝然变了，手脚也一下僵硬起来，末了，一张大脸憋得通红："汪叔叔，你也在啊。"

我愣了一下，意识到张铁居然还认识汪局，听这称呼，还是个小辈。我转过身，见汪局也面带疑惑，估计他也没想到他这么个大侄子也在现场。

末了，汪局冲张铁点了点头，再次对我招手："过来吧。"

我挪动步子，张铁这小子犹豫了一下，也跟上我，朝汪局走去。汪局见状，便轻咳了一下。我扭过头示意张铁不要跟过来。张铁虽然脸皮厚，但也不傻，那本来憋得通红的脸也恢复了正常，挂上没羞没臊的笑容，跳过我对着汪局说了一句："汪叔叔，我现在跟了夏队。"

我哭笑不得，所幸汪局并没有露出什么不悦的神情，应了他一句："嗯，跟夏队好好学学。"说完这话，他一转身，拉开了旁边的警车车门，坐进了车里。

这举动很明显是有什么话不方便让其他人听到。张铁规规矩矩站在一边，对我小声说道："夏队，我在这里等你。"

我点头，跟着汪局上了警车，并将车门关上。

"他是我师弟，还挺来事。这几天队里人手不够，暂时借过来用几天。"我上车后对汪局解释道。

汪局并没有责怪我的意思，反而微微笑了一下："我和他爹张海洋很多年前就认识，也算多年的老朋友。之前张铁要进警队，张海洋还给我打过电话，要我给安排个文职岗位。可想不到他儿子也不是个省油的灯，居然跟到你这刑警队副大队长身边了。"

我也笑了笑："确实，他挺积极的。"

汪局"嗯"了一声，眉头又皱紧了："晓波，我叫你上来要说的事和张铁他爹张海洋还有点瓜葛。今天的死者赵过，以及前天的死者盛利，昨天的死者谷建新，和张海洋以前都是老友，三四十年前就认识的发小。"

"啊！"我愣了，"伐木工案的三名死者都和张海洋是发小？"

"不应该说他仨与张海洋是发小，而应该说……应该说他们几个多年前是一个小……小……嗯，应该叫小团伙才对。"汪局最终这么定义道。

"团伙。"我越发迷糊了，要知道，我们警察所定义的团伙可是一个贬义词，指向的都是两个以上的犯罪分子团队。

汪局自己似乎也意识到措辞有点重了，便连忙解释道："在我们那个年代，大街上的小伙，有谁不是闲得发慌，精力没处释放呢？包括我，那时候还没进邮电局保卫科，一度天天在街上混，没事和人斗个嘴，干个架，也都是有过的。"说到这里，他笑了笑，"或者应该说，谁没有年轻过呢？"

我这才点头："我明白您的意思了，他们几个打小就是好朋友，一起调皮捣蛋的那种。"

汪局继续笑着："是，不过他们不是因为经常一起调皮捣蛋才好到一起的，他们是……"汪局的笑止住了，紧接着甚至脸色都变了："还别说，他们之间还有着一个和二十几年前那起莫莉案有关联的共同点。"

我便追问道:"他们和莫莉认识?"

"岂止是认识。"汪局将手环抱胸前想了想,最后说道,"他们几个之所以成为好友,是因为都喜欢过莫莉。到后来莫莉嫁给了景老师后,他们几个家伙同病相怜,之后才慢慢成为好朋友的。"

"都喜欢过莫莉?"我重复了一遍这句话,然后不自觉地说道,"那岂不是和姚沫的养父一样?"

"对,锁匠!"汪局声音一沉,"姚斌也是他们一伙的,当年他们几个在莫莉嫁人后,没事就聚在一起。"说完这话,他径直掏出了手机,先看了下时间,六点整。他犹豫了一下,最后还是翻了翻通讯录,拨了过去。

嘟了四五下,电话那头传来了人声。车内空间狭窄,他手机听筒里的说话声我听得清清楚楚。

"汪浩,这么早什么事啊?"很明显,锁匠是被电话声吵醒的。但紧接着,他似乎想到了什么,火急火燎地补了一句:"是……是姚沫被逮到了?"

汪局忙否认:"没呢!你小子是真希望我们早点逮到他,还是希望我们一辈子都逮不到他啊?"

锁匠在话筒那头干笑了几声,然后说道:"那种白眼狼,早点逮到早点枪毙才大快人心,老子养了他二十多年……"

汪局打断道:"你早上有空没?能来一趟我办公室吗?"

锁匠在那头顿了顿,有三四秒钟没吱声,然后应道:"我天天都没啥事,几点?你要我几点过来。"

汪局想了想："8 点吧，8 点直接来我办公室。"

锁匠应了，收了线。

汪局眼珠子一转对着我说："给你条线，你往下摸摸。"

"啥线？"说这话时，其实我心里已经大致猜到他接下会要我来干啥了。

汪局眼里闪出老刑警才有的光芒："查下这两个人——锁匠和张海洋。"

我点头："明白。"

第六章
蓝天，白云，骄阳，悉数不在

锁匠的一生

　　我和汪局、张铁三个人提前离开现场往市局去了。路上我下车买了点面包牛奶当早餐填饱肚子。进市局院子后，我要求张铁先回家补个觉，并告诉他我今天可能要直落。张铁便冲我和汪局咧嘴笑，吹嘘自己体格好，说要等着我，还说自己连轴一两天不是问题。

　　我便没坚持，毕竟今天要查的两个人里有一个就是他亲爹，一会儿可能还要用到他。于是，我让他在车上等我，然后跟着汪局往楼上走。

　　在电梯门口，我俩正好撞见蔡局，也就是我们海城公安局的老大。蔡局冲我点了下头，然后询问汪局这几起命案的情况。汪局掏出钥匙给让我先去他的办公室里沏茶喝，他上蔡局那边汇报案情。

　　我应了，拿着汪局的钥匙往他办公室走。已经 7 点 40 分了，距离汪局和姚锁匠约定的时间还差二十分钟。可没想到的是，刚出楼梯口，我就远远瞅见一个中年人挎着一个单肩布包，端坐在

118

汪局办公室外面的椅子上左顾右盼，正是姚沫的养父姚斌——那位痴情锁匠。

我快步上前，一边开门一边对他客套道："您就是姚斌吧？汪局马上就上来，您先进来坐。"

其实我和他见过两次面，一次是在他开的钥匙铺，另一次是在汪局的办公室里。不过，从这一会儿他那木讷的表情来看，他对我并没有太多印象。他甚至都没正眼看我，单手捂着他的单肩包，快步进到汪局的办公室里，再轻车熟路地坐下。然后，他掏出烟，扭头瞟了我一眼："抽烟吗？"

说实话，我并不喜欢他这个人，尽管从汪局嘴里听说他算是个重情重义的汉子。我摇了摇头，搪塞了一句："早上很少抽。"

"哦。"他应了一声，自顾自将烟点上。

我思索着在等待汪局回来的这段时间，我可以以一个外人的身份和他闲聊几句。说不定我能够在他无意说出的某些话语中捕捉到一些有价值的信息。

我坐到了本应该是汪局坐着给客人泡茶的位置，将桌上那套工夫茶茶具里的水烧上。锁匠的烟盒摆在茶几上，我很自然地伸手，从他烟盒里拿了一根烟，并随口说道："抽根提下神也行。"

锁匠干笑起来，声音并不好听。末了，他往后靠了靠，俨然一副主人的模样："我和你们汪局是很多年的好兄弟了，小时候还一起出去打过架，偷过地瓜。"

我微笑着点点头。

锁匠似乎也意识到自己给老友的下属翻他年轻时候的老底并

不好，便又连忙补了一句："那时候也都小，十几岁，瞎玩儿。"

这话说完，他伸手将他那包放在茶几上并被我抽了一根的烟快速抓起，放回自己的裤兜里。这一细微动作并没有逃过我的眼睛，我瞄了一眼自己手里的半截烟，记下了这个烟的牌子——方烟。

锁匠并不是一个话多的人，见我不说话，便也扭头望向了一旁的落地窗。

我径自说道："我听汪局说过你，其实，我和你儿子的妹妹林珑还是同学。"

"同学？"他回过头来，"你和林珑是同学？你……你不会就是那个姓夏的刑警？"

不管他与姚沫关系如何僵，但始终有着二十几年的父子关系。那么，对于亲手抓住他养子的人姓甚名谁，老锁匠不可能不知道。

我面色平静地回答道："是，我姓夏。"

也就在我将自己的姓吐出的同时，一抹一闪而逝的光芒，在面前这位看起来无比平凡的老者眼中快速掠过。我的心一下绷紧了。因为，我突然发现自己在与这名普通的锁匠接触的几次里，实际上都没有把这人当回事。当然，之所以掉以轻心，缘于他的市井气质与他的碌碌无为，令人觉得一眼就能将他看穿看透。那么，如果他内心深处有某些不为人知的秘密，是不是反倒不易被人察觉呢？

我想到了姚沫，想到了他那近乎偏执的对于亲情的誓死捍卫。我又想到了汪局之前对姚锁匠的介绍——这是一位用一生的孤独来诠释爱情的痴汉。那么，他那多年前就已经固化的人生观世界观，注定了与我们普通人是不一样的，衡量对错与是非的标准，也肯定与我们普通人有着很大的差别。况且，不是一个如此偏执的男人，又怎么会养出一个姚沫那样兼顾感性却又极度自我的反社会人格恶魔呢？

水壶里的水开了，我将望向他的目光收回，开始摆放茶具，并问道："你喜欢喝什么茶？"

老锁匠愣了一下，紧接着居然咧嘴笑了，仿佛要用笑容来掩盖自己几秒前心中的那份悸动："都可以，我对茶没什么要求，泡浓一点就是了。"

他将手里的烟头连续吸了几口，在茶几上的烟灰缸里掐灭。末了，他再次抬头望向我："嘿，照你这么说，你应该叫我一声叔叔才对，毕竟你和姚沫那白眼狼是同龄人，好说歹说我也是他爸。"

我也笑了笑，一边泡茶一边应着："确实该叫你一声姚叔。"

他再次干笑，笑声挺难听的。

我将泡好的茶倒入杯中，递到他面前。接着，我暗地里深吸了一口气，然后沉声道："姚叔，其实，姚沫就是我亲手抓住的。"

"什么？"他的惊讶表现得有点夸张，伴随着他张大嘴的慌张表情，我的余光锁定他放在茶几下的脚上。

他并没有外表呈现出来得那么沉不住气，也并不是一个毫无城府的人。因为他的双脚稳稳地踩在地上，脚尖甚至朝向我坐的位置。

他很镇定地坐着。

"你……你刚才不是说自己和林珑是同学吗？那你为什么要抓

姚沫呢？"他瞪大眼睛问道。

这一问题让我愣住了，一下子不知道该如何回答。如果套用电视电影里的桥段，那么这会儿我会很淡定地对他说一句"因为我是警察"。甚至，就算是长歌问出这同样的话，我也会耸耸肩，说一句"职责所在"。不过，当面前坐着这么一位市井气息如此强的小市民一般的人物，我反倒语塞了。因为，我似乎找不出能够用充斥在人间的，那总是互相关照又互相迁就的人情世故中的道理，来反驳他的这一问题。

所幸，老锁匠的夸张表情来得快，去得也同样快。他再次咧嘴笑："逗你的。嗨，我是市局有登记注册留底的开锁匠，自然明白你们的规矩，就算是亲生老子犯法，该抓也还是要抓的。谁让你们披着这么一身皮呢！"

"说什么呢？谁是披着一身皮啊？"汪局的声音在身后响起，他拉开了门，那假装生气的神情也同样装得很明显，边说边朝前迈着步子，"老姚啊老姚，原来你背着我是这么说我们人民警察的啊！"

老锁匠的笑容更加猥琐了。他发出那难听的干笑声解释道："嗨，我不是喜欢开玩笑吗？"

我也连忙站了起来，将座位让给汪局坐下。汪局对我点了下头，又望向老锁匠："你们刚才已经认识了吧？"

"认识了，认识了。"锁匠忙不迭地点头。

"他就是抓住了你那宝贝儿子的小夏。"汪局还是介绍了一次。

锁匠继续点着头："已经知道了，已经知道了。他就是夏晓波。"

我的心再次紧了一下。

因为，我并没有告诉他自己的名字，汪局也没有提起。而面前这看似平凡的精瘦老者，却很自然地说出了我的全名。

我再次用余光望向他放在地上的双脚。他依旧镇定，对于汪局的指责脸上流露出谦卑的表情，应该只是表象。而他骨子里所呈现出来的真实的他，却暴露在两位刑侦一线的干警面前。

有两种可能——第一种是他并没有一丝一毫见不得光的秘密，也从没有与罪恶沾上边。

至于第二种可能……

我始终认为，一个能养育出姚沫这样的养子的男人，不可能一直平凡。

尽管，我希望自己的怀疑是错误的。

影 响

长期以来，心理学家与犯罪学家都会把孩子最终走向犯罪的原因归咎于家庭。他们认为，孩子有不良行为，就表明父母一定存在某种问题。这，似乎已经成为了一种定论。

心理学家大卫·科恩在他的著作《家里的陌生人》一书中写道：先天的潜能可能胜过父母的影响，最后，你会发现你身边朝昔相处的孩子，更像一个家里的陌生人。

是的，大卫·科恩认为：父母对孩子的心理发展方面的影响比大家认为的要少很多。那么，老锁匠对姚沫最终走向犯罪是否应该承担一定的教育责任这一推论，其实并不具备那么权威的理论依据。况且，姚沫是一个有着来自他的母亲莫莉的嗜血因子的孩子，那么，就算给予他一个比较优越的家庭与良好的教育，最终，也难保他不会误入歧途。

如果这么想的话，对于姚锁匠内心深处是善还是恶的初步判断，是不是应该引向正面了呢？

我想，或许并不能吧。因为一个孩子在一个家庭里的成长过程，并不是一个单向影响的过程。在姚锁匠的偏执作用到姚沫身上的同时，某些来自姚沫潜意识深处的负能量的东西，一定也会影响到本就走入人生狭巷的养父——姚斌。

汪局给自己倒了杯茶，浅抿一口。接着，他扭头看了我一眼。我明白，这位老刑警要和他的老友开始唠家长里短了。在这过程中，他一定会聊起一些姚锁匠与他的那些多年前的发小的事情。

我没吱声，随意挪了挪，将身体往后靠。这样，端坐在沙发上的姚锁匠，全身上下就都在我的视线覆盖下了。在接下来的时间里，他的每一个细微动作都会被我捕捉到，进而，获取一些能够解读出他的所思所想的信息。

"知道我为啥叫你过来吗？"我没想到汪局的开场白和我差不多，直入主题。

锁匠愣了下："是姚沫的事儿吧？这小子打小就不是省油的灯。"

汪局"嗯"了一声，紧接着又摇了摇头："也不全是吧，还有点其他事。"

锁匠就笑了，笑得很猥琐："汪浩，不会是盛利的事吧？"

"你已经知道了？"汪局歪着头反问道。

坐在一旁的我苦笑起来，插了句："知道的人还真不少，报纸电视上都报道过了。"

锁匠还是笑着："我倒不是从报纸和电视上看到的，而是以前的一个老朋友专程给我打电话说起的。"

"谁啊？"汪局面无表情，给锁匠添上茶。

"一个你绝对想不到的人。"锁匠故作神秘压低了声音。

汪局配合着对方的故弄玄虚："哦，是谁？"

锁匠将面前的小茶杯端起抿了一口："你还记得赵过吗？很多年前就搬到了风城去的那个赵过。"

汪局点头，依旧面无表情，早上去了香粉街赵过遇害现场的他，假装不知道这件事，顿了顿后说："好像有这么号人，不过没啥印象。"

锁匠便有点着急了，连忙说："赵过啊！以前住香粉街的那个赵过，小矮个子，胆特小特怂的那个。"

汪局耸肩："好像有这么个人吧？怎么了，他跑去你家给你科普了盛利被杀的事？"

锁匠摇头。而这一会儿我的神经却开始绷紧了。因为目前看来，汪局所捏的这条线，轻轻一扯，就真的能查出几个受害者，这几天联络的原因。

于是，我脊背再次往后靠了靠，保证自己的视线能够覆盖锁匠全身上下。也就是说，此时此刻他的每一个细小动作，我都会认真观察，进而判断他所说的话语有没有假话。

但他依旧镇定，看起来和街道上的普通人聊天没什么两样。不过，他并没有急于回答汪局的提问，而是将他的右手伸进了裤兜，掏出之前放进去的那包"方烟"。

可就在这时，他的这个拿烟的下意识动作却猛地停住了。也就是说，已经掏出裤兜的那包烟，被忽然间想到什么的他再次塞回裤兜里。

他讪笑着，眼神很无意地瞟了我一眼。紧接着，他拿起汪局放在桌面上的烟盒来，从里面掏出一根叼上。

"你的烟比我的好。"他边点烟边笑着说道。

汪局自然没有感觉有什么不对，可坐在一旁的我却越发狐疑了。要知道，今天汪局摆在桌面上的烟，也就是十块钱一包的比较大众的烟。假如我没记错的话，锁匠裤兜里的那一包风城卷烟厂产的"方烟"，一包要二十出头才对。

风城……我的心往下一沉。锁匠刚才提到了昨晚被杀的赵过在很多年前就搬到了风城，这一刻，姚斌裤兜里正好放着一包风城人都喜欢抽的方烟。

这时，汪局再次发问了："你刚才不是说赵过去了你家，告诉了你盛利被杀的事吗？具体是什么个情况，说来听听。"

锁匠再次摇头："他才没来过我家呢？要知道，他们几个混得好了后，眼睛都长到了头顶，谁还会像你这么个老兄弟一样，没事还拉着我聊聊天，说说话。所以，昨天上午我接到他的电话时，也纳了闷，说是哪一阵风刮得拐了弯，让赵过哥你给我打电话来。这家伙脸皮也厚，没听出我这话是在损他，直接就问我知不知道盛利被人给杀了的事。我说盛利不是你们的好兄弟吗，被人杀了怎么打电话给我了？赵过那王八蛋便埋怨我不该这么说话，还说当年也都是穿一条裤子的兄弟，现在人没了，我不该这么说话。"他翻了个白眼，继续道，"嘿！老汪，我这人你也是知道的，嘴上损，但也不是真有坏心眼，否则……否则不会一把屎一把尿养出那白眼狼姚沫来，对不？所以，我也就没说怪话了，张嘴问赵过，盛利被杀是啥时候的事，是什么原因被杀的。谁知道赵过一听说我知道的比他还少，便说不知道就算了，就要挂线。我想关我屁事，我还不乐意和你赵过聊呢。但转念一想，毕竟相识一场，还是问了一嘴他是否还住在风城，怎么会知道盛利被杀这事儿的。他说是张海洋告诉他的，接着就挂线了。"

张海洋……我望向汪局，只见他也正望向我。也就是说，汪局发现的这一线索，还真把多年前关系挺不错的盛利、赵过以及张海洋、锁匠姚斌几个人串到了一起。而前一天被杀的谷建新，也是他们几个老友中的一员。

我那总是忍不住想提问的坏毛病又犯了，想要问问他们几个人这些年是不是还经常联系，抑或如锁匠所说的，长期没有联系，只是在听说盛利遇害后，才开始积极联络起来。但这话刚到嘴边，又被我硬生生给憋了回去。因为，这一刻的汪局，始终是用拉家常一般的语气和锁匠说话，我一个晚辈太过急进，始终不妥。

所幸汪局也是一人精，刑侦领域里的智囊。他慢悠悠地伸手，给锁匠的茶杯添上茶，再慢悠悠地随意问了一句："那这样看来，你们几个这些年互相之间还是都挺关心对方的啊？"

"屁！"姚斌很激动，"都一个个人模人样的，尤其是张海洋和谷建新这俩货。张海洋吧，我都还不埋怨啥，人家房地产大老板，不待见和我们这些小人物称兄道弟，谁让咱混得不好呢？谷建新那王八蛋就有点过了，就开一小超市，就真把自己当多大一回事了。前几年我去他那里买酒，碰到他，他还瞪大眼说我整天酗酒，总有一天会死在这酒上。呸，老子白喝了你小子的酒不成？"

说到这儿，他又叹了口气道："唉，所以啊，老汪。这人啊，混得不好，再好的兄弟，也都会和你划清界限……"

"那倒也不是。"汪局再次回头看了我一眼，把话题岔开了，"我记得以前照门街那边的几个老兄弟，这些年合作做生意就做得挺不错……"

之后的时间，汪局也没再扯着姚斌聊与伐木工案有关的事了。实际上，这短短的对话，对于我们刑侦人员来说收集到的信息已经不少了。我陪着又坐了十几分钟，便故意说有事要出去。汪局点头，看了看表，然后问锁匠："骑车来的？"

锁匠摇头道："电动车坏了半月了，一直还没修呢，坐公交来的。"

"那……今天就到这儿吧，我还有个会要开。"汪局扭头看我，"小夏，要不你开车送一下老姚？"

"好。"我点头。

锁匠愣了一下，他或许并不急着走。他有点恋恋不舍地站了起来："这样啊，那……那就辛苦夏警官你送一下我了。"

我并没有急于领他下楼，而是领着老锁匠去了刑警队那一层，告诉他我要进去拿个东西，请他在走廊的长椅上等我几分钟。老锁匠似乎不太情愿，但还是随口应了一声，双手紧紧捂住他的那个单肩包坐了下来。

我径直走向了勘查科的办公室，里面居然只有杨琦一个人坐着。她手上戴着白手套，正在折腾桌面上的几个塑料袋，里面放的自然是今早采集回来的死者的一些物品。

"找我有事？"她瞟了我一眼问道。

"嗯！"我点头，"死者赵过抽烟吗？"

杨琦又看了我一眼："抽烟，右手食指和中指都黄了，老烟枪。"

"那现场有烟头吗？"我再次发问。

杨琦便从桌上那几个塑料袋中拿起一个，里面有一个烟头，她点头答道："喏，这应该就是死者临死前抽过的。"

"是风城产的'方烟'吗？"我追问，并期待着听到我想要的肯定答复。

杨琦摇头："不是。他抽的是'海城'，嗯，三块钱一包的'海城'。"

"哦。"我点了点头，"那没事了。"说完这话，我转身往门外走去。

"晓波，你有什么发现？"杨琦在我身后追问道。

"没啥。"我冲她笑了笑。

她也冲我微微一笑："不过你提到这香烟，还真有一点小细节上的蹊跷。死者赵过是抽烟的，现场采集到了烟头，烟头上的指纹和他也匹配。可是，我们在他身上发现了打火机，却没有发现香烟。按理说，这种老烟枪怎么可能不带烟在身上呢？"

"或许只是抽完了忘记买了。"我如此应了一句，转身出了勘查科。

再次回到走廊时，发现老锁匠很听话地坐在那张长椅上，眼睛微微眯着，似乎在养神。我快步上前，客套了两句害他久等了之类的话，便领着他下楼。张铁眼尖，我和老锁匠刚到停车场，他就在那儿按喇叭。我寻思这锁匠和张海洋是故人，不知道认不认识张铁，要不我开局里的车一个人送他回去，不让他和张铁碰面。可一转念，锁匠说他和那几个老兄弟来往很少，这话是真是假，让他和张铁一碰面不就知道了。又或者，如果他俩互相认识，叔侄间在这一路上总要聊几句天，话语中弄不好还能捕捉到一些有用的信息。

想到这儿，我竟油然生出一种莫名其妙的愧疚来。伴随而至的，是长歌这一两天望向我的那种陌生眼神。诚然，在张铁心中，我是他崇拜的师兄。但，在他所不知的一面，我却与他的父亲用着另外一种方式交集过，并且，此时此刻的我，还要去调查他的父亲是否与这案子有什么关联。

如果有进一步的发现，或许，我要让张铁回避一下这个案子了……我这么想着，并朝不远处探头的张铁挥了下手，招呼老锁匠往那边走。"那是我同事，叫张铁。"

我这么介绍的同时，眼睛紧盯着老锁匠的眼睛，等待着捕捉到一丝闪烁的东西。

很遗憾，他眼神中的灰蒙，与这并不晴朗的夏日早晨的天气一样，满布阴云。蓝天、白云、骄阳，悉数不见。

一张黑白照片

很明显，锁匠与他多年前的老友张海洋的儿子张铁并没有见过面。上车时，这位并不年迈的中年人明显有点拘谨。我给他拉开车门后，他居然露出了之前并没有的毕恭毕敬的神情，并问道："这是你们公安局的公车吧？"

"自己的车。"我回答道。

他笑了，笑容似乎有点羞涩："你看你看，你们和姚沫都是同龄人，都有自己的车了……"说到这里时，他的笑容突然僵硬了，甚至眼神中显露出一丝不易察觉的悲伤神情来。他弯腰，脊背弯曲的瞬间，我突然开始意识到一个问题——无论他对姚沫如何口口声声辱骂，但他们的父子之情，维系了二十多年。这二十多年里，不可能没有温暖与美好的记忆。而作为一个父亲，在这二十多年里承载过的责任心，以及对孩子成年后的期盼，永远不可能消散得那么彻底。

说实话，对于这位叫姚斌的锁匠，自始至终我都没有太多好感。他的市侩，与他的粗俗，都让我看不惯。我一度将姚沫对这位养父的背叛归咎于此。就目前看来，这些想法或多或少有点偏激了。

"姚叔，您还是住在老城区吗？"我上车，小声问道。

"嗯！"他应了声，将头扭向车窗，"夏警官，帮我把车窗玻璃放下来吧，有点闷。"

"好嘞！"张铁抢着应了，并按下了玻璃。末了，他还不忘说了一句："大叔，你自己也可以按旁边的按钮把玻璃放下的。"

"是吗？"老锁匠唯唯诺诺。沉默了几秒后，他突然蹦出一句："我自己的儿子不争气，所以……所以我连坐私家车的机会都很少。"

我感觉有点心酸。事实上，对于姚沫这个人的评价，始终要客观地分成两面。首先，他是一名罪大恶极的连环杀人犯，这点是毋庸置疑的。但我们又必须肯定他对于亲情的忠诚，以及对于妹妹林珑的责任，是一般人无法比拟的。

我想，我应该说一两句话来安慰他吧！于是，我故作轻松地扭头说道："姚叔，其实姚沫如果不走极端的话，凭他的聪明才智，让你有个小车坐，问题应该不大。"

"是吗？"他随口应着，又沉默了几秒，最后咬牙切齿吐出几个字，"他就是一个屁。"

在研究青少年犯罪这个课题时，收养研究（adoption study）是用于辨识遗传因素与环境因素交互作用的一种重要方法。收养研究，有助于确定环境对犯罪的主导作用到底有多大，但这种研究数量极少，并且还存在很多方法学上的问题。

犯罪心理学家 Crowe 在 1974 年进行过一次研究。他追踪调查了两组被领养的孩子。其中有 52 名孩子是因为母亲犯罪而被人领养的。而另外一组被追踪者则是来自 52 个无犯罪记录家庭的孩子。

Crowe 发现指标组中的孩子出现反社会人格的趋势，与以下两个变量呈正相关：其一是儿童被收养时的年龄；其二是该儿童被收养前在孤儿院里被暂时寄养的时间长短。一般来说，被收养时的年龄越大、被临时寄养的时间越长的孩子，将来出现反社会人格的可能性就越大。

那么，我们就又要说到姚沫。其实，他在被收养时，年纪并不大。且他在孤儿院里被临时寄养的时间也很短。那么，用姚沫来当个案来分析的话，对于 Crowe 的研究结果反倒是典型的反证。不过，同时，我们又必须把姚沫具备的另一个特点拿出来投入研究，那就是……他是一个哥哥，他有一个妹妹。也就是说，他会比一般的孩子更快地度过未成年时期，心智会更快地成熟，才能进一步满足他作为哥哥想要保护妹妹的强烈欲望。

送锁匠回家的路上，我们没有再交谈。或许是私家车的问题，将他带入了某种遐想中。十几分钟后，车便开到了位于老城区的锁匠铺前，他下车后冲我和张铁苦笑了一下："谢谢了。"便转身往锁匠铺里走去。

我想，本该拥有美好人生的姚锁匠，生生过成了悲剧，静候人生落幕。我也没有想到，那一刻我所看到的他的背影，也将是他那看似平淡，却又波澜壮阔的人生，最后的谢幕式。

张铁自然不会了解这一刻我心里在想些什么。他似乎终于有了点疲态，抬手揉了揉眼睛，然后扭头问我："夏队，你不是说今儿个要直落吗？那接下来咱该去干些啥？"

我反倒被他问得一愣。接下来要干吗呢？送走了锁匠姚斌，是不是就该去会会张海洋呢？可作为本城大亨的他，又怎么可能说见就能够见到，尽管，我身边还坐着他的儿子。

"找个地方去眯一个小时吧！"我抬头看了看刚升起的太阳，这般建议道。

"也成。"张铁点头，"要不，去我爸投资的一家盲人按摩馆里躺会儿吧？"说到这儿，他好像想起了什么，将准备发动车的手收了回来，转过身说道："夏队，我突然想起个人来，是我表姑，也就是这家盲人按摩馆的老板，叫张群。她好像也认识姚沫和林珑，有一次她和我爸聊天还聊起过这兄妹俩……"说到这儿，他又想了想，补上一句，"对了，张群姑妈年轻的时候也在市文化宫上班，可能和姚沫、林珑的妈妈还是老同事。"

我那本来微微眯上的眼睛一下睁大了，紧接着看了下表，才9点出头。于是，我嘀咕了一句："这么早，人家也不在按摩馆里吧？"

张铁乐了："我这姑妈以前做过直销的讲师，特能说，迷信成功学，每天早上都要带着员工喊口号那种。最近几年又迷上了灵修什么的。这个点儿，她应该扯着按摩馆里的几十号人，正在开早会喊口号呢。我们现在过去肯定能见到她，晚点倒还不一定。"

他说完这话，扭动了钥匙，汽车朝着他所说的按摩馆开去。

我没有反驳，毕竟身体不是铁打钢浇的，这一宿熬下来，还是需要稍微休息一下的。这也是为什么派出所、刑警队的办公楼里都会有个小房间，里面摆满上下铺床的原因，方便熬完夜的同事补觉呗！再说，真如张铁所说，他的这位姑妈以前和姚沫的生母莫莉是老同事的话，那么，也可以听她说说过去，说说莫莉……

莫莉……我在心里开始搜索与这个名字相关的所有人的信息。

市文化宫的大提琴手；杀死了亲夫并将之肢解的杀人犯；被执行死刑的精神病人；以及……以及连环杀人犯姚沫与痴情女子林珑的母亲……

慢慢地，我脑海中，更多的标签开始往这位二十几年前就已经离开人世的女人身上贴。她，是这几天已经死去的三位死者都曾经追求过的女神；是锁匠姚斌用一辈子都无法遗忘，心底永远的挂念。并且，她还很可能是张海洋这位地产商念念不忘的过往，从而，导致他要用与她有着几分相像的一个叫作戴琳的女人为伴，作为这一遗憾的替补。

莫莉……莫莉……我开始咀嚼这个名字，也开始在心底为这女人进行一系列拼图。可当这一幅拼图由虚无到模糊，最终变得有了棱角、缓缓清晰后，浮现出来的却是戴琳那张清秀的脸庞。

我并不是一个有诸多情感经历的男人。我也无法否认，自己曾经与一个叫作戴琳的女人有过那么那么多美好的时光。可始终遗憾的一点是，我没能和她走到最后，各种各样的缘由，也导致了我与她最终还是在两个不同的世界里。几年过去了，一度亲密的人不再相见，就算我们身处同一个城市，也形同陌路。想到这些，我莫名其妙地想起了张海洋，如果真如张铁所说，张海洋在他的婚姻之外，心里也有过一个人。而那个人，也没能与他携手人生。到了今时今日，以他的财力，可以了却诸多遗憾时，他却也无能为力。那么，那个人会是谁呢？

只可能是莫莉，因为莫莉早已不在人世……

张海洋曾经是莫莉的追求者。只是，莫莉选择了一个叫景润生的男人，并与这个男人一起，早早地离开了人世。于是，莫莉就注定成为张海洋此生最大的遗憾，就好像……就好像是平庸到如微尘一般的锁匠姚斌，毕生挚爱情深，永远无法得到释怀。

她是一个谜……嗯，这个叫作莫莉的女人，是一个谜。

张铁所说的那个地方，距离姚斌所住的老城区并不远，我们很快就到了。按摩馆不小，停车时，我探头看了看按摩馆的招牌——梦生盲人按摩推拿馆，便扭头笑着对张铁说道："谁取的名啊？这么土。"

张铁也笑了："还能是谁，我群姑妈呗。本来要叫梦生院来着，我爸说那跟个青楼似的，没答应。"

说话间，我俩笑着往门口走。门前的中年保安连忙迎了上来，冲走在前面的张铁点头哈腰："大哥，过来按摩啊？这么早，吃了早饭没？"

张铁对保安的称谓不太乐意，他指着自己那张压根就不像应届毕业生的大脸："这位叔，我比你小吧！"

中年保安还是赔着笑脸："我们老板娘要求的，来的都是客，都是我们的哥。"

张铁便不和他抬杠了，扭头回来对我小声嘀咕道："看到没，这就是我群姑妈带出来的下属，服务意识一流吧？"

我点头："还行。就是眼色不是太好。"

进了大门，前台坐着的姑娘也连忙站了起来，笑盈盈地鞠躬道："大哥，早上好！"姑娘鞠到一半，看清了是张铁，便又改口："哦，是张哥您来了啊！"

张铁也不较劲了，毕竟这小姑娘看上去也就二十出头，张铁也不可能掏出身份证和对方一较高低。于是，他冲对方点了下头："我姑妈呢？"

"刚开完会，进一号房打坐去了。"姑娘殷切地回答道。

"打坐？"张铁瞪眼，"她修的不是那什么白菜道吗？只是不吃荤而已，怎么现在又开始要打坐了？"

姑娘赔着笑："是青素道，功效是养生美颜……嗨，给你说了你也不懂，要不，你和你朋友先去群姐办公室坐会儿，她很快就会出来。"

"得！"张铁应着，往一旁的电梯走。走出两步他又回过头来："夏队，我们是先按摩还是……"

"先见见你姑妈吧。"我如此建议道。

那小姑娘也已出了吧台，拿着一串钥匙领着我们上了三楼，打开了靠走廊尽头的一个房门。是一个有一百多平的大房间，装修有着几分道观的模样，靠墙角还有一个小喷泉，清水流淌的"哗哗"声，听起来还挺心旷神怡的。

"张哥，我就先下去了，楼下没人。"那姑娘边说边看了下表，"群姐应该很快就上来了，她今天只用打坐半小时来着。"说完这话，姑娘急急忙忙往下走去。

张铁对这里应该是非常熟悉的，他径直走到房间中间的茶台前坐下，开始烧水沏茶。见我在这间道观般的办公室里四下打量，便介绍道："我姑妈就一普通人，却整天弄得跟个仙姑似的。所以说啊，这女人只要过了三十岁，总会被身心灵那一套牵走。不信你瞅瞅你身边的妇女，健身瑜伽的，去了三分之一吧？迷心灵鸡汤的又去了三分之一吧？剩下的三分之一，每天穿个暗红色的亚麻大褂，不是辟谷就是灵修，让人觉得忒可怕。"

我笑了，暗想张铁这话说得还真是那么回事儿。再一扭头，我发现房间的一面墙上，挂了很多相框，都是一个瘦高女人与外人的合影。张铁见我望向那边，便笑着说道："我姑妈这些年也没闲着，和各种大人物的合影。这一堵墙都快放不下了。"

我点头，缓步走了过去。我的目光聚焦在左上角一张 A3 纸大小的黑白照片上，那照片里，二十几个穿着白色上衣深色裤子的男女分两排站着，面带微笑。她们的发型与衣着，显然是 20 世纪七八十年代的打扮。

张铁也留意到了我盯着的位置，他快步上前，按了下旁边的开关，正对着那一面照片墙的射灯亮了。这时，我清晰地看到，那照片最上方有着一排小字——市文化宫全体共青团员合影。

"里面不会就有莫莉吧？"张铁边说着，便踮起脚，直接将那个相框从墙上摘了下来。那个年代的合影上一般都有标记拍摄的年月日，所以，我们在小字下面，看到了"1981.7.7"字样。

可是，我的目光却并没有在这行字上，因为……因为一个容貌清秀的女子，将我完全吸引了。

戴琳……这是一个长得与戴琳非常相似的女人，又或者说，戴琳长得和她很像才对。她留着长发，站在第二排的最边上，嘴角上扬，挂着浅浅的笑……这应该就是莫莉，就是姚沫与林珑的生母莫莉。她确实很漂亮，那长长的脖子，又让她显得非常有气质。

站在我身边的张铁却"咦"了一声："我来这里这么多次，怎么就没留意过有这么一张相片啊？而且，而且我爸怎么也在里面啊？"

我愣了一下："哪个是你爸？"

张铁伸手，指向第一排站在莫莉前面的男子："这不就是我们家现在养得白白胖胖的张总吗？"他顿了顿接着道，"怎么从没听他说过自己在市文化宫上过班呢？"

"你不知道的事还多了去呢！"一个女人的声音在我们身后响起，"难不成你还以为你爸就一小透明，啥事儿都会让你这个臭小子知道？"

张铁吐了吐舌头，对我小声说了句："这就是我姑妈。"他边说边转身，甜甜地叫了一声："群姑妈早。"

第七章

究竟，你是谁的树洞？

莫莉的同事张海洋

我也跟着转身，身后那些镜框里摆着各种姿势的瘦高女人，这一刻，套着一件张铁所说的那种枣红色亚麻大褂，正从门外往里走。才4月中旬，她手里已经握着一把精致的小扇子了。见我看她，她有点做作地将扇子"唰"的一声展开，再用她自以为优雅的姿势，扇了几下，接着道："张铁，你小子不是去做公安了吗？怎么大白天不去街上贴罚单，跑我这里来耍了啊？"

张铁讪笑："姑妈，那贴罚单的是交警，我不是交警。"

"对，上次你妈给我提过，你是在派出所上班，管户籍的吧？"这位群姑妈边说边坐到了屋子中间的茶台前，将烧开的水壶拿了下来。

张铁有点急了，脸上青一块紫一块的。他看了我一眼，似乎在征得我的同意，然后咬了咬牙："姑妈，我现在是刑警了，就是从事刑事侦查的警察。"

"就你？"这群姑妈乐了，"正好昨晚我们有个客人的手机不见了。你能掐会算的，一会儿给破下案。"

张铁不知道怎么接话了。他再次看了我一眼，可能是担心自己辛辛苦苦在我面前竖立起来的那点优秀刑警的形象崩塌。他再次咬牙，一挺胸："得了，也不打趣了。姑妈，给你介绍一下，这是我同事夏队，市刑警队副大队长。"

"哦！"群姑妈点点头，看了我一眼，"我和你们蔡局、汪局都认识……"

张铁连忙打断了她的话："姑妈，我们过来是想问你点事儿。"

群姑妈笑道："好！好！我支持你的工作。这位是夏队对吧？有什么需要我这么个小老百姓出力的，尽管问。"

"你好！我是市刑警队夏晓波……"我冲她微笑着介绍道。

可我的话还没说完，这群姑妈突然想起了什么事，一拍大腿说道："对了，张铁，我上次给你介绍的那个市环卫局的小姑娘呢？你们进展得怎么样了？"

张铁便恼了："姑妈，我们在工作！请你配合一下好不好？"

群姑妈笑了，抬手打下了自己嘴巴，冲我笑道："你看我这破嘴。嗨，夏队，你别介意。我们这做长辈的，总想着张铁这小子能早日成家，让你笑话了。有什么需要问我的，你尽管开口。"

我有点尴尬地笑了笑。张铁从我手里接过相框，往前几步，在茶台前坐下："姑妈，我们今儿个过来，就是想问问你认不认识一个叫莫莉的女人，以前也是你们市文化宫的。"

"岂止认识？你姑妈我和这莫莉还是好姐妹呢！当年说起我们市文化宫两朵金花，搁在海城谁不认识呢？"她边说边从张铁手里接过相框，指着之前我就注意过的那个长相酷似戴琳的女人，"这

143

个就是莫莉。"

然后，她又指了指莫莉身旁的另一个女人："喏，这个就是我，你姑妈张群年轻时候。"

我也坐了过去，看了一眼她当年的模样，然后出于礼貌地点了点头："阿姨当年确实挺漂亮。"

"这也叫漂亮？"张铁咧嘴乐了，"姑妈，你真当我没见过世面。这莫莉确实好看，至于你嘛？也难为我姑父了。"

群姑妈也笑了："这张没拍好，不算！"接着她摇了摇头，抬手在相片上摸了几下，"莫莉是个多好的人啊，最后不知道怎么会闹那么一出。咦，张铁，你和你同事过来问莫莉，难不成莫莉当年的那案子还有什么蹊跷不成？"

"这个……"张铁对莫莉案知晓得不多，只得扭头看我。

我冲着群姑妈点头微笑道："也不是有什么蹊跷，就是想了解下她是什么样一个人，毕竟她儿子姚沫案，现在还没结呢。"

"哦！原来是为了她儿子的事哦。"群姑妈再次摇头，"可怜啊，那一双孩子可怜啊。当时他俩都才三岁半，乖巧得不行，被送进福利院时，我们文化宫好多人都抹眼泪。可是，不送过去又能怎么办呢？没人管啊！这么一说，其实还是姚斌那家伙有人性，给莫莉养大了儿子。"

"阿姨，她……这个叫莫莉的女人，她不是海城本地人吗？为什么没有亲人帮忙收养她的孩子呢？"我插话问道。

群姑妈开始沏茶，手脚麻利。"也是苦命。她有个姐，嫁了个军官。所以那时候大家都羡慕她姐，后来军官复员去了外地，她姐也就跟着过去了。莫莉她爹死得早，有个娘，不是很会说话，脑子不太好，连个事都说不清楚。莫莉出了那档子事儿后，她娘就变得更加迷糊了。大伙私底下便议论，可能她娘本来脑子就有病，莫莉是随了她娘也说不定。她那个在外地的姐，家里应该是男人当家吧？在莫莉出了事后就来了一次，给福利院签了几个字，说能力有限，最后只接走了她娘，从此再也没回过海城。"

"那莫莉的丈夫景润生又是哪里人啊？"我继续问道。

"北京人，很会说，要不怎么能娶到莫莉呢？"群姑妈边沏茶边说，"那些年乱，他爸妈好像是被贴了标签。他一个人来到我们南方，也很少提他家人的事，估计是怕牵出什么事连累了莫莉吧。"

"哦……"我点了点头，沉默了几秒，将杯里的茶抿了一口，"阿姨，有个问题想问问你。我们就当闲聊，只是想听听你的看法，你也不用顾忌我们的身份，想到什么就说什么……"

"我懂你的意思。"群姑妈点头，"就是要我别声张呗！"

我笑了笑："那倒也不是，就是想问问你，你觉得……你觉得莫莉会杀人吗？"

我这话一说出口，现场气氛一下就冷了下来。群姑妈那本抬起倒茶的手，也静止在半空。沉默了几秒后，她开始苦笑了，并若有所思地摇了摇头："我们觉得可能与不可能，有什么意义呢？就算我们都觉得不可能，但最终她杀了人是板上钉钉的事。当时办案子的一个老刑警也说了，法大于情，杀人犯就是杀人犯……"说到这儿，她沏好一杯茶，递到了我面前，"小伙子，所以，你问我这么个问题，没有太多意义，不是吗？"

张铁又开始插嘴了，不过他这次开口，倒是说了句还算靠谱的话："得！群姑妈你的意思就是说，你和你们那些姐妹啊，朋友啊，都觉得莫莉不会杀人咯。"

群姑妈点头，伸手指了指桌面上那张老照片里最中间的一个年长女人："这是我们当时的团支部书记玉娟姐，她当时甚至还跑到公安局去闹了一上午，说好好的一个人，怎么一眨眼工夫就杀人分尸了呢？怕是整了个冤案出来。当时局里的老局长姓张还是姓彭来着，也是个暴脾气，把玉娟姐直接领进了办公室，据说还翻出了一堆照片与一些证据给玉娟姐看。玉娟姐这才服软，被狠狠训斥了一顿后，垂头丧气地出了市局大门。回来后就说，确实是莫莉动手杀了人，证据确凿……"

"唉！"说到这儿，群姑妈叹了口气，"所以说，这世界上的事儿啊，真的都跟一出戏一样。嗨，我还记得莫莉和景润生出事那一晚，你爸和姚斌、谷建新他们几个晚上聚在一起喝酒，盛利还酸溜溜地说那景润生一看就不是个长命的面相。没想到，他那话还没落地，当天晚上景润生就死在了莫莉手里……"

我探头问道："咦，阿姨，你说出事儿这一晚聚在一起喝酒的人，都有谁啊？"

群姑妈看了我一眼："就是张铁他爸和那几个追求过莫莉的难兄难弟，姚斌、谷建新、盛利，还有……还有那个尖嘴猴腮的小个子，叫赵什么来着？"

"赵过？"我尝试性地说出了这个名字。

"对，正是他们五个。"群姑妈点头。

张铁应该也意识到了什么不对，这几个名字中的三个，已经在伐木工连环杀人案中陆续成了冰冷的尸体。他扭头看了看我，见我面无表情，便也没敢开口说什么。只是，他那双本来放在茶几台面上的手，紧紧握到了一起。

　　"阿姨，我还想多问一句，他们几个……嗯，就是你刚才说到的这五个人，在一起喝酒聚餐的机会很多吗？"

　　群姑妈翻了下白眼："那时候都刚解决温饱，怎么可能像现在这样经常有酒喝，有肉吃呢？不过，他们几个家伙家里条件都还过得去，所以一个月总有那么一两次，会跑到谁家里喝点，再一起说说莫莉、说说景润生。不过，后来景润生真没了，莫莉又被抓了，他们几个也就散了……嘿，你还别说，真的就是在景润生没了后，他们几个就陆陆续续走了。张铁他爸突然间就去当兵了，谷建新去了海南他舅舅家待了半年，还有那赵什么，好像是去了风城？嗯，反正就是都四散开了，到莫莉被枪毙的那天，好像就只有姚斌一个人还在海城待着。当时，他站在行刑的河堤上，跟个雕像一样。现在想想啊，还挺让人心酸的。"

　　"嗯。"我点了点头，"莫莉被捕后，应该没过多久就被判了吧？"

　　"那不就是，从被抓到被枪毙，一共就一个月不到。"群姑妈愤愤道。

　　"也就是说，在一个月不到的时间里，谷建新、盛利、赵过以及你堂哥张海洋，都用各种理由，离开了海城。"说这话的时候，我反倒变得异常冷静了。因为我意识到，或许其中有着某个不为人知的故事，被尘封于那个年代的深处。

"是！"群姑妈点头，"所以说，男人啊，没有一个靠得住。那话怎么说来着，男人靠得住，母猪会上树！"她咬牙切齿地总结道。

"那……那我爸怎么也在你们市文化官的大合影里出现了呢？"张铁的这句话应该是憋了很久，这一刻终于问了出来。

群姑妈白了他一眼："他还不是为了莫莉。你爸啊，也不是什么好东西。那时候口口声声说喜欢人家，要死要活的非得要你爷爷托人找关系进了市文化官。当时你爷爷的朋友也说了，过了年就能转正。他倒好，莫莉被抓没几天，他就跟着你爷爷去了武装部。当时征兵名额都已经满了，不知道你爷爷又找了谁，最后愣是把他塞进了那一年的新兵花名册里。接着，他就火急火燎去了部队。我们文化官的同事还专门聊过他——典型的人走茶凉。莫莉一出事，他就走人。所以说啊，你爸后来之所以做生意能做得那么顺风顺水，可能也是因为这没心没肺的品性决定……"

"姑，你这说得有点远了。"张铁打断了她，偷偷瞄了我一眼小声说道。

张群讪笑："嗨！你看我，又忘了，这一会儿有你同事在。得！队长，你可得好好关照我们家张铁，好好带带他。这孩子别看块头大，性子却耿直。懂事懂得晚，上初中时还尿过床……"

"姑……"张铁脸红了，再次打断。

我也笑了，客套道："会好好培养的，耿直倒是不觉得，块头确实大。"

之后又闲聊了几句，群姑妈接了个电话，好像要出去办点事儿，便先走了。我跟着张铁进了包间，他叫来两个按摩技师，戴着墨镜也不知道是真看不见，还是装的。技师问是要按脚还是按背，张铁说时间宝贵，按脚好睡觉。

技师放水，调暗了灯。张铁年轻，心事自然没有旁人那么多，那呼噜声好像跟着技师按下的大灯开关一般被控制着，灯一灭就响了。给我按脚的技师便笑着小声说道："你这朋友的媳妇应该挺遭罪，晚上难睡个好觉。"

我答了句："他还没结婚。"

那技师继续笑道："这么大年纪都还没结婚，兴许就是因为呼噜声，人家大姑娘嫌弃。"

我也乐了："你不是盲人吗？怎么看得出他年纪大？"

盲人技师推了下墨镜："我们也分全盲和非全盲的。"

"哦！那你就是那种非全盲吧？"

技师点头："是，我是还看得见一点点。"

我也不想和他继续搭话了。这包房里灯光本就昏暗，他一个自称眼神不好的，还戴着个墨镜，能把张铁看得如此仔细，也挺难为他这个"非全盲"的盲人了。我没再吱声，闭上了眼睛。技师可能意识到自己有点露馅，也没再张嘴，开始认真给我按摩。

其实，我知道自己这会儿不可能睡得着。按理说，现在迫在眉睫的案子，是伐木工连环杀人案与姚沫越狱案。可我这顺藤摸瓜，摸着摸着，不知道怎么就摸到了这件看起来与这两件大案并不相关，发生在二十几年前的莫莉杀夫分尸案上了。可是，隐隐约约之间，莫莉案似乎又和伐木工案的三个死者之间，有着某种联系。

是的，他们都具备一个共同的身份——莫莉的追求者。并且，从张铁的姑妈嘴里我还知道了，在莫莉杀死景润生的那一晚，这几个追求者还聚在一起，喝过一次酒……

"妈妈在求饶……"

"妈妈在喘息……"

"他们在说话……"

"好几个人在说话……"

林珑被催眠状态下说出的这几句话，再次在我脑海中回荡开来。如果，她所描绘的真是当天晚上发生过的事，那么，她所说的那个"他们"会是谁呢？会不会就是……就是……况且，在那个晚上之后，张海洋等人，也都在短短的一个月内，全数离开了海城，去了外地。那么，他们难道知晓其中的真相，并用离开这座城市，来逃避某些东西吗？

我睁开了眼睛，包房里昏黄一片，张铁的鼾声依旧在回荡。我笑了笑，觉得自己可能想得有点过了。但紧接着，我又意识到，在自己莫名其妙地将莫莉的几个曾经的追求者代入莫莉杀夫案的同时，我似乎忽略了很重要的另外一点，那就是……那就是他们在这伐木工连环杀人案中，是受害者。并且，如果真的以这一关联串上他们几个的话，那，伐木工接下来要杀的人，岂不就是……岂不就是目前还幸存的姚斌和张海洋？

我们现在需要监控姚斌和张海洋，但也不能太过招摇，只能暗地里调派人力，保护这两位中年男人。因为，这个伐木工连环杀人犯如此嚣张，三天不间断地屠戮了三人。那么，今晚抑或明晨，他的魔爪可能就会伸向姚斌，或者张海洋。

但，警力呢？

关于警力

这是一个令我们基层刑警都非常尴尬的问题——警力。

就世界范围而言，警察在人口中的占比一般都能达到万分之三十。也就是说，在一个一千万人生活的城市里，警察的配比大概是三万人左右。而我国警察在人口中的占比为万分之十六，只相当于世界平均水平的一半。

公安部之前公布的一组数据中显示，从2016年1月至8月，这八个月的时间里，全国110报案电话接警为一亿次，其中无效报警为三千多万次。也就是说，有三分之一的报警，是在浪费我国本就捉襟见肘的警力。

而且，体制也是造成警力不足的原因之一。在一个拥有一千人的公安局里，最少有四百名文职人员并不列在基层。而在基层的这六百人里，大概又有两百人，是不怎么出警的。这些人包括一些内勤、年龄偏大的民警以及领导。所以，一千人的警察队伍里，真正在第一线出警奔波的人数，大概只有四百人。

让人头痛的是，时代变了，广大人民群众对于警察的敬畏感，也早已远不如以前。有些老刑警时不时开玩笑说道："在二三十年前，五个小伙儿打架，一个警察过去大吼一声'住手，我是警察！'，小伙儿们马上消停。"而现在呢？五个小伙儿打架，派一个警察过去，可能都无法控制现场。当然，针对警力不足的问题，近几年公安部也出台了一系列的措施。但像我和李俊这样真正工作在一线的刑警队小领导，最怕遇到的问题，依旧是手头接下几个重大案件，却没有几个能用的兵。

尽管如此，人民群众的生命安全，又怎么能视若儿戏呢？目前看来，那位站在层层迷雾背后的伐木工，目光所指的，很大可能就是当年莫莉的几位追求者。而他们还压根没有意识到危险就在眼前……想到这些，我觉得自己也没必要再补这个觉了，还是想想怎样才能挤出人来，暗中盯着姚斌和张海洋。

我坐起身，寻思着找李俊那边要人是不太可能了。那么，我是不是给贾兵打个电话，把他与我这两个小组的四个人重新分配下？这时，我手机屏幕亮了，居然是贾兵给我来电话了。

他是个老刑警，油腔滑调，但办事还算靠谱。在这个本应该让我和张铁好好休息的时间段里，他的来电，意味着有突发情况。我深呼吸，让自己这短暂的休息画上句号。盯紧林珑，等候姚沫的出现，这才是我目前最重要的任务。

"喂！"我接通了电话。

"没睡吗？这么快接电话。"贾兵在话筒那头沉声道。

"没睡。"我应着，"有事？"

"嗯！我现在在他们昨晚住过的老房子二楼，发现了一些情况，需要你过来一趟。"贾兵简明扼要地吐出这么几句话。

"行！"我抬手看了下表："十五分钟到……对了，发现了什么？"

贾兵应道："二楼的大柜子里应该躲过人，另外，我在二楼的窗台上，也发现了一个新鲜的脚印。你赶紧过来，自己看看再说吧！"

"行。"我收了线，抬头看见之前还打着呼噜的张铁已经醒了，他瞪大了那双门缝般的眼睛，一本正经地看着我："夏队，有新情况？"

"嗯！"我点头，抬脚示意正在给我按脚的技师可以结束了，"我们现在去香粉街，贾兵有发现。"

张铁也连忙起来，大声应了句："好嘞！师傅，我们不按了，下楼买单。"

他话音一落，那两位技师都连忙站直，弯腰，齐声说了句："两位大哥，带好东西，欢迎下次再来！"

张铁笑了，回了句："哥才十八。"

坐上车，空调吹出的冷风掠过我的手臂，汗毛不自觉地立了起来。紧接着，这种凉飕飕的感觉快速蔓延，直至我全身上下。贾兵是老刑警，他所说的大柜子里可能躲过人，这一推断八九不离十。那么，也就是说，昨晚我端坐在大柜子旁，听着林珑说起二十几年前那个夜晚所发生的一切的同时，有一个大活人，就在我身边蜷缩着。

他一定也和我一样屏住呼吸，偷偷地暗中观察邵长歌对林珑的催眠，倾听着林珑对于二十几年前的那个夜晚所发生的一切的回忆。

这个世界上，唯一有心倾听这一切的人，只可能是……姚沫。况且，他与林珑那近乎神奇的心灵感应，也令他仿佛有一双并不在他自己身上的双眼和耳朵，能够知晓林珑周围所发生的一切。那么，早早去到本就属于他的老房子，躲藏到他熟悉的大柜子里，伺机见见林珑……这，何尝不是一个很简单又很完美的计划呢？并且，在实施这一计划的同时，他还意外地收获了林珑被催眠后潜意识深处不为人知的一幕。那么，那一晚的再现，对于姚沫，又将意味着什么呢？

我拿起手机，按开了短信，里面都是一些无关紧要的消息。接着，我又点开通话记录，好像其中会有某个我没注意到的未接来电……我不知道自己为何会做出这么一系列多余的动作来，但我始终有一种预感——姚沫会再次给我打来电话。因为，他还没有给我解释，什么是树洞，也没有告诉我，他所说的树洞里，究竟藏着一个什么样的秘密。

树洞……

树洞……

实用心理学领域的咨询师都明了一点——倾诉，对于有着心理障碍的人来说是多么重要。但现实生活中，每个人，都在费心砌着一面高墙，将自己困在其中。有太多太多不可倾诉的秘密，抑或无法诉说的衷肠，被隐藏到了这面高墙背后，深锁进每个人的心灵深处。这么看来，树洞，似乎有它存在的必要了。人们需要将心事对着童话中的这个树洞倾吐，然后，用泥封住，让秘密永远被封存，不会外泄。

那么姚沫啊，你到底是谁的树洞呢？在你的这个树洞里，究竟承载着一个什么样的真相呢？

衣柜里的秘密

可能是因为大半个小时酣畅淋漓的打鼾，又或者听我说起贾兵在那栋老房子里有所发现的缘故，张铁明显非常激动，摩拳擦掌，车开得比平时快了不少。我们快速穿过闹市，周遭的世界也开始渐渐冷清下来。旧城区，宛如一片亘古不变的巨大森林，无论文明如何将这世界美化，她，始终坚持着自己略微有点褪色的美丽，也始终坚持着对发生于其间的那么多美好故事的包容与善待。

我们并没有在那栋老房子前的巷口看到贾兵的车。张铁踩下刹车，嘀咕道："夏队，你不是说他们会在这里等我们吗？"

我径直拉开了车门，边下车边回了一句："说明长歌和林珑这一会儿不在里面，贾兵让他的小跟班送他们回学院路去了。"

张铁下车，挠着头，面露非常典型的"猪队友"神情道："夏队分析得很对，只是……只是长歌他们走了，这兵哥又是怎么进入这小楼房里的呢？"

我心往下一沉，暗想贾兵这家伙一贯不按套路出牌。张铁所质疑的，兴许还真有几分道理，我需要狠狠教训贾兵一顿才对。于是，我快步往前，只见林珑家老房子的门虚掩着。我推门而入，便听见楼上传来贾兵略微有点沙哑的声音："是晓波吗？"

张铁听了贾兵对我的这一称谓，可能有点不高兴，小声在我耳边嘀咕了一句："他怎么不叫你夏队？"

我没回答他，抬头对着楼上应道："是我，还有张铁。"

我边说边快步上楼。张铁紧随我身后，步履急促，表露出他内心的激动。可刚走上来没几步，他再一次在我身后小声说道："我们是不是应该第一时间通知刑警队或者鉴证科的人过来啊？"说出这话后，他自己可能也意识到有些不妥，连忙补上了一句："或者叫那些采集指纹的兄弟拿灯过来照照。"

他说这些的时候，贾兵已经走到了二楼楼梯，这些话自然都听到了耳里。他便有点生气，大声冲张铁吼道："鉴证科的同袍们每天比我们还要忙，你一小片警随便发现个不对劲，就要调动他们赶到现场的话，那他们科里那十几个人，还不得跑断腿？"

张铁连忙"嗯"了一声，没敢反驳。我反而有点不忍心打消这位学弟高涨的积极性，也补上一句："等会儿，如果我们有重大发现，再考虑通知局里的同事。"

我一番好心，没想到身后的张铁就一典型墙头草，听了我这话后，抬头对着贾兵笑道："看来，我们科班生考虑得都差不多，都没有兵哥你这么周全。"

贾兵被戴了顶高帽，也就乐了，咧嘴笑："确实！"

我哭笑不得，便问贾兵："你怎么进这房子的？不要告诉我，是你自己翻进来的。"

贾兵连忙摆手："晓波你这样说就不对了。我们这些非科班的刑警虽然实在，但也不至于随便犯纪律啊！我不过就是对邵长歌说，让同事先送他们回去，我在这儿转转，毕竟这也是姚沫所熟悉的地方。这邵长歌便没好气了，说你随便看就是了，然后也不关门，搂着他那漂亮媳妇，头也不回地走了。"

"然后你就开始搜查这套房子，接着在二楼有了发现。"我脸色阴了下来，觉得贾兵说得这么轻巧，实际上在邵长歌看来，无非还是我们警方对他和林珑的整个世界，侵入得太过急进的举措罢了。况且，他不可能在心底埋怨贾兵，也不可能因此责怪任何人。他只会……只会将这些厌恶继续堆积到我身上。

我和他是同学、好友……但，此时此刻的我，早已不敢保证自己在他心里，是怎样一个人设，以及他如何看待我们的关系了。

我没再出声，快步进门。昨晚那孤零零耸在我坐过的椅子旁边的衣柜大门敞开着。和现在的新款柜子不同，里面并没有太多隔层。又或者曾经有过，被人故意拆下了也说不定。

"应该躲过人，底板上的积尘如此凌乱，很明显有人在里面蹲坐过。"张铁用肯定的语气，说出了这么几句听起来很有道理的话。

因为这墙头草示好的缘故，贾兵这次没有抢白他，只是点了点头"嗯"了一声。

不过，只凭目前柜子底下一层厚厚的积尘有被动过的痕迹，自然不足以说明太多问题。于是，我继续阴沉着脸，没出声。

贾兵看出了我在想什么，他指向一旁的窗户，沉声道："晓波，窗台上也有积尘，我在上面发现的新鲜脚印非常清晰。给你打完电话以后，我再次仔细地比对了一下。踩过窗台的那个脚印，在柜子里也出现过，只是因为这位来访者移动的缘故，所以柜底的脚印模糊混乱。但是可以肯定，吻合度还是比较高的。"

我点了下头，走到已经被他打开的窗户前。果然，窗台上有一枚非常清晰的男性脚印。

贾兵伸手指向脚印后部："喏，你注意这脚印后跟处的花纹。这一花纹，我在柜子底板上也采集到了。"

对他这么个老刑警分析出的结论，我还是有足够的信心，便说道："嗯，都拍照了吧？"

"拍了。"贾兵应着，"说实话，我本来寻思着要不要发给杨琦她们看看。后来一想，还是先和你碰下头。毕竟邵长歌和林珑这边，目前也没有什么真正拿得出手的线索，自然没必要像热锅上的蚂蚁一般，给他们添乱了。"

"咦，这脚印好像是……好像是……"张铁也凑到了窗台跟前，他一本正经地盯着那脚印，"我好像见过这脚印，这是市看守所给羁押人员发的布鞋鞋印。"

"你怎么知道的？"贾兵扭头看了他一眼，半开玩笑地补了一句，"有人穿着这布鞋蹋过你不成？"

张铁便笑了，看了看我："夏队，之前我不是和你说过我在看守所有个堂弟吗？去年他们所里清理库存物资，给每人发了几双。他小子缺心眼，拿了两双给我爷爷穿，还说穿着舒服。这事儿后来被我大姑小姑那几个女人知道了，便闹开了，说怎么能把那地方的东西拿回来给我们家祖宗穿呢？非得要老爷子脱下来扔掉。可我家老爷子没得老年痴呆症之前就倔，得了老年痴呆后更是冲谁都耍横，唯独对我们几个孙子还能说上几句胡话。所以，我就临危受命，被派去骗老爷子脱下这看守所发的布鞋……"

"说重点。"贾兵听得不耐烦了，小声骂道，"谁关心你家那点儿破事？"

张铁耸肩："嗯嗯！所以我就熟悉这布鞋上的花纹了，因为我家老爷子端坐在他那把太师椅上，脚上蹬着一双，手里拿着一双，给我认真讲解了大半个小时，说这上面的花纹叫九龙朝凤，是古代皇帝登基才用在鞋底的纹路……"

贾兵愣了一下："什么？登基？看守所那边给羁押人员发这么大富大贵鞋的布鞋，难不成是要人家重新做人？那也没必要送人家一个个去当皇帝吧？"

张铁听了贾兵这话，也愣了一下，半晌才想明白，贾兵把他爷爷说的话当了真。他讪笑，扬起那张大盘子脸看着贾兵，眨巴着小眼睛道："兵哥，我刚才不是说了吗？我爷爷老年痴呆。"

"哦。"贾兵没再吱声。

我觉得两人这样扯，把一正经事给越扯越远了，便对张铁说道："确定一下。"

张铁忙掏出手机，将鞋印仔细地拍了张照片发出去，然后留了句语音："张铜，你给看看这一枚脚印，是不是你们看守所羁押人员穿的布鞋的脚印？"

贾兵便乐了："嘿嘿，你们家这名字取得也太随便了吧？你叫张铁，你这堂弟叫张铜。那你的亲弟弟岂不是叫张银张铝什么的？"

张铁没羞没臊，居然也跟着笑："没，我弟弟的名字挺威武，叫张轩洋。"

贾兵更乐了："这么看来，你是你爸在垃圾堆里捡回来的吧？"

张铁咧嘴："小时候还真这么说过。"他这话刚落音，手机便"嘟嘟"响了。他按开看了一眼，然后对我和贾兵道："我堂弟回复了，确实是他们看守所发的布鞋的脚印。"

我们一起沉默了，因为有一个叫姚沫的犯人，在两天前穿着这么一双布鞋离开了看守所。我索性望向了窗外。这小楼并不高，如果穿着这双布鞋的人从这里跳下去，问题并不大。而楼下，是老城区错综复杂的小巷中很普通的一条罢了。它向前蔓延，汇入远处如同蛛丝一般看似杂乱却又有序的老旧道路网络中。这时，一条夹着尾巴的黑狗，急匆匆地从我视线所至的巷子尽头穿过。或许有某种感应吧，它停下，抬头看了我一眼，然后又毫不犹豫地继续往前去了。我想，这应该是一条被人遗弃在这里的野狗，它和这一片冷清的房屋一起，等待着老去，等待着死亡。

"可以让我一个人在这上面待一会吗？"我回过身来，对他俩说道。

"哦。"贾兵和我也搭档一段时间了，明白我需要静下来思考。他点头，率先往下走。张铁愣了，望着我喉头动了下，最终还是没吱声，转身跟着贾兵往下走。我抬手关门的一刻，听到他压低声音问了贾兵一句："夏队是要干吗啊？"

贾兵应道："你师兄要卜一卦……"

我微微笑了笑，将门带拢。接着，我又将那扇窗合上，深吸了一口气，感受着老屋子里那股子微微霉烂的味道，任由它们进入我的身体深处。我闭上眼睛，咀嚼着这老屋子里的细微声响、细微味道，品尝着，也将自己融化着。恍惚间，我对这一切熟悉了起来，似乎渐渐成为其间的主人。

我睁开了眼……屋里有点暗，墙壁灰蒙，家具简单。我迈步走向衣柜，打开了柜门。此刻的我，幻变成了昨晚在其间的那个男人——姚沫，那个穿着看守所布鞋的姚沫。

　　我已有三年没见过我最为牵挂的人——我的妹妹林珑了。而今晚，她将会来到这里，和她的爱人邵长歌一起。尽管这么多年里，每时每刻，我都能够感应到她所能感应的一切。但那感应纵然再强烈，也无法成为触手可及的真实。于是，我越发期待，期待几个小时后，与她的再次见面。哪怕，只能在这衣柜的缝隙中窥探，也已足够。

　　我将身体缩进衣柜里，缓缓带上衣柜门，门合拢时的"吱吱"声响，宛如寄居在这老旧房子里熟悉我的精灵，在对我打招呼。很多很多年前，我在这里牙牙学语，在这里蹒跚学步。后来，我在这里失去至亲，生命须臾间分岔。到终有一天，我有逝去的父母那般高大了，有了宽阔的肩膀和厚实的胸膛保护妹妹了。我欣喜，我激动。我再次推开了这里的房门，将每一面墙壁都重新贴上报纸，恢复到爸爸妈妈都在时的模样。可是，妹妹……妹妹却失去了灵魂……

嗯，爸爸，妈妈，对不起！是我没有保护好她，尽管这结果不是我所想的。

嗯，也恳请你们能够原谅我，原谅我从稚嫩中起，原谅我从卑微中来，原谅我一度弱小如同蝼蚁，也原谅我曾经迷失到忘记自己是谁……

想到这些，俨然成为姚沫的我，不觉嗓子发干，眼眶湿润。我侧头，发现从衣柜的缝隙间，看到的是房子另一头的一张床。这一刻，置身于这一方黑暗中的我，开始继续人设的代入——

我看到了昨夜被催眠后的林珑，安躺在床铺上，宛如沉睡中的天使。我心头一热，堆积了三年的兄妹情愫开始迅速蔓延开来，急切地想要延伸过去，触摸她。可这时，楼梯响了，长歌再次进门，和他一起的，还有夏晓波。

黑暗中的我下意识缩了缩，紧闭着呼吸，让自己与这衣柜融为一体，令斗室中的这个姚沫不再。尽管如此，感官却张牙舞爪，盘踞至房子中央。我看到长歌在轻轻抚摸林珑的后背，看到夏晓波一动不动地聆听，看到……看到我最最心疼的人儿——林珑，开始回忆起多年前的那晚发生的一切。

终于，我又融入到了林珑的思绪当中，我紧紧握着她的小手，湿湿的，不知是她的眼泪还是我的汗水。那一场回忆，多么的遥远，缓缓飘来，逐渐清晰。一度，我以为我和林珑一样，因为年岁太小，而遗忘了那一晚真实发生的一切。怎料那记忆一直都在，不过是深藏于潜意识中罢了……

我眼眶开始湿润，身体似乎被束缚着一般，无法动弹。我明白，伴随着林珑的呓语，重新清晰浮现出的一幕一幕，不过是多年前尚且年幼的我们，记忆中的断层而已。我与她纵然再强大，也无法改变那晚所发生的一丝一毫……我索性深深吸气，深深呼气，令自己冷静下来。渐渐地，我开始意识到一点，那就是……那就是真相，或许并不是所有人以为的那样。而我们那美丽的母亲莫莉，或许也并不是别人口中的杀人恶魔。

一切终于归于平静，这时，夏晓波下楼了。我甚至隐隐听见了他走出巷子的声音……

我停止了角色代入，变回了夏晓波。

我可以设想姚沫的思想海洋，但我无法确定的一点是，邵长歌究竟是如何看待姚沫这个杀人恶魔的。也就是说，我开始有了一种惶恐，来自我对于长歌的渐渐陌生而产生的惶恐。我无法分析出一个可能性——那就是昨夜我离开后，姚沫是否会走出衣柜，和他的妹妹林珑，以及他的妹夫邵长歌面对面，说了一些外人永远不会知道的话。

我猛地推开衣柜门，快步朝着楼下走去。门口，贾兵和张铁叼着烟，扭头看着我。

　　"晓波，我们现在是不是要去找邵长歌盘问一下？或许，他对我们隐瞒了什么。"贾兵在我身后小声说道。

　　"嗯！"我应着，转身，"锁好门窗，我们现在去学院路8号。"

第八章
恶魔，或许真有感应

碎泥般的绿色

抵达学院路时，已经快 11 点了。两排梧桐树已备好了青葱般的色彩，迎接着初夏的阳光，而也只有它们，才是这学院路上最为坚定的守护者。

不过，今天守护在这里的，还有贾兵的那位搭档小丁。我们刚停好车，他便急急忙忙下车走了过来。

贾兵问："他们在里面吧？"

小丁点头。

我小声吩咐了一句："我一个人进去吧，你们在车上等我。"说完便拉开车门，朝着那扇我熟悉的学院路 8 号铁门走去。

院子里的房门是敞开的，铁门也是虚掩着的。其实，我只要一抬手，就能将门打开。但，我还是冲里面喊了一声："长歌，你在家吗？"

"在家。"回答我的，居然是林珑。我循声望过去，只见院子的角落里，是已经换了一套深色长裙的林珑。她正端坐在一张小板凳上，身前的两个小篮子里面放着青菜。

她冲我笑了，笑容无邪且纯真，眼神柔和，平静地说道："晓波，你又来了。"

说完这话，她探头朝着我身后看了看："就你一个人吗？你不是应该带着很多人来抓我们吗？"

我明白她这是胡话。令我有点意外的是，此刻她的言语竟然多了些。虽然我知道，她早已有所好转，但并不代表她就像正常人一样明了人情世故，明了什么是该说的，什么是不该说的。她清楚我的身份，是一个警察，是一个一度走进她的世界，将她的至亲带走了的警察。

我讪笑，拉开了铁门。实际上，我不知道自己该如何回答她的提问，好像不管怎么回答，也掩盖不了我在她的世界里，是一个很冒失的侵入者这一事实。所幸她的笑容依旧纯真，眸子里并没有一丝丝心机弥漫："晓波，你看，我在摘青菜呢！长歌喜欢吃青菜，但不喜欢吃梗。所以，我把叶子都摘下来，他不喜欢的梗就全部掐断，捏碎，一会儿统统扔掉。"她这么说着，也一边做着。我看到她扔青菜梗的篮子里，蜷缩着的，都是被揉成了碎泥般的绿色……

"长歌呢？"我上前，拉过院子里的另外一把椅子，坐到了林珑身边。

她思路貌似清晰，话也多了不少。

"在楼上写东西呢。"林珑抬头看了一眼，转移了话题，"晓波，你知道吗？我们的家要没了。"

"你的家要没了？"我愣了一下，"你是说香粉街的房子要拆了吧？"

林珑摇头，将手里握着的半截青菜梗揉捏起来："香粉街的那个家早就不要我了，所以那里不是我的家。我的家在这里……"她边说边将手里被揉成了碎泥般的梗茎扔下，指向了院子外的学院路，"你看，这里才是我的家。有长歌的地方，才是我的家呢！"

我点头："嗯，这里是你和他共同的家。"

"这学院路可能要拆了……"邵长歌的声音从我身后传来。我扭过头，只见穿着一件浅色衬衣的他正走出小楼的房门，"不过，也只是道听途说而已。有那么多老城改造的地，征了也还没动，所以这一时半会儿，应该也轮不到这里。"

我点头，望向林珑柔声说道："听到没，没这么快的。"

林珑却摇头："很快的，明天，明天就没了……"说完这话，她眼神中多了一丝忧伤，甚至垂下了头。

"她说的是精神病院。"长歌解释道，"精神病院的新院区又扩建了，所以，住在这边的病人，也都要迁过去。昨天林珑去接受治疗时，医生就和她说了，医护人员和病人明天开始便分批往那边转移。往后……"他苦笑了一下，"往后，林珑要接受治疗，可能就要到城南那边了。"

"挺麻烦的。"他摇了摇头，这么说道。

他的苦笑，我自然是能够读懂的——曾经意气风发的海归学者，终于铅华逝尽。他用如同苦行僧一般的执着，守候在依旧没有痊愈的爱人身边。他日益拮据的状况，在我眼里是那么明显。那么，他继续的动力，还是爱吗？

突然间，我有了一种质疑——是爱吗？似乎，也只有爱能够让一个男人如飞蛾扑火般选择持续燃烧。可是，还有一个名词，在"爱"这个理由后面缓缓跳出。

赎罪……我觉得对于邵长歌来说，他所做的更多的是赎罪——对于自己在多年前选择离开，选择遗弃了林珑的一种赎罪。

我挤出笑容来："长歌，林珑每周几接受治疗啊？之后，我如果有时间的话，尽量开车过来接送一下吧！"

"你？"长歌看了我一眼，耸肩，"晓波，做不到的事情，就不要轻易答应。否则，你会很累的。"说到这里，他微笑着指了指自己。

一旁的林珑突然"咦"了一声，我回头，只见她望向了围墙另一边那栋灰色的大楼。

"怎么有人在哭啊？好多人在哭。嗯，她们可能都不想走，想要永远留在这里吧？"她一本正经地自言自语道，"那就都留下吧！永远留在遇到长歌之前的那七年里吧……"

我不寒而栗，连忙望向长歌。

他却依旧木然地望向端坐在小板凳上的爱人，只是，他那一度望向对方时满满溢出的爱意，忽然不见了。

他面无表情，好像一个我并不认识的人儿。紧接着，他似乎感应到了我的注视，扭头过来。他的眸子依旧深邃，依旧有着学者才有的那种不可揣摸，令我无法捉摸。末了，他正色道："晓波，这几年里，你很少会没有缘由地来看我们。按理说，这会儿你应该在睡觉才对。又是什么缘由，让你放弃休息，走进我这小院里来呢？"

我耸肩，用来掩盖我的尴尬。如果我与长歌不是同学，也不是好友的话，那么一切都是职责所在，无须感觉愧疚。不过，同样也因为我与他，与林珑是老友，我所倾注的责任心，又远大于其他案件。这是长歌永远无法理解的。

我避开了他的目光，沉默了几秒。身后的学院路冷清依旧，我们宛如坐在一片人烟稀少的荒漠里，与整个世界隔离开来。这一会儿的冰凉气氛，反倒显得自然也符合情景。我回过头来，直视眼前这位应用心理学领域的学者，选择单刀直入地问道："长歌，我想知道你这两天有没有见过姚沫。"

"哼！"他冷笑了一声，身体与表情，也包括眼神，都没有因为我的突然发问而闪现出一丝丝，我以为会看到的慌乱抑或紧张的神情。

"难道，你们会不知道吗？二十四小时监控着我和林珑的你们，难道会不知道答案吗？"长歌的声音冰凉。

我继续直视他的眼睛，缓缓道："长歌，我们并没有权力近距离监控你们，我们所做的，更多的是尝试保护你们。让你们在遇到危险时，只要随意呼喊，我们警方就能第一时间出现在你们身边，阻止危险的发生。长歌，我必须让你清醒地认识一点——姚沫是极度危险的重犯，他杀了多少人你是知道的。而且，他并不认为自己杀人有什么不对，这对于一个反社会人格的恶魔来说，又有什么是他觉得不能做的呢？"

令我有点意外的是，我这一席话说出后，长歌居然转身了。

也就是说，他回避了与我的对视。长歌是心理学专家，他对于微表情的研究远在我这种小警察之上。那么，他应该明白自己此刻的转身回避，在我看来代表着什么。他这是在回避，他的心灵深处藏着秘密，不愿让人知晓的秘密。

他转身朝林珑走去。他的步履有点急促，并且第一时间将林珑从板凳上扶起。

"好像起风了，或许要下雨了。"他柔声道，"林珑，我们进去吧。"

可这时的林珑却猛地扭过头来，直愣愣地望向我。她的嘴唇开始剧烈地抖动，最终用牙齿狠狠咬住了下嘴唇，好像在用全身的力量，努力控制住身体里开始肆虐的灵魂。

"进去吧。"长歌搂着她往屋子里走，他那搭在林珑肩膀上的手上青筋微微鼓起……他在用力，也就是说他使力的对象——林珑，在此时此刻，并不想进去……

他俩很快就到了门口，往屋里走去。可就在这时，我清晰地看到林珑的肩膀快速扭动了几下。她挣脱了长歌的搂抱，转身，扭头。她面对着我，脸上满布恐惧与害怕的神情。

"晓波，救救我！"她大声呼喊道。

"林珑，你该吃药了。"长歌再次将她环抱，快速伸出另一只手，想要将门关上。

我大步冲向前，一把按住了即将合拢的房门。可还没等到我说话，长歌却已经愤怒了。他将搂抱着的林珑猛地往前一推，紧接着转身望向我。他咬着牙，瞪大了双眼，与我所熟悉的那个长歌判若两人。

"夏晓波，你究竟想要干什么？你帮我找回了林珑，我记你的好。可现在呢？现在你是不是又要将我与林珑的世界摧毁掉才算满意？你要我做的，我都尽可能地配合你了，还不行吗？难道，还要我和林珑的整个世界完全剖析开来，供你和你的那些刑警同事围观吗？"说到这儿，他往前走出一步，声音更大了，"晓波，我不知道在你心中，到底如何看待现在的林珑。她是病了，但并不代表她就没有七情六欲，就分不清是非对错了。你知道你的同事是怎么称呼她的吗？知道吗？你知道吗？"

我沉默了，甚至不自觉地往后退了一步。贾兵口无遮拦，他对林珑的称谓，如果不是因为我的缘故……

"长歌……"我张嘴，可又不知道说些什么，来抚慰面前愤怒的长歌。

他扭头看了看身后摔在地上，微微发抖的林珑一眼说道："晓波，我们只想待在这个从小就熟悉的地方，安安静静地老去而已。为什么你们都不允许呢？为什么总要想方设法来打扰这里的安宁呢？直到有一天，这里的每一栋房子都会被夷为平地，这里曾经有过的所有故事，都将会被时光掩埋。到那天，你们是不是就满意了？是不是就满意了呢？"

他转身将门"砰"的一声关上了。与响声一起传来的，是林珑猝不及防的嘶声尖叫。我的第一反应是冲上前去，仿佛自己能够为这学院路 8 号里的一切提供某些帮助一般。但最终，我站在了原地……

每个人都在费心筑起一堵墙，将自己的世界封闭。

我退后，往院子外走去。突然间，我有了一种期盼，希望这一刻躲藏在这座城市某个角落的姚沫，能够感知此刻发生在林珑身上的一切。那么，他应该能够知道林珑此时此刻受到惊吓是何原因。

　　就在我将学院路 8 号的那扇铁门带拢的同时，恶魔或许真有某种感应，他来电了……

姚沫的门闩

　　美国心理学家爱德华·李·桑代克（Edward Lee Thorndike），是动物心理学的开创者，也是教育心理学体系最早的创始人。他提出了一系列学习的方法定律，如练习律、效果律等，构成了行为主义心理学的基础。并且，他还是心理学联结主义理论的最早提出者。

　　桑代克认为：当刺激（S）与反应（R）之间建立联结时，大脑中也会建立一个对应的神经连接。桑代克将之称为联结主义，即学习的过程中建立的联结会"印刻"在大脑的神经环路中。

　　当多年后的我，开始仔细回味当时的姚沫若干次来电这一事实时，我不觉想起了桑代克对于联结主义验证过程中，最为出名的那个"猫与迷箱"的实验——饥肠辘辘的猫被关在一个类似迷宫的箱子里，探索箱子深处的环境时，它会碰到各种装置，如线绳、铃铛、可以按动的开关或者面板，以及一个可以打开门的门闩。猫在触碰各种装置的过程中，会慢慢建立对这些装置的认知，最终开始明白有一个能够打开门的门闩，是它得到食物奖励的唯一途径。也就是说，行为的结果就是一种奖赏时，行为和事件之间的联系就会被加强，这一行为就会得到肯定与留用。反之，那些无用的行为所产生的与事件的联系会被快速削弱，最终惨遭淘汰。

就我所知道的，姚沫伫立于这个对他并不公平的世界时，偏执的性格造就了他不可能拥有一个能够打开门，并解决他想要解决的所有问题的门闩。但，这并不代表他的思想世界里，不会有他自认为能够解决一切问题的那个门闩。

所以，有时候我就觉得，在属于他的迷箱中的门闩，如果真的存在的话，或许，那个门闩应该就是我吧！

这位 20 世纪 40 年代最为活跃的行为主义心理学家说过的最为经典的语句："任何人所拥有的智力、性格和技能，都是特定的原始倾向和他们所接受的训练的共同结果。"所以，我至今也没有想明白，我为什么会成为姚沫思想世界里那个如同门闩一般的存在体。如果真要追溯到他最初的缘由的话，那么，或许是失去双亲后最无助也最弱小的时候的他，曾经蜷缩在几个当日的老警察怀里的缘故吧？

我一筹莫展，伫立在学院路 8 号的门外。这栋 20 世纪 60 年代所建的旧洋楼里，此时此刻究竟发生着什么呢？没有人知晓林珑的心事，她就好像一个寄居在长歌世界里的可怜虫一般。那么，她的惊慌失措，又有谁能够知晓呢？

有一个人——那就是姚沫，与林珑有着强烈心灵感应的同卵双胞胎哥哥姚沫。

他，好像揣测到此刻的我正想起他，抑或，他只是寄居在林珑的思想里，想要代替林珑和我沟通吧？

突然，电话响起了，是一个陌生号码。

而我，也在这瞬间猜到，这个陌生号码可能是谁打过来的。

"喂！哪位？"我按下了接听键。

"是我，姚沫。"他声音不大，如此说道。

我快步朝前走出几步，对着马路边汽车里的贾兵等人挥舞手臂，并指了指自己的手机。其实，我可以料到姚沫此刻打给我的这个手机号码，可能又是他从哪里偷窃来的，甚至在这一通电话挂断后，他也十有八九会将之扔掉。但，我们是刑警，我们怎么会放弃哪怕一丝一毫的机会呢？

贾兵将车窗放下，张铁应该对他说了句什么，贾兵冲我点头。

姚沫并没有多余的时间给我，他的声音再次传来："夏警官，方便聊几句吗？"

"方便。"我寻思着自己此时此刻，是不是要用浑厚的男中音对他说出几句老套的台词，奉劝他自首。可自己都觉得没有一丝可能，他断然不会照我的话去做。于是，我顿了顿道："姚沫，你不是应该远走高飞吗？打电话给我有风险，你应该知道吧！"

"嗯，有点风险。"他如此答道，"夏警官，其实，昨晚我和你在一起……"

我打断了他："我知道，你缩在衣柜里，就在我身旁。"

"哦！"他的语气并没有变化，似乎一切都在他意料之中，"你现在才知道也是好事，如果你当时有怀疑，并且尝试打开衣柜的话，现在你的身体应该已经冰冷了。"

"是吗？"我感觉身上的汗毛竖起，姚沫这话不是恐吓，他的凶残与果断世人皆知，"那么我还应该感谢你的不杀之恩了？"

"呵呵！"话筒那头的他笑了笑，"所以，我打给你不过是想回答你刚才对长歌的一个提问而已。他并不知道我在，这两天他也没有和我见过面。"

我发现自己越发紧张起来，尽管我一直知道他与林珑心灵有着连接，也一度将他们的连接设想到最大。可他直接回答出了几分钟前，我对邵长歌的提问。这……又怎么不让人感觉惶恐呢？因为，这也就代表着，林珑真的如同他的另一个躯壳。

"你能感应到林珑世界里的一切？"我问道。

"没有你想象中的那么强大。不过，只要她紧张，她激动，她惶恐，她害怕……在那些时刻里，我都在。"姚沫说到这儿顿了顿，他长叹了口气，"夏警官，其实，长歌说得够明白了。他们只想相伴到老，愿望简单也纯粹。你又何必屡屡纠缠着不放呢？我知道，你不过是想潜伏在他们身旁，找机会逮住我而已。抱歉，夏警官，我昨晚已经如愿了。我静静伫立在他们的床边，端详过他们熟睡的安静模样了。之后，我再也不会出现在他们的世界里。所以，我也想恳请你，带着你的同事离开学院路吧！那里，早就是一个没有轰轰烈烈故事的老旧街区，之后会更加的荒凉。夏警官，可以吗？"他语气柔和，仿佛哀求。

我却沉默了，这沉默并不是为了拖延时间，方便同袍追踪姚沫的位置。实际上，作为一个杀人恶魔对立面、头顶着金色盾牌的我，居然开始犹豫，犹豫自己是不是应该相信他的话。

半晌，我沉声应道："姚沫，我不可能信任你。我也很纳闷，为什么你会开口对我说出如此荒谬的要求？"

"荒谬吗？"他重复了我的用词，"可能有点吧。我想，我和你的沟通中，始终缺少一种互信，你可以不信任我，但是我会信任你。因为……因为你和林珑以前是同学，也曾经是好友。所以，你会发自内心地关心她……对了，要不这样吧，你远远地注视他们就够了，可以吗？况且，到我落网，你不是就可以结束这趟苦差事了吗？嘿！夏警官，我重新回到这美妙人间，想要演绎的大戏，也很快就要圆满落幕了。到那时，我再打电话给你，再一次让你亲手将我逮住立功，你看怎么样？"

我连忙追问了一句："姚沫，你有大戏？"

话筒另一头的他似乎愣了一下，紧接着他也意识到了自己的口误："算是吧！不过，也只是我们这种普通小市民眼中的大戏，在夏警官眼里，可能只是司空见惯的小把戏而已。"

莫莉案和伐木工案之间可能有着联系，这一念头在我脑海中快速闪出。而此刻和我通话的姚沫，正是与这两个案件有着某种关联的人物。况且，他也是在知悉了第一起伐木工案后的当晚越狱的。

"姚沫，你是不是知道连环杀人锯尸案的内情？"我沉声问道。

姚沫一反常态，好像在等待我的这句发问，快速回了一句："是的，我知道。"

"是你做的？"我追问。

"你猜！"话筒那头的他应该是在笑……电话挂断了。

我连忙看表，通话时长有差不多六分钟。这个时长，市局那边的技术人员应该可以定位姚沫的位置了。当然，我并没有太过乐观，因为狡诈的姚沫跟那些与我们交手过的一般罪犯是无法相提并论的。

我抬步朝着路边贾兵的车走去。可这时，身后一记女人的尖啸声猛然响起。我立马转身，却发现声音的来源并不是我身后的学院路8号，而是那栋灰色的精神病院大楼深处。

"她们可能都不想走，她们都想留下！"林珑的话在我耳边再次响起。我抬头，再次望向这栋收藏了诸多没有了灵魂的人的楼房，那尖啸声也连忙藏匿，仿佛害怕我的凝视。

这学院路真的要拆吗？如果是，那么，这人世间，哪里才是长歌和林珑这双小生灵能够得到安宁的地方呢？也就是这一瞬间，我好像突然明白了，长歌依恋这条老旧的街道，与这方老旧的世界的原因。因为，这里是他们故事开始的地方。他们的一切，也在此处得以延续。这里还是最为包容他患病妻子林珑的地方。选择封闭在这冷清的学院路，不去与繁华世界为伍的话，那他们的故事与他们的安静就能够持续地保持下去。相反，一旦与整个世界接壤，他们就要付出代价，付出一个精神病人被人冷眼，被人嫌弃的代价，正如……这两天冒失的同事，无意中说出的"疯婆子"

这一名词所造成的伤害。

"夏队，有发现。"身后张铁的喊叫声打断了我的思绪，"监测到了姚沫……哦，刚才和你通话的是姚沫没错吧？"

我转身，冲已经钻出了车的他点头。

"还好，我们没猜错。"张铁正色道，"姚沫在老城区古兜里附近一带，我们现在赶过去的话，只要十分钟不到。"

"古兜里可是老城区的商业中心，我们四个人赶过去，要在其中翻出躲着的姚沫，基本上不太可能。要不……"贾兵也从车里走了出来，望着我继续道，"要不，我们给局里打电话，封锁古兜里，进行大排查。"

我猛地想到一个人，一个住在古兜里的人……

我大步上前，命令道："贾兵，你和小丁继续在这里盯着。张铁，我们现在就赶去古兜里。"

"你疯了，就你们两个人想要在那人堆里找出姚沫？"贾兵质疑道。

"姚斌！姚沫的养父姚斌就住在古兜里。"我将车发动了。张铁也没磨蹭，连忙拉开另一边的车门，坐到了副驾驶位。我没容贾兵继续发问，一踩油门，朝着古兜里开去。

第九章
几小时前，还鲜活的生命

锁匠之死

　　古兜里是老城区的繁华地带，不过，这里所说的繁华是相对的。很多年前，城市还没有发展起来，有着蓝色户口本的市民也没有现在这么多。那时，人们说的上街看看，便是到古兜里走一圈。当然，那时候，人们所能看到的世界也没有现在这么大，对于什么是繁华的理解，也要狭隘得多。待到满世界姹紫嫣红之后，他们再回头看看这里，便会觉得，这里繁华不再。

　　于是，古兜里闹市中的商铺主们，便不再那么敬业了。属于那个年代的店面，还有不少是用木板来遮盖橱窗的。姚斌的锁匠铺，就是这为数不多的木板店面中的一个。已经中午了，这家姚记锁匠铺的大门还紧闭着，长木板并没有摘下。

　　我刚停好车，张铁便疾步下车朝前走去，举起他的大手拍打了几下锁匠铺的木门，嚷嚷着："有人吗？姚锁匠在吗？"

　　我站在他身后，左右看了看。春与夏的葱绿并没有遗弃这片街区，但其间居住着的人们，显然已经对于这一切心生厌烦。于是，我所见到的场景应该可以定义为荒凉。我隐约记得挨着这家锁匠铺的店面，以前好像是一家卖肉的铺子。那时候我还小，悬挂在肉铺横梁上一整片对开的猪身子，是我的世界里最血腥却又最美好的事物。因为那肉片在铁锅上发出"吱吱"声响，溅起的油星与散发出来的油腻香味，能让尚处于物质匮乏年代中的人们，兴奋到分泌出不少唾沫。

不过，此刻的肉铺，也和锁匠铺一样紧闭着门。同样用来当作大门的木板上，似乎有一层经年累月的油渍。

张铁的叫唤，并没有人回应。他回头看了我一眼，继续拍了几下。我索性左右看了看，又瞥见了之前去过的那家炒货店。店面前，那位大姐手里端着个簸箕，簸箕里盛着几斤还没炒过的瓜子，她用力晃动着。

她并没有认出几年前的某个夜晚曾与她聊过几句的我。相反，见我看她，她还很自然地甩了个非常市井的白眼给我，嘀咕了一句："敲什么敲？那老瓜皮三天打鱼，两天晒网。你们就算叫开了门，他也不一定会帮你们修锁的。"

我冲她笑了笑："我们不是来修锁的。大姐，您有没有姚锁匠的电话啊？我们找他有事。"

炒货店大姐又白了我一眼："谁会留他的电话啊？在这条街上，除了那脑溢血死了的杀猪的，还有谁和他打交道呢？不过……"她伸手在簸箕里捡出一根黑色的木条扔到一旁，继续道，"不过老酒鬼应该在家，大概十分钟前，他还开了电锯在里面不知道锯些什么，整出好大动静……"

"开了电锯？"我一惊，紧接着猛地转身，朝着张铁所站的锁

183

匠铺大门冲去。张铁也听到了那炒货店大姐的话，脸色也变了，但嘴里还是嘀咕了一句："大白天啊，不会这么猖狂吧？可能只是在锯锁啊什么的。"

我没搭理他，抬腿朝着那扇木门用力踹去。可没想到看似陈旧不堪的木门，居然还很结实。我这一脚下去，只不过震得旁边的木板"哗啦啦"乱响了一气。张铁见我要破门，意识到这是表现的好机会。他小声说了句："我来吧！"说完往后退了一小步，吸气，闷哼，往前猛地抬腿。

"砰"的一声，那木门依旧没有被踹开，但被他给踹了个窟窿。他那大粗腿卡在窟窿里，模样有点狼狈。

"抢……抢劫啦！"身后传来那炒货店大姐的叫喊声。张铁反应倒还快，大粗腿没来得及抽出来，大脸已经扭过去了，冲大姐喊道："我们是市局刑警队的，查案子。"

说话间，我抬手扶他抽出了腿，再探手从那窟窿里伸进去扭动门锁，将门打开。就在门被打开的瞬间，一股新鲜的血腥味扑面而至。

"打电话给局里。"我边说边冲进了只有微弱光线的屋里，没有开灯，其间空空荡荡，除了几个黑色的木桌与木桌上配钥匙用的机器外，并没有人在。但这时，几滴黏稠的液体从我头顶滴落。我压根不用手去摸，就已经猜到是什么了……

我往旁边挪了挪并抬起头。

紧接着，我看到了姚斌……只有半截身子的姚斌。他的头耷拉着，双手垂落，跟随着他晃动的身体一起缓缓移动着。他那胸部以下的身体早已不在，鲜红色的横切面正对着我，隐约能看到不知道什么器官往下耷拉着，似乎随时就要掉下来……

姚斌死了……这个在几个小时以前还鲜活的生命，永远地离开了人世。他最后成像于我的世界中的画面，是一个苍老的背影。无论他曾经做过什么，又一度用几十年的时间塑造出了一个如何失败的人设，到最后，他始终只是一个孤独且无助的老人而已。

市局的同事很快就赶到了。第一批过来的人不多，只有两个在附近办案的刑警。他俩车上有警戒条。因为在居民区，所以我们用最快的速度将案发现场给围了起来。尽管如此，还是有街坊瞅出了什么不对劲。之前还没太多人烟的古兜里街道上，不一会儿就多了不少好事的市民，围在警戒线外探头探脑。

李俊和杨琦等人大概二十分钟后才赶到现场。我在电话里已经将情况做了简单的汇报，所以，这次鉴证科的同事都赶过来了。目前看来，这应该也是连环杀人犯"伐木工"所犯下的罪孽。况且，距离凶手作案的时间并不久，所以，现场能够收集到的线索应该不会少。

我并没有留在锁匠的房子里，相反，穿着便衣的我和李俊做了简单的交接后，便悄悄地走入了围观的人群，尖着耳朵听他们的议论，期望从中获取一些有用的线索。可听了几分钟，除了大众臆想的市井论调外，几乎没什么有用的信息，便想是不是跟着杨琦她们几个再进去看看。

就在这时，从我身后传来一个女人的声音："咦，你不是公安吗？怎么也跟着在这角落里看热闹啊？"

我扭头，只见之前那炒货店的大姐正在马路边探头探脑。见我看她，她喜笑颜开，凑近小声问道："里面咋了？锁匠家被人盗了，还是锁匠他自己给人捅了？"

我犹豫了一下，接着压低声音冲她正色道："这里人多，我们去你那店里说。"

大姐明显激动起来，收住笑，对我重重点头，神情就像是老电影里和同志接上了头的地下工作者："我知道，要保密！保密！"

说完这话，她三步并着两步地朝自家店里走去。临到门口了还回头看了我一眼，好像害怕我没跟上似的。

现场访问是命案发生后，我们刑侦人员第一时间要开展的一项工作。老刑警在新人刚入行时，就教过我们一些小窍门——走访对象首选四五十岁的女性群众。因为这个年龄段的女人，具备了眼观四路，耳听八方的习惯，爱好打听与传播各种小道消息。而在我们获取了这些小道消息后，经常能从中发现有用的线索。

炒货店大姐倒也不小气，领我进了店里后，第一时间从冰箱里拿出一瓶饮料递给我："小伙，你是刑警吧？"

我点头，接过饮料。

"那……那你为啥站在人群中跟着大伙一起探头探脑呢？"大姐有一股子打破砂锅问到底的韧性。

"我……"我正想随便编个理由搪塞过去，没想到大姐比我还快，自顾自地点了点头："嗯，我也能猜到，你不想暴露身份。"她露出一个恍然大悟的表情，伸手指着我张大了嘴，"你……你是卧底？"

我哭笑不得，连忙摇头："没，大姐，我……我就是想听听大伙议论些啥？"

"哦！"大姐有点失望，"那你跑去听他们议论什么呢？对了，里面怎么了？给我说说呗，我保证不会对外人说的。"

我犹豫了一下，寻思着姚斌被杀已经是事实，消息传遍这古兜里是迟早的事儿。于是，我索性对这位大姐直说了："锁匠姚斌被人杀了。"

我寻思着自己这话一说出口，面前这位炒货店大姐会露出万分震惊的表情。结果，我显然低估了普通市民对于身边发生命案的承受能力。

"一定是他那王八蛋儿子干的。"她并没有感到惊讶，反倒是斩钉截铁地对我说道，"前几天他那杀人犯儿子姚沫跑出来了，这事儿你肯定是知道的吧？据说姚沫杀了好几十人，这事儿你也更应该知道的吧？我推测啊，这小子千辛万苦越狱出来，就是为了来杀姚斌这老瓜皮的。"

"姚斌不是他养父吗？为什么他要杀死将自己养大的养父呢？"我一边点头一边问道。

大姐笑了："这个问题不是应该我问你才对吗？再说了，我也只是在这儿瞎猜的，是不是姚沫这小子犯浑，现在也还说不准对吧？"说到这里，她眼珠转了转，"嘿，警官，难不成我刚才胡乱推测杀人凶手是姚沫，还真被我蒙对了不成？"

她这话反倒让我愣了一下。诚然，将我引到古兜里来的原因，是姚沫在这片区域里出现过。而他之所以出现在这片区域的关键，正是他的养父姚斌。也就是说，按照这个逻辑对姚斌被杀案进行推敲的话，姚沫还真是有着重大嫌疑。只是……只是他杀人的动机呢？

大姐又开始翻白眼了，自顾自嘀咕了起来："也不对啊，要说这老瓜皮坏吧，也并没有多坏，就是说话尖酸了一点，为人恶心了一点，模样也猥琐了一点罢了。姚沫被他从福利院里领回来的时候才三四岁的模样，老瓜皮一把屎一把尿地把他带大，那些年也算是视为己出。当然咯，这老瓜皮性子古怪，没事就逮着姚沫一通揍。可有啥好吃的，也总会留着给姚沫。逢年过节，也给姚沫添新衣买新鞋什么的。姚沫这孩子，我打小看着长大的，还算是一个挺斯文的孩子，不可能不通事理，要害他养父。"

我耸了耸肩，不知道如何和她继续这个话题。自始至终，在姚沫这种反社会人格的罪犯心里，本就没有太多对于事理与规则的遵守意识。我寻思着自己好像没必要和这位大姐继续讨论姚沫了，我突然间想要深入了解一下死者姚斌这个人。因为就目前情况看来，他似乎并不是真如表面上看起来那么令人憎恶的老头。相反，他甚至还用外人无法理解的方式，将自己的人生，演绎成了一出令人怜惜的悲情戏剧。

"姚斌的朋友多吗？"我岔开话题，语调平静地问道。

大姐愣了一下，紧接着，她冲我微微笑了笑："你这是要了解老瓜皮的外围社会关系吧？电视里的那些刑警找线索，也都是先问这么句话。"

我只能陪着笑了一下，将问话再重复了一遍："嗯，他的朋友多吗？"

大姐摇头："他能有什么朋友呢？这条古兜里街上，还能和他说上几句话的，还真的只有开肉铺的王胖子了。"

"那……"我点着头，"那你能帮我联系到这肉铺的王胖子吗？"

"死了。"大姐又翻白眼了，"他去年年底打麻将，一整宿没胡牌，到天亮时，据说摸了个十三幺自摸，举着那张牌往桌上一砸，喊了声'弄死你们这些兔孙'。接着那两百多斤肥膘就往桌上一倒，牌桌都给掀翻了。把医生叫过来一看，脑溢血，死了。"

我吞了口唾沫，暗想从大姐这儿收集到的线索虽然看似不少，但实际上和锁匠被杀案有关系的可能一条都没有。我扭头看了外面一眼，正瞅见张铁双手背在身后，也站在那些围观的群众中间，应该和我一样，想从中获取线索。

身后的大姐见我开小差，似乎有点着急，便连忙补了一句："那老瓜皮……嗯，我说的老瓜皮就是姚斌你应该知道吧？"

我回过头来，冲她点了下头。

"王胖子和老瓜皮一样，没几个人喜欢搭理。到王胖子死后，反倒是老瓜皮哭丧着脸，跟王胖子的几个乡下亲戚一起，帮忙收拾肉铺里剩下的破烂。乡下亲戚不要的，老瓜皮用大箱子全部给装了，搬到他那破房子里去了。我们几个街坊私底下还说这老瓜皮占人便宜，居然占到了死人身上。"

她这无意中的一句八卦，却让我突然间想起了之前在伐木工案中留意过的一个细节。我皱眉，正色对她问道："大姐，你所说

189

的没人要的破烂里面，是不是也包括肉铺里用来挂猪肉的铁钩？"

大姐想了想："应该没有吧？王胖子的乡下亲戚可贼了，那么大一把铁钩，沉甸甸的。他们拿去卖破烂，也总能卖个两三百块，怎么可能会留给老瓜皮呢？"

"能确定吗？"我又追问了一句。

这大姐皱了下眉："得，警官，我今天就好好配合你们一下，帮你们把这案子破到底。"说完这话，她从裤兜里拿出电话来，嘴里继续嘀咕道："王胖子乡下亲戚的号码我这儿有，他们专程留给我的，说这房子如果有人租，要我帮忙张罗下。我打电话过去帮你问问。"

看得出这大姐也是个火急火燎的性子，当真第一时间帮我打电话过去打听这事儿。末了，她得到的回复，令我为之一怔——肉铺的铁钩没有被那些乡下亲戚带走，全部给了姚斌。

一个叫张海洋的男人

几分钟后，我缓步从炒货店里走了出来，左右看了看，选了没人的角落走过去，点上了一支烟。不远处的同事们忙碌着，本不用跟这个案件的我，却似乎与这案件脱不了干系了。目前看来，伐木工案与越狱了的姚沫有关联基本上是板上钉钉的事实。可第四个死者——在这伐木工案中作为受害人存在的姚斌，他又究竟与这个案子有着什么关联呢?

　　首先,他和另外几个死者一样,是当年的莫莉的追求者。况且,他们这几个追求者在二十多年前,关系还挺不错。到莫莉杀夫案后,他们几个各奔前程,从此慢慢疏远。只是……只是我记得上午老锁匠还给我提了一嘴,说赵过被害前专程给他打过一个电话,问他知不知道其他几个人被杀的事。当时,老锁匠还言之凿凿地声称,赵过是从张海洋那儿听说的这个消息,好像故意要让我和汪局迅速将他们这五个人串联起来。可是,如果他的引导是有意为之,那么,他对于自己的危险处境应该有所警觉才对。早上看他,似乎并没有如此,反倒还挺优哉游哉的。

　　想到这儿,我深吸了一口气。不,他并没有表面上看起来那么安静,相反,他在走出市局大楼后,情绪就有了波折。他灰暗的人生经历与养子的不孝所带来的挫败感,已经慢慢浮现。到他下车后,再缓步走向锁匠铺时,他的步履沉重,内心明显有着某种悲伤情愫。当时,我以为他的悲伤来自自己的儿子与同龄人的差距太大,产生的巨大失落感。现在看来,可能并非如此,甚至,我是不是应该推测,在走出市局大楼后,他便隐隐察觉到自己时日不多,千头万绪渐渐涌上心头……

　　我再次深深呼吸,令自己足够冷静。目光所至,姚斌的锁匠铺前,刑警继续忙碌着,围观群众也继续伸长着脖子。慢慢地,这些人在我视线中又全数不见了,取而代之的是刚刚走下车的姚斌……他抬起脚,多么沉重啊。脊背,也无法像年轻时那般挺得笔直,微微的弯曲让他觉得自然且舒服。他开始往前迈步,几米外的锁匠铺是他生活了几十年的地方。在那其间，他终生未娶，养大了一个他人的儿子。可是到最后，突然有一天，他睁眼醒来，发现那儿子自始至终也不是他的。而姚沫羽翼丰满，便急急忙忙地走入人间，再不肯回头。

锁匠继续往前走，每一步都那么漫长，那么艰难。他能预感自己即将到来的死亡，也知晓自己会死在哪个地方。那一刻，他就像一头离群的老象，独自往前，去迎接死亡。

他知道伐木工是谁！

他一定知道伐木工是谁！打从他走入汪局办公室，听说了赵过的死讯的那一刻起，他就知道自己即将毙命，也知道是谁将杀死自己。所以，他才会想尽办法让我们联想到，当年五个要好的莫莉的追求者，其实到现在都还有着联系。并且，他们对于谷建新、盛利的死还都非常关心，相互之间可能共享着一个不为人知的秘密。

秘密……我的思维居然一下子跳到了姚沫曾经给我说过的那句话——"我是一个树洞，一个用来承载秘密的树洞"。

手里的香烟燃到了尽头，烫到我的手指，我甩掉烟头。这一刻我意识到，如果姚斌真的守着一个巨大的秘密的话，那十几年里陪伴在他身旁的姚沫，岂不是最合适的聆听者吗？也就是说，如果只有姚斌、盛利、谷建新、赵过以及张海洋五个人知晓这个秘密，会有第六个人知晓的话，那这个人很可能就是姚沫。所以，在第一起伐木工案发生后，身在牢笼的姚沫便马上将这一命案与那个秘密联系到了一起，才会迫不及待地越狱，再次潜入人间。

我闭上了眼睛，令自己的世界笼罩黑暗中，仿佛这样就能令自己更加清醒。我明白，这一系列推断尚无足够的证据印证。那么，接下来我要做的，便是钻进这一团线头里，努力将之理顺。

张海洋……我现在要第一时间找到张海洋。五个人里面，只有他现在还活着……想到这里，我猛地睁开眼！

还活着吗？

几个小时前还生龙活虎的姚斌，已经成为伐木工用肉铺的铁钩挂上的一幅新作品，那张海洋呢？

我开始在那堆围观的人群中寻找张铁。可他这会儿压根就不在人群中。我快步朝着警戒线走去，只见他小子居然站在一台警车前，和人议论着什么。而与他交谈的人，是李俊、杨琦，以及穿着一身警服的汪局。

我连忙走向他们几个。汪局最先看到我，对我点了下头，又继续和张铁说着话："你是说，你爸昨晚和你通电话的时候，说自己在香港？"

"是！"张铁说完这话也看到了我，补上了一句，"当时是夏队要我找我爸询问姚斌家的地址，所以我才打电话过去的，末了我也跟夏队说了。"

我没弄明白他们在讨论什么，便插了句："怎么了？"

李俊看了我一眼："汪局给我们说了这几个受害人之间的关联。所以，我们想第一时间对张海洋进行人身保护。可……可现在找不到他，他的电话也打不通。"

我一愣："不是说在香港？"

"他说了谎。"李俊摇头,"我们刚刚已经让局里的同事查了,这段时间并没有张海洋的出入境记录。甚至,我们还用技术手段对他的手机进行了定位,发现他今天早上还在海城,只是之后信号便变弱消失了,无法确定具体位置。"

站在我们身边的张铁脸色已经变了,他往后退了一小步。紧接着,他咬了咬牙:"几位领导,我知道警队的纪律。我……我需要避嫌,所以,我申请退出这个案子。"

李俊却摇摇头,表情严肃:"张铁,或许,你现在还不能退出这个案子。因为,你是张海洋的儿子,同时还是一名警察。此时此刻,能协助警方快速找到张海洋的人,自然是他的至亲。我想,警队需要……"

他的话还没有说完就被汪局打断了。他抬手拍了下李俊的肩膀,示意李俊打住。接着,他望向张铁:"别搭理你们李队,在他的字典里,情与法存在于两个完全不同的世界。并且,张铁同志,你还只是个新兵,面对这种正常人难以抉择的分岔路口,我不希望有任何闪失。所以,我同意你退出伐木工案与蹲守姚沫的行动。"

"可是……"李俊着急了,他瞪着大眼犹豫了一会儿,最终将头扭向一边,"好吧,我现在就派人去张海洋的公司和家里,看看能不能找到张海洋。"

张铁却扑哧一声笑了,不得不承认,他的这个笑容有点勉强。他自己或许也感觉到了,于是,他紧接着又收住了笑:"看领导安排!我愿意继续协助刑警队的同事办这个案子。在我小时候,看了不少电视电影,里面的警察个顶个的磊落光明,亲手抓媳妇抓老爸抓老妈什么的，都不皱眉。那些画面，也是引领着我走入警队的原因之一。之前在学校，教导员也说过，投身警队，就要面对法与情的两难。那么，我已经穿上了这一身警服，总不可能不去面对吧？"说到这里，他又看了我一眼，耸了耸肩，"再说，现在也没有一丝证据证明我爸是犯罪嫌疑人。相反，他还很可能是伐木工所要瞄准的下一个目标。那么，我更应该尽心尽力和同事们一起找到他，问清楚一些事，并好好保护他。对吗？夏队……"

我点了点头。

站在我旁边的李俊却在摇头，他那张不苟言笑的脸始终板着，让人觉得他每天都在愤怒中生活一般："张铁，你刚才说我们没有一丝证据证明你爸是犯罪嫌疑人，这一点可能并不是你认为的那样。"说完这话，他扭头对着杨琦道："你跟他说说我们在现场找到的那一枚脚印吧。"

杨琦点头道："从最初的盛利案，到谷建新、赵过案的现场，我们都发现了一枚非常清晰的脚印。这也是警队快速将这几起案件并案的原因之一。刚才，我和同事赶到现场后，在姚斌被杀的现场，很快又找到了同样的脚印，而且这次，因为凶手不慎踩到了受害者流出的血，所以，这枚脚印非常清晰，就像用印章在地板上印出来的一样。我们对该脚印进行了分析，发现这是海城市一家高端定制服饰公司所产的皮鞋鞋底独有的花纹。很遗憾，在这家公司不多的高端客户名单里，我们找到了你父亲张海洋的名字。脚印的尺码也和你父亲的完全吻合。"

张铁脸色变了，甚至头扭向一边，似乎不想让我们看到他的两难。半晌，他回过头来说道："作为他的儿子，我始终觉得自己的父亲不可能是凶手。并且，我还有诸多理由告诉你们我爸不会杀人。但我又是一个警察……嗯，几位领导，你们看这样行不行？我继续留在这个案子里，协助警队找到我父亲。之后，我再退出，可以吗？"

汪局却望向了我："晓波，张铁是你带的人。你来做这个决定吧。不过，在张铁作为犯罪嫌疑人张海洋儿子的身份，行使一名刑警的职责的同时，他会不会到了关键时刻徇私并导致我们无法顺利找到张海洋。我想，在这一点上，作为主管这个案件的负责人，我无法完全信任张铁，所以想听一听你的想法。"

我一时语塞。

尽管我们刑警队和其他机构不同，不喜欢推卸，崇尚扛责任迎难而上的作风。但此刻这个包袱压过来，还真让人有点不敢轻易点头。

我犹豫了一下，看到的又是张铁望向我的热切眼神。最终，我咬了咬牙说道："张铁，很多事情，并不是我们以为自己能够做到就真能做到的。几十年的老刑警在面对这类问题时,也会犯错误，你一个初入职的年轻人，又怎么可能真正做到轻描淡写呢？所以接下来的几天里，你还是先回香粉街派出所吧。不过，我答应你，有什么情况后，会第一时间告诉你。"

张铁愣了，他嘴唇抖动了几下，似乎还要争取，但最终还是点了点头。

汪局抬手，拍了拍他的肩膀："纪律部队……"

张铁挤出笑来说道:"知道了。"说完他便扭头快步朝另一个方向走去。

一个陌生的戴琳

无论是公安、检察院还是法院,其工作人员都是司法机关的执法人员。所以,在办案过程中,都必须严格遵守办案纪律。其中,有一点非常重要的原则——避嫌原则。

一般来说,有以下四种情况,办案人员需要退出案件的侦办过程:1.办案人员是案件的当事人或者当事人的近亲属。这里所说的当事人,一般是指违法行为嫌疑人或者受害人。2.办案人员或者近亲属与案件有某种利害关系。3.办案人员与本案当事人有某种特殊关系。这里所说的特殊关系,指在情感或者债权债务等方面的关系。4.办案人员同时担任本案的证人、鉴定人、辩护人或者附带民事诉讼当事人的代理人等。

所以,张铁作为伐木工案件中的犯罪嫌疑人张海洋的近亲属,需要退出本案,这也是纪律规定的。纵观几千年人类史,从法律诞生的第一天开始,法与情的天平就始终因为各种缘由而摇摆不定。在我多年的从警生涯里,见过了太多法大于情的案例,纵然不舍不愿,也需要坚定执法。这也是每一个警察,都需要迈过的一道坎。很不幸,对于张铁来说,早早地面对这个难题有点残酷。

但谁又不是这么一路成长起来的呢？

我没有和李俊他们一起继续之后的工作，因为我依旧需要守好林珑那条线，静候随时可能出现的姚沫。于是，我和刑警队的几个同事稍微寒暄了几句，便离开人群，钻进了自己的车里。我发动汽车，拉动手刹，下意识地看了副驾驶一眼，座位上空空荡荡的，没有了那个话多的小师弟。我探头望向之前他快步走去的方向，却没有发现他的身影。我自顾自地摇头，寻思着现在还是回到学院路和贾兵聊上几句，然后躺在车里睡一会儿。

我踩下油门，手机也在这一瞬间同时响起。我一瞅屏幕，竟然是张铁……我迟疑了一下，将车停住，按下了接听键。

"夏队，我想……我想有一个人可能知道我爸去哪里了。"张铁开门见山，径自说道。

"哦，是谁？"我反问道。

他在话筒那头沉默了几秒，最终说道："夏队，几年前，我爸有过一段婚外情，那个女人叫戴琳，在市人民医院上班。或许……或许她知道我爸去了哪里。"

我的心再次被揪了起来，但语调并没有丝毫变化："张铁，你的意思是你爸可能去了这个叫作戴琳的女人那里？"

张铁再次沉默了几秒："夏队，他们早就分开了。我爸同意和戴琳分手的条件之一，就是要求我妈不要再去骚扰人家。不过，打从我懂事开始，我爸便会时不时消失两三天，对外人总是用各种奇怪的借口。我妈也说了，他的这一怪癖已经二三十年了，我妈刚认识他的时候就这样。他和那个叫作戴琳的姑娘的事闹得满城风雨后，有一次和我聊天时无意中提过一嘴，说这个世界唯一陪他消失过的人，就是这个女医生。所以，我想，要找到我爸在哪里，或许可以去问下这个叫作戴琳的女人。"

"好的，我知道了。"我这般回答着，也没有等他再说什么，便挂了线。我突然发现，其实在我的内心深处，对于戴琳依旧有着一种很微妙的情感。可以肯定，这种情感已不是爱意，而是一种愧疚，一种舍弃不下，一种担心，一种牵挂，一种不想介入她的世界，又企盼着她的世界始终安好的愿景。

我将车窗放下，点上一支烟，对着窗外发呆。我下意识翻出古倩倩给我发来的信息，一条条浏览，甜蜜的感觉在心中荡漾。心中有光，哪儿都是天堂。或许，走出低谷后的戴琳，早已重新获得了灿烂。想到这里，我微微笑了，抬头看着天空，此刻正是清晨，她那所宽敞的房子里，应该布满了金色的阳光，暖暖的，十分温馨。清晨起来，穿着长睡衣的她，一定会拉开窗帘，迎着光微微眯眼。

是的，三年了，很多事情都已经改变。我与她在一起的时候，或许正是她人生最低谷的时候——未婚的单亲妈妈，又有什么资格争取应该属于她的幸福呢？嗯，三年了，果果离开这个世界，也已经三年了。戴琳，应该也早已走出了低谷，重拾光明了。

我感到一丝欣慰，再次拿起电话。很多事情，其实并没有我们臆想的那么坏；很多关系，其实也并没有我们预期的那么疏远。

我拨打了她的电话……嘟嘟……嘟嘟……

"喂！"她的声音不紧不慢。

"喂！"我边说边关上了车窗，"是我，晓波。"

她似乎在笑，语调也没有一丝尴尬："想不到你还会给我来电话，我一直以为你这种黑白分明的人，翻页后便是决绝呢！"她甚至有点得意，这点倒令我有些奇怪。

　　"当时……当时说了以后还是可以……可以当朋友啊。"很显然，她的泰然自若反倒令我紧张起来。作为一个在情感经历上简单到有点小白的我，无法坦然面对也很正常。

　　她似乎又笑了，心情应该开朗且沐浴着阳光。"没错，还是朋友。那么……那么晓波朋友，是什么好事让你想到给我打这个电话呢？"

　　"我……我想要……"我还是没有像平日里一样开门见山地将我想问的话问出口。最终，我说道，"有时间喝杯东西吗？有个事想和你当面聊聊。"

　　"喝东西？现在这个点应该一起吃个午饭才对，你不会抠门到请我这个朋友吃顿饭的钱都舍不得吧？"她的俏皮与我一度认识的那个戴琳有很大区别。

　　"没问题啊！"我边说边看了下表，忙了整整一上午，我居然没注意到已经12点了，"你选个地方吧，我现在就过去。"

　　"就来巴洛克咖啡厅吧，这里的牛扒挺不错。我这会儿正在巴洛克楼上的健身房健身，我准备一下，就下去和你……嗯，和你这个老朋友吃饭。那，一会见咯。"她声音始终爽朗，说完径自挂了线。

　　我盯着手机愣了几秒，最终发现，我所臆想的一度关系亲密的人分开后，再次相遇时，会出现的各种乱七八糟的剧情，似乎都没按照套路上演。可是，她的那种自然开朗，又令人感觉陌生，仿佛即将和我见面的这个戴琳，已经不是我曾经认识的她了。

始终，是好事吧！她能够走出阴霾的人生，对我来说，应该感到欣慰才对。

我将车开动，朝着她所说的那家位于闹市区的咖啡厅开去。可一转念，又觉得好像哪里不对，今天是星期二，现在又是12点。那么，这一会儿，她应该在医院上班才对，为什么有时间去健身房呢？

轮班？又或者是休假？我笑了笑，自己干刑侦养成的多疑习惯，似乎也真的需要改一改了，否则，都没办法与人正常交往了。

想到这里，我的心情似乎变好了不少。这几天，因姚沫案而与邵长歌夫妻面对面接触，其实对于我来说，算是一种煎熬与磨难。职责所在，我必须站在法律的一头，可要论人情，我又一度迷乱于林珑、姚沫以及邵长歌他们遗留在旧城区里的故事里。这一刻，开车走出这片旧城区前往繁华的商业中心，对我来说，是不是类似从阴暗角落里重回阳光普照的大地般豁然了呢？

我将音响打开，歌曲是古倩倩下载的。歌声如同她一般，欢快且悠扬，令人感觉温暖……只是这一刻，我万万没有想到，在接下来的时间里，我将目睹这人世间最为可悲可怖的一幕。我万万没有预料到的是，血腥至极的伐木工案背后所隐藏的真相，会令人对于人性阴暗的认识，深刻到如临深渊的地步……

第十章
守候在，莫莉栖身的地方

戴琳

　　我刚走进这家西式装修的咖啡厅，就听见戴琳唤我的声音。我循声抬头，只见披着一头湿漉漉头发的她，早已坐在了二楼一个靠铁栏杆的卡座。与以往不同的是，这一刻的她并没有穿着灰色抑或黑色的套装，而是一件浅黄色的背心与紧身裤，脖子上随意搭着一条深色毛巾。在她对面，坐着一个二十五六岁，高大魁梧的小伙子。小伙子和她一样，也穿着一套健身服，那强韧有力的肌肉将衣服绷得紧紧的。

　　我冲她微微笑了笑，快步上楼。与她身边健美的阳光小伙比起来，熬夜后满脸油光且有着青色胡茬儿的我，显得很是狼狈。戴琳也冲我笑了笑，探身在那小伙子耳边说了句什么。小伙微笑着站起来对我点了点头，然后往楼下走去。

　　我没有刻意留意她旁边的小伙子，径直走到卡座边，努力摆出自然的表情微笑道："好久不见，你气色比以前好了，也比以前漂亮了不少。"

　　戴琳好像突然想起了什么，急急忙忙站起，探头往楼下看，并喊了句:"注意饮食,免得长胖。"

我有点尴尬,随着她望向一楼。原来,那小伙子并没有走,而是在楼下选了个位置坐下,手里拿着菜单。

"你朋友?"我努力让自己自然些。

她看了我一眼,耸了耸肩:"不,是我教练。"

"哦。"我边点头边坐下。这时,服务员递给我一份菜单,我翻了翻菜单,随便点了一份意大利面。在此过程中,戴琳不时探头朝楼下看,也不时露出微笑。

直到我点好把菜单递给服务员,她才将身子正了正。整个二楼并没有其他顾客,只有我俩占据着这落地窗的位置。初夏的阳光透过茶色玻璃照进来,令这里的一切都在明媚的光照下一览无余。眼前的她,皮肤比以前黑了一点,健身的人才有的那种健康肤色。

"我不上班了。"她往后靠了靠,对我说道。

我愣了下:"你还好吧?"我的回答有点牛头不对马嘴。

戴琳哈哈大笑:"晓波,你真的太可爱了。这句话,应该是你在某个狗血电视剧里看到的吧?难不成你以为翻过了页的男女,再次见面都要如此寒暄一句吗?"

我越发尴尬,不自在起来。我是一名人民警察,一名在自己的工作岗位上尽心尽责的还算优秀的刑侦人员。我每天要面对各种各样不同的人,或走访的群众,或到案的嫌疑人。以前,我并没有觉得自己在面对形形色色的人的时候,有什么失态的地方。所以,我又怎么可能料到,在这个中午,自己与曾经一度亲密的女人再次面对面相处时,会如此尴尬。

戴琳是神经外科医生，这个专业的医生，对心理学也都有着一些了解。我的失态被她一览无余。她肯定在第一时间里读出了我的心思，便笑得更加开心起来，甚至抬手捂着嘴。她用这个动作好像在告诉我一句话——夏晓波，你让我觉得太好笑了。

这令我有点恼火，好像自己作为一位刑警的尊严被人伤害甚至践踏。不过，这在平常人看来，她的举动也并没有什么不妥。我将双手抬起，十指交叉握住放到桌面上，索性将自己那一丝想要伪装自然点的笑收回，直直地望向她。

她看在眼底，却依旧宣泄着她的开心，直到释放干净。末了，她保持着微微上扬的嘴角，再次欠身往楼下看了一眼。

"晓波，你找我有什么事？直说吧。"她说这话的时候并没有看我。

我正色，换上了一张自己喜欢的作为刑警的表情面具。我没有再犹豫，也没有考虑是否要稍微客套后再进入主题，直接说道："戴琳，我想找你打听个人。"

"谁？"她瞟了我一眼，回避着与我的对视，端起了桌上的茶杯。

我吐词清晰："张海洋。"

她手里的茶杯很明显抖动了一下，紧接着，她放下茶杯，抬头看了我一眼。她的笑容终于收住了，眉头微锁。

对于自己究竟作为怎样的角色来与她会面这一问题，我可能需要好好思量一下了。但最终，我咬了下嘴唇，语调恢复到了每一次办案时候的低沉冷静："戴琳，有个案子与这名叫作张海洋的中年男子有关，但目前我们找不到他。有人说，他每隔一段时间就会莫名其妙消失几天，只有你，知道他消失的那几天去了哪里。"

"哦。"她再次沉默了几秒，"晓波，你都知道了？"

我不知道如何回答，最后选择点了点头。

戴琳苦笑了一下。她的苦笑，才让我突然觉得，脸上挂着苦笑的她才是我所熟悉的那个戴琳。

这令我惶恐起来。我始终无意伤害她，但目前看来，我的出现，又无法避免地给她带来伤害了。

"晓波，你是一直都知道吗？"她又问道。

"我……我这几天才知道。"我感到有点歉意，但依旧选择了直视她。

"你确实应该是在你我之间的恋情结束后才知道的。否则，以你这种眼里揉不进一粒沙子的性格，当日也就不会和我相处了。"她深吸了一口气，扬起了脸，"好吧！很明显，你是作为一位秉公执法的办案人员和我这位普通人民群众来面谈的，那我作为积极守法的市民，也应该知无不言。你不是有个同学叫邵长歌吗？他的妻子就是林珑对吧？林珑有一个已经过世的母亲叫莫莉，是张海洋的初恋。"

她稍微停顿了一下继续说道："说起来也好笑，我居然和张海洋的这位初恋莫莉有着几分相像，这也就是他为什么与我有过一段过去的原因。莫莉死的时候，土葬还比较时兴。可她没人管，尸骨便被送去火葬场，成为一抔粉末。"她一边说着，一边用手比画了一下，"就这么大一个小瓶子吧！原来人死了后，居然只有那么一点点。我也不知道张海洋是怎么弄到莫莉的骨灰盒的，他在殡仪馆的后山一个新建的墓地里，给莫莉买了一块墓地，煞有其事地将骨灰盒葬在那里。每每，他心里有什么不愉快，又或者遇到烦心事的时候，就会去那块墓地附近的一个农家小院住几天。然后那几天里，他每天一大早就会去莫莉的墓边，跟个大傻子似的，对着莫莉墓碑上的黑白照片说话，一说就是几个小时。我想，这可能就是你想要打探的关于他的事吧。"

"餐费会直接从我的会员卡里扣除，你吃完直接走就是了。我还有点事，先走了。"说完这话，她站起来一把抓起放在旁边的双肩包，快步走下楼。到楼梯口的时候，她扭头看了我一眼。或许是光照的缘故，她的眸子里闪着晶莹的光，似乎积满了液体，但并未流淌出来。

她如同逃亡一般下楼，朝咖啡厅外面走去。那个健硕的小伙子愣了一下，也连忙站起，快步追了出去。

我一个人坐在空荡荡的咖啡厅二楼。我看到对面戴琳坐过的位上，初夏的阳光依旧。这米阳光并无势利的眼光，它选择了普照，同样沐浴在我身上。但我感受到的却不再是温暖，而是燥热。我有点慌乱起来，对于自己是否仍是这人世间平凡一员的身份有了质疑。十指紧扣的双手在桌面上缓缓松开，身体也好像瞬间突然被人抽空，我软软地瘫坐在沙发上。

戴琳……我知道，每个人都在费心筑一座城，再将自己深锁在自己的城墙之内。而硬闯者，真的那么十恶不赦吗？

是的，戴琳，我本不想打扰你的生活，但生活中的千丝万缕却又让我不得不再次靠近你，在不经意间伤害了你……

"Sorry。"我对着那扇已经合拢的咖啡厅大门，小声说道。

一名警察

我是一名人民警察。曾经，我对自己的职业信仰有过动摇，甚至萌生退意。但经历了生活的种种，我发现最初的选择，或许才是一个人真正想要成就的选项。一路上，总会有各种各样的意外与艰难，令人想要放弃初衷。也总会有各种各样的呐喊呼唤，令人迷失自我。在不知所措时，选择继续迈步往前，最后，你才会咀嚼出初心的味道，有甘甜苦楚，无怨无悔。

是的，我是一名警察。同时，我又是一个普通男人。我始终无法将这两种身份从我生命中完全分割开来，这是我的悲哀所在。不过，这半生里最值得庆幸的，是我找到了一位同样是警察的妻子。于是，我们的家庭成了一个警察之家，她的父母那辈也是警察之家，我们似乎成了警察世家。从此，我的职业与生活变得更加难以分清楚了。

我如同嚼蜡一般，将整盘意大利面吃得干干净净，又端起桌上的柠檬水一口喝光。对于儿女情长的事儿，本也不是我所长。几千年里那么多伟人名人都琢磨不清楚，似乎也轮不到我这个粗糙的汉子开窍。我自嘲地笑笑，拿起手机搜了搜殡仪馆附近的公墓，居然有三个。我犹豫着是否要打电话给戴琳，问清楚张海洋常去的是哪一个公墓。最终，我还是没有那么做。或许，我对自己是警察这一身份，在面对戴琳时，还是不能全身心地代入吧？

最后，我打给了王栋。这小子可能正好抱着手机在发呆，第一时间就接了，并瓮声瓮气地说了句："哪位？"

我已经憋了一肚子的，也不知道是对自己还是对他人的窝囊气，正找不到地方撒，便恶狠狠地骂道："你小子被驴踢了还是被门夹了，对我问一句'哪位'？"

王栋却愣是没听出我的声音来，在话筒那头嚷嚷起来："你谁？敢骂爷，你信不信爷去抽你。"

我寻思着这家伙可能换了手机，通讯录还没备份过来，便又好气又好笑，心情也好了不少，咧嘴对着话筒说道："来，来抽抽试试，袭警可不只是行政拘留那么简单。"

这时，王栋才算是听出了我的声音，也油腔滑调了起来："原来是夏队啊，好大的官威，死了后被拉到我们殡仪馆，就不怕我给你画个烟熏妆？"

我笑了："得，打住。我们俩从事的都不是什么喜庆的工作，就别拿着这种晦气话当玩笑开了。打电话给你，是想跟你打听个事。"

"早就料到了，你如果不是要打听什么，又怎么会给我打电话呢？"王栋有点愤愤地说道。而他这句无意中的话，却在我这几天本就不断在职责与情感问题上来回起伏的心尖尖上，狠狠补了一刀。

我不再打趣了："你们殡仪馆附近的那几个公墓里埋着些什么

人，能查到吗？"

王栋沉默了几秒后，语调再次憨厚起来，明显又在使坏："晓波，我记得你念书的时候叫过我一次哥。"

"王哥。"对于这种要求，我倒也没有什么原则，径直唤道。

而话筒那头的王栋似乎没有料到我这么容易就范，又顿了几秒："能不加前面那个'王'字吗？听起来跟个包工头似的。"

"哥！"我脆生生地唤道，权当为了破案而折腰。

"哎！"王栋应了，挺喜悦的，"等我几分钟，我打个电话问下。"说完就挂了线。

还没等到我把手机放下，他就回过来了。我按下接听键，就听见他说："你挂电话那么快干吗？你也得告诉我要查的人叫什么名字，是哪一年走的？"

分明是他自己先收了线，现在还倒打一耙。无奈这会儿是我要他帮忙，被他掐着七寸，只能老老实实答道："要查的人叫莫莉，1983年走的。"

王栋没吱声了，半晌，他语调正常："嗯，我知道了，一会就回复你。"

莫莉的坟墓并不在我用手机搜到的那三个公墓里，而是在殡仪馆所倚靠的小山的背面。据王栋说，那是有钱人家的亡人所栖息的地方，也可以理解成墓地里的别墅区。听我说现在就要去莫莉的墓地看看，王栋便说："我陪你吧，免得你找不到。不过，我说晓波，要不要叫上长歌？毕竟莫莉是他的岳母。"

这么久以来，从来没有听长歌说起过莫莉的墓地。或许，他们也不知道，有一个属于莫莉的葬身之地在这世上存在着。

"我们先过去看看吧,确定了后再告诉他。"我对王栋这么说道，也并没有告诉他实情，更不可能告诉他此刻莫莉的墓地前，或许有一位叫张海洋的老男人……

我开车朝着殡仪馆方向驶去，沿海城市的夏日午后，总有莫名而至的雨云，须臾间弥漫开来，预示着一场瓢泼大雨即将到来。我在路上给李俊打了个电话，简单说了两句，告诉他张海洋可能会在殡仪馆附近。当然，只是可能而已，李俊嘱咐我注意安全，有情况第一时间给他打电话。

王栋早就在殡仪馆的停车场边候着了，手里还提着把暗红色的长柄雨伞。我下车嘀咕了一句："什么时候这么金贵了,还没下雨,就提着伞了。"

王栋便笑了，指了指已经有点暗的天，说："我领你从小路去莫莉的坟地，路上万一遇到女鬼男鬼什么的，你王哥这把伞给撑开，或许还有点儿降妖伏魔的能力。说完这话，他抬手将伞一把撑开，只见这暗红色的伞上居然印着广告: 拒绝土葬，火葬光荣! ——海城市殡仪馆宣。

我也笑了，跟着已经转身往殡仪馆后那座小山方向走去的王栋。我抬头，又一次看到那个高耸的烟囱正在往外冒着灰色的烟。是谁家的亡人于人间的肉身正在陨灭呢? 那烟雾离开烟囱口，翻滚着上升，好像急于与天空中的雨云融为一体似的。当暴雨来袭时，他们或许便可以以另外一种形式，再次回归到他们所眷恋也热爱过的这个世界吧。

始终，都留恋着这个世界……

山顶的坟墓

一路上，王栋也没有问我为什么要去莫莉的墓地。实际上，我早已经想好了用来敷衍他的答案。或者，他也预料到了问不出实情，便压根不问。

他领我走的所谓小路，其实也铺着鹅卵石，修得挺精致讲究。很快，一个有着十几米高的牌坊出现在我们面前，上面写着"长眠家园"四个大字。牌坊一旁，有着一个保安亭，其间探出个圆碌碌的大脑袋，对着我和王栋翻白眼："这里是员工通道，不给过的。要进去拜祭的话从旁边的路绕过去走正门。"

王栋大步走了过去，从裤兜里掏出工牌，对着保安晃了晃："市殡仪馆的，过来找你们牛园长。"

圆头保安也没认真看，一副不过是打一份工而已的工作态度，他那颗大脑袋快速缩了回去，嘴里嘟囔了一句："自己进去吧。"

王栋领我进园，开始给我科普这个所谓的"长眠家园"的来由。据说，这块土地最早划给了市殡仪馆用来做公墓的。但殡仪馆经费有限，越是往山尖尖上走，开发起来费用就越高。于是，殡仪馆便打了申请，把这块地租给了开发商，建了这么一个所谓的墓地中的核心区"长眠家园"。也是因为这块地的归属还是殡仪馆，不能买卖，只能以租期五十年的方式出租给客户，所以寻常老百姓更不可能买这里的墓地。实际上，五十年租期不短了，五十年后沧海桑田，还不知道是个什么世道呢。但是，开发商索性就把这长眠家园照着最贵最豪华来弄，想不到反倒有了市场。王栋还说："这山尖尖上挺大的一块地方，只葬了几十号人。那管理费什么的平摊下来贵得吓人，也只有真正的有钱人才消费得起。"

我笑了笑，那些有钱人的世界咱也没有真正体验过。小警察而已，职业虽然特殊点，但始终也只是领工资过活，参不透金字塔上方的人都是怎么想的。

不理解归不理解，这越是往上走，瞅见的几个坟墓倒是一个比一个威武排场，甚至有几个还搭建着小亭，为墓碑上的人儿挡风遮雨。王栋应该常来，对于这些司空见惯，不时左右晃晃大脑袋，嘀咕着："莫莉是在 V16，问题是这 V16 怎么上去呢？"

围着这山头绕了有三四圈，属于莫莉的归属地 V16 却始终没见到。王栋便又掏出电话来，对着话筒说了几分钟，应该是这个长眠家园的工作人员，放下电话对我翻白眼："嘿，邵长歌的岳母娘还能耐着呢，看起来很寻常的这么个 V16，居然是墓园里的 VIP 中的 P，在最上面。难怪我们在这儿转圈找不到。"

说完这话，他又左右看了看，领着我找到台阶，继续往上走。此时，雨淅淅沥沥开始下了起来。我俩都糙，也没当回事。可过了几分钟，雨居然越下越大。王栋便得意了，撑开伞，冲我狞笑："看看，今儿个没有你王哥在，你小子这趟差事得有多辛苦。"

我也笑了，冲他点头："王哥说的是。"

就这样说笑着，我们顺着台阶来到了山顶。远远的，就看见台阶尽头是一片水泥平台。再往上，一个八角亭子便出现在我们面前。亭子中间是一个用水泥封住的坟墓与一块青色大理石墓碑。王栋加快了步子，到墓碑前面看上面的字。而我第一时间却是望向水泥平台，朝向海城市区的那排栏杆位置。只见一个戴着黑色渔夫帽，衣着讲究的男人，也没撑伞，就那样矗在雨中，背对我们站着。

王栋对我嚷嚷道："嘿，晓波，还真的是莫莉呢！快过来看看，还有相片。"

但我并没有应他，甚至没有看他一眼。我右手往腰部位置摸了一下，虽没带枪，但手铐还是挂着的。我大步朝凭栏站着的男人走去。

对方应该也听到了身后王栋的声音，但他并没有回头，甚至动都没动一下。雨越来越大，放肆地淋到他戴的那顶有点奇怪的黑色帽子上，又顺着帽檐，流淌到他的淡蓝色 T 恤与深色休闲裤上。

我摘下了手铐，大步往前，并大声问道："你是张海洋吧？"

对方没有回答，双腿却在我喊出这句后往前一跨，爬上了铁栏杆。我紧张起来，朝他猛扑过去，想要第一时间抓住他。

"站住。"他低吼的同时，整个身体已经跨到了栏杆另一边，并将头扭了过来。这是一张并不苍老的脸，但眉目间散发的气场又告诉世人，他有足够的阅历。见我驻步后，他又不自觉地朝身后的山崖下看了一眼，或许心里也感到了害怕。他挤出笑来："你应该不是来杀我的，你是警察吧？我刚才还一直在想，不管是要我这条命，还是要逮着我了解真相，你们都得到了你们想要的，毕竟，当年的几个当事人，也都走得差不多了。"

我不知道他这话到底什么意思，只得继续道："你是张海洋吧？我是海城市刑警队夏晓波，有些事情想要找你了解一下，希望你配合。"

"你……你是夏晓波？"这老者皱起了眉，但很快就恢复过来，微微笑笑，"是的，我是张海洋。"

他认识我？因为戴琳？

我继续说道："张海洋，你先下来。"我边说边将手里的手铐挂回腰上，不希望刺激这一刻情绪不太稳定的张海洋。我尝试性地往前跨出一步："有个小案子，中间有几个小问题，想要问问你。"

他没说话，径直松开握着栏杆的双手，平平地举了起来。他的身体微微晃了晃，但并没有往身后的山崖下倒去。这一动作，令跨前一步的我又连忙往后退："张海洋，请你不要冲动，先下来再说，死不是唯一的办法。"

他又笑了，对于我的退步很满意，手又重新握住了栏杆："夏警官，我知道你所说的小案子是什么案子。不小吧？已经死了好几个人了，怎么可能会小呢？其实，我早就知道，这一天迟早会到来，只是没想到会晚了二十几年，晚到让人都以为报应不再了。"

他一边说着，一边跨上栏杆。可最后他并没有离开山崖，反倒是坐到了栏杆上。他只要一撒手，将身体往后一仰，就会坠入身后的山崖。紧接着，他将那顶黑色帽子摘下，抬起头，让雨水将他本没有湿的脸淋了个透彻。

"我也没有想到，最后来和我对峙的，居然是你——夏晓波。"他歪头看着我如此说道。

"你认识我？"我有点迷惑。

张海洋笑了，他眉毛很浓，眼睛不大，和他儿子一模一样，鼻梁也挺高，年轻的时候应该长得很不错。"我怎么可能不知道你的存在？也多亏了你，戴琳才得以度过那段最低谷的日子。只是挺可惜，你不可能和她走到最后。这点上，我也想过插手帮戴琳，毕竟有钱，可以做很多事。但想想，勉强得到的果，往往苦涩，就像……就像我与莫莉的果。"

我依旧面无表情，维持着一名人民警察应该有的形象。只不过，我内心深处不可能没有波澜，但法与情之间，本就分明。我保持着冷静，右手悄悄地伸到了身后，大拇指和尾指翘起，做了个打电话的手势。此刻，窝在莫莉墓碑前的王栋，一声不吭地站在那看着我，也一定明白了我的意思，赶紧打电话给市局。

张海洋再次仰头了，任由雨水爬满了整个脸庞。当他再看我时，眼眶里已经积满了雨水，表情显得越发悲伤起来："夏警官，我知道你是为了什么事情而来。盛利死了，谷建新死了，赵过死了，连并没有参与进来的姚斌也死了。到最后，自然轮到我了。就算报复者没有找到我，你们警方也迟早会挖出我与这几个人的关系，甚至还会挖出二十几年前那个夜晚所发生的一切。好吧，夏警官，我可以给你讲个故事吗？有点长，讲完以后，我希望你们的这个案子能够作一个了结，不管真正的凶手是谁，你们都可以将我当作凶手抓起来交差，可以吗？"

我点头，看看天，故作轻松地耸了耸肩："雨不小，这山顶上又有风，我们俩隔这么远说话听得不很清楚。要不，你先下来，我们换个地方听你的故事可以吗？"

"你觉得呢？"他苦笑着，也没有等待我的回答，便径自说起发生在二十多年前的那段故事……

　　我认识莫莉那天，是主席刚走的第二天。那时候的海城没有现在的海城这么大，哀伤的气氛便弥漫得格外浓烈。市团委从各单位调了几十个年轻人，在大庆剧院的影厅里搭建了一个硕大的灵堂，低沉缓慢的哀乐在整个影厅里回荡着，市民们自觉有序地排队进入，痛哭默哀，悼念伟人的离去。

　　高中毕业后，我被分配到了农机厂，那天也跟着厂里的青年团员，心情沉重地走入了大庆剧院。也是在那空气中充斥着悲伤气氛的影厅里，站在灵堂一旁抽泣着的工作人员莫莉，宛如人群中一颗剔透的玻璃弹珠，让我印象深刻。站在他身旁同一个车间的小伙盛利，留意到了我的目光。他偷偷拍了我一下，小声提醒道："这都什么时候了，你小子还看着人家姑娘？"

　　那晚，参加追悼会的农机厂年轻人，还召开了一次悼念讨论会。一干人等又默默流了一两个小时泪。在回去的路上，盛利和我同路，盛利告诉我："白天那姑娘叫莫莉，在市文化宫拉大提琴。"

尽管，对莫莉的迷恋者不少，可真正喜欢莫莉，也投入了行动追求过莫莉的，只有我和姚斌两个人。而像谷建新、盛利、赵过，他们懂事得比较晚，不过是瞅着人家莫莉好看，便自己感动了自己，觉得自己深爱着对方。与姚斌不同的是，我家境好，打小就是个有侵略性的孩子，但凡喜爱的东西，总是费尽心思想弄到手。所幸父母辈都是知识分子，对我的教育，搁在那个年代也算是比较好的那种。所以，我对莫莉的疯狂追求，也只是局限于等人家下班，送人家回家这些。再说，我年轻的时候长得还不错，又是高中毕业，所以莫莉并没有排斥与我的相处。不过，也仅限于相处，普通朋友的那种相处。

　　直到我哀求父亲想办法，把我调到了市文化宫成为莫莉的同事后，才知到了景润生的存在。景润生是从北京过来的，父母辈据说来自大院，所以，高大俊朗的景润生，得天独厚地拥有一种能够征服那个时代里红色儿女的气质。况且，景润生还会写诗，是语文老师。所以，他和莫莉的结合，众人都觉得郎才女貌，般配得不行。那个时代里的人，刚经历了浩劫，社会开始逐渐稳定。就连从港台传来的悠扬小曲里，也来回说着爱一个人就是要对方幸福。

　　我再不舍，再心痛，最终也还是很绅士地对莫莉说了老土的台词："祝你们幸福。"然后默默退后，重新回到自己的人生轨道。

那个年代的时间过得比现在要快，各种新鲜的东西无时无刻不在融入年轻人的世界。紧接着一夜之间，小城里凭空多出了各种拉帮结派的小团伙，互相斗狠，用着异样的方式宣泄各自那溢出的精力。很滑稽的是，我和盛利、谷建新、赵过、姚斌这几个在香粉街一块儿长大的年轻人，也慢慢成为海城一股团结的小势力。我们还有一个共同点，就是莫莉……是的，我们用各自不同的方式，与莫莉的人生轨迹有过或长或短的交集。于是，我们觉得自己就是美丽的莫莉终生的守护者，要深爱着莫莉直到永远。我们还有一个共同的敌人，那个敌人的名字就是景润生——莫莉的丈夫。

　　1983年初冬的一个夜晚，发生了很多事情。多年后我时不时回忆起来，总觉得那所有看似细微的事情，最终成为促使那场悲剧发生的起因。我明白，积压在众人心里的那个结，在莫莉嫁为人妻，为景润生下一双儿女后，并未散去。或许盛利散去了、谷建新散去了、赵过散去了，但我的心结没有散去，姚斌的心结更没有散去。

　　大家喝着酒，大声吆喝，大声痛骂。那天，姚斌的妈妈在医院住院，所以他提前走了，跑来跟着堂哥凑热闹的张群也回家了。剩下的四个人不知道怎么又说起了景润生，借着酒劲，四人越说越生气。那晚外面刮大风，却刮不走几个年轻人沸腾起来的情绪。于是，在盛利的提议下，四人决定去莫莉家揪出景润生，要景润生给大伙一人买包烟消消气。

　　说到这里，坐在栏杆上已经老去的张海洋叹了口气。他再次仰面，似乎要用雨水将自己身上的污垢冲刷得更加彻底一点。他淡淡笑了笑，准备继续将属于他的故事说下去，但就在这时，他好像想起了什么，又好像听到了身后有什么动静一般，扭头朝着身后的山崖下方看了一眼。

　　他回过头来……二十几年前那个夜晚所发生的可怕故事，缓缓继续……

第十一章
那晚的风，掩盖了一切

罪不可赦者

　　我们四人醉醺醺地走向香粉街，并敲开了莫莉与景润生的家门。那晚户外寒风凛冽，房门被赵过用力合拢后，从门窗的缝隙间漏出的气流，发出凄厉的尖啸声，似乎预示了悲剧即将发生。

　　莫莉很惊恐，她并不明白为什么平日里口口声声说，希望自己幸福的人，为什么换上了狰狞的嘴脸。而我们走进莫莉家时，景润生居然不在家，这让叫嚷得最大声的盛利很是失望。他一屁股坐到了莫莉家的椅子上，口齿不清地嘟囔着："这可不行，这可不行，我……我们总不能空手而回吧。"

　　说完这话，他猛地站起，一把抓住了莫莉的手……

　　这一幕，并不是我想看到的。他爱莫莉，也恨过莫莉。但最终，我说服自己，尽管痛彻心扉。于是，我想要冲上去阻止盛利的行为，没想到谷建新从身后将我一把抱住："海洋，盛利只是要给这小两口一点好看，不会真的动她的。"

可就在这时，房门被人推开了，景润生出现在门口。他气愤的叫喊声响起："你们在干什么？"

当时赵过就站在门边，他愣了一下，似乎没有反应过来，但紧接着，他将身子往前一探，抬手抓住了景润生的头发，用力往屋里一拉。景润生突然被赵过大力拉扯，没站稳，摔到了地上，但他嘴里还在咆哮着："你们几个禽兽，我要叫派出所，我要叫派出所。"

那晚的风，好像是为了这一幕悲剧而特意来到的，它将诸多本该传扬开来的声响一一掩埋。已经疯狂了的盛利瞪大他那双通红的眼睛，放开被他按倒在地的莫莉，转而扑向了景润生。他抬起脚，叫骂道："你他妈的一个外地猪，拱了我们海城的好白菜。"

面对这一幕，我也失去了理智。我瞟了莫莉一眼，她望向景润生的关切眼神，令我妒火燃烧。我大步朝着景润生走去，这时，谷建新和赵过两个人，已经一左一右将景润生架了起来，赵过随手用抹布堵住了他的嘴。我抬起手一拳打在了景润生的脸上，打完那一拳，感觉自己积压在内心深处好几年的结，瞬间打开了。我瞪大眼睛，意识被酒精驱使着，和盛利等人一道走向疯狂。我张大嘴，想要叫骂出内心深处的真实想法。但就在这时，身后传来我一度痴迷的女人的哭喊声："放开……放开他。"

莫莉那一头好看的秀发此刻变得十分凌乱，她手里多了一柄尖尖的刀，宛如瞬间变化而成的可怖恶魔，刺向的目标自然是正在殴打自己丈夫的我。站在一旁的盛利用力将站在景润生面前的我推开。可是，尖刀的来势并没有放缓……

而赵过和谷建新差不多同时松开了手，景润生那灵魂快速逃离的身体往下滑。披散着凌乱长发的莫莉，依旧双手紧握尖刀，锋利的尖刀快速隐没在她丈夫的胸口深处……

"不是我们，不是我们做的……"赵过小声念叨着，拉开了房门，率先朝门外跑去。在他身后的，是瞬间清醒的谷建新、盛利以及我……

说到这里，张海洋沉默了，他缓缓摇头，摇了好久。到最后似乎摇累了，才再次平视我："夏警官，那一宿我们都没敢回家。出了香粉街后，我们甚至都没交谈，一路奔跑。我们没有目的地，驱赶着我们往前的，似乎是那一晚的大风。最终，我们跑得筋疲力尽,发现我们身处的位置,是城外正在新建的殡仪馆后山。嗯……就是……"他边说边抬起手，指着我身后莫莉坟墓的亭子位置，"就是在那里吧！那时候，那里有一棵大树，枝叶茂盛，我很小的时候它就在，陪伴着我长大。后来在开发这个墓园项目的时候，我还考虑是不是要留下它，让它陪伴莫莉。"

他又摇头了。他的每一个摇头的动作，似乎都在忏悔："后来，我觉得，莫莉是我心中的唯一。所以大树被我移走了，这里，也只能属于她一个人。"

我终于没有忍住，冷笑了一声。尽管我没见过莫莉，与他们更不是同一个时代的擦肩者。但一路寻迹走来，已经死去的那对小夫妻，似乎始终是微笑着望向这个将他们抛弃的世界。他们并没有伤害过任何人，也没有改变这个世界的一丝一毫。他们捍卫着属于他们的爱情，捍卫着属于他们的选择。他们默默耕耘，收获着属于她们的小小幸福，享受岁月静好。可结果呢？

"我并不希望得到任何人的谅解，也没有指望这个世界会对我包容。我苟活于世，一年又一年，不过是在反复煎熬罢了。"张海洋又开始继续他的故事了，"那一宿，我们四个很害怕，喷溅的鲜血，让只有二十出头的我们万分惶恐，我们明白闯下了大祸。这人啊，始终都是自私的，我们四个在那晚开始争吵，互相指责，推卸着责任。到上午，盛利咬着牙回了趟海城，傍晚又火急火燎跑回来，告诉我们整个海城市都轰动了。他说，现在公诸于世的真相是，有家族遗传病史的莫莉在精神病最容易发作的初冬，最终癫狂起来。她挥舞着尖刀，亲手杀死了自己的丈夫，并将他的尸体肢解，放进大提琴箱。最后，恶魔一般的莫莉背着大提琴箱，牵着她的两个孩子走上海城街头，走向了霸下桥。"

张海洋抽泣的声音终于清晰可辨了："没有人知道她为什么会去霸下桥，没有人知道的。因为霸下桥……霸下桥有盛利的家。而我们几个，也最喜欢聚在那里。或许，疯癫了的她，不过是领着她支离破碎的家，去找我们四个讨说法吧？"

他又摇头了："不得而知了……不得而知了。莫莉的故事，终结在那一年的冬天。而也是在那个事发生之后，我们四个都离开了海城。尽管之后我们也都陆陆续续回来过，却是在莫莉灰飞烟灭之后。也就是说……也就是说真相被彻底掩埋了。"

"没有吧！真相没有那么容易被掩埋！"一个熟悉的声音如同鬼魅般，在这小雨中突然到来。紧接着，我看到从张海洋身后的山崖下方猛地伸出一只手臂，一把抓住了张海洋的脚踝。一个精瘦的男人身影瞬间跃起，出现在栏杆外侧。被他拉扯得失去平衡的张海洋，身体开始往后倒去，他甚至还惊呼起来。也就是在这一瞬间，我非常果断地往前扑去，伸手去抓张海洋扬起的手臂。

"夏晓波，你给我站住！"姚沫的叫喊声宛如猛兽的咆哮，"退后！否则我马上扔他下去。"

从山崖下方突然跃起的人正是姚沫。他一袭黑衣，铁青色的短短发茬儿令他凶相毕露。这一瞬间突然而至的他，一系列动作似乎事先预演过一般一气呵成。而半个身子已经往后倒向山崖的张海洋，衣领被姚沫单手拧紧，他的身体已悬空，在小雨中如同暴风中的风筝，随时会被吹向不可预见的远处。

"真没想到，真没想到我还能赶上这一出好戏，在您这位张叔叔的描述下，绘声绘色地上演。"姚沫眉头紧锁，嘴角挂上了一丝近乎诡异的笑容，看看我，又看看被他控制住的张海洋。紧接着，他将张海洋已经有一半悬到了半空的身体用力晃动了几下，就好像一只猫逗弄爪子下的老鼠。张海洋伸开的双臂连忙挥舞，想要去抓姚沫的手。

"你试试！"姚沫低吼道。于是，让我以为本想选择自己跳下山崖的张海洋，在求生欲望的驱使下，选择了顺从。他的身体不由自主地抖动着，双腿努力别在栏杆上。

姚沫大笑起来："终于只剩下你这个王八蛋了。知道吗？老东西，刚才蜷缩在下面的我，听着你的描述，好像闪回了那一晚。一切的一切，原来潜藏在我的意识深处，如同印记一般存在着。只是如今被你激活了而已。嘿，知道吗？老东西，那些记忆被唤醒的时候，我和你一样全身颤抖。不过，我的颤抖是因为愤怒。而你呢？老东西，你的颤抖，是因为害怕，害怕即将来到的审判，害怕被我扔下山崖吧？所以，在之前那十几分钟里，你所表现出来的坦然与愧疚，此刻终于被你自己的身体狠狠出卖。你——张海洋，你不过是一个手上沾满了我父母鲜血的禽兽而已。"

"禽兽？"这一刻的张海洋，双脚还别在栏杆上，他腰部以上的躯体正努力往后仰着。他的身后是万丈深渊，而生死的抉择权却在姚沫往后伸出的手臂上。姚沫自己也好不到哪里去，他单手紧紧握着栏杆，用一种非常别扭的姿势，维系着此刻他对山崖上的局势的掌控。令人没想到的是，姚沫一席话说完，张海洋之前伪装出来的坦然与愧疚，似乎又回到了这个老旧的躯壳上。他不抖了，双手也不再挥舞，只是自然垂下，如同放任。但他仍用力抬头，让自己能够看清姚沫的脸……

"禽兽？"他再次重复着这个词，"是的，二十几年前那个夜晚之后，我也始终用这两个字来指责自己、定义自己。景放，那时候我也不大，才二十出头。又有谁在二十出头的时候，没有过冲动，没有犯过错呢？"

"你放屁。"姚沫越发愤怒，近乎咆哮一般吼叫起来。他的这一表现，令本来距离他们只有三四米的我，不由自主地往后退了一步。因为，面对越发失态的罪犯，必须保持一个能令他感觉安全的距离。这样，才能有静候到他冷静的机会。

"你闭嘴。"让我再次没想到的是，这放肆打断姚沫吼叫声的，竟然是命悬一线的张海洋。"景放，我今天就可以给一个你想要的结果，但弥留之际，你就不能让我把话讲完吗？"

姚沫的表情变得更加狰狞，皱起的眉头似乎牵动了他的双颊，面部肌肉明显抖动起来。他本就不小的眼睛，瞪得好像铜铃。细微的血丝，倾诉着潜逃了两天的主人，躯壳里的力气早被透支到了极致。他的呼吸声变大了，如同一头发狂的公牛。最后，他深吸气，又深呼气，牙齿用力咬了下嘴唇。

"说！"他宛如来自地狱的恶犬，灵魂与躯壳一起，在雨中熊熊燃烧。

"我愿意去死，也愿意为你父母偿命。可，可如果我没了，谁来管你和你妹妹呢？是的，我犯下过弥天大罪。但是这么多年里，我始终守护在你母亲身边，守护着她湮灭于老城区里的美丽，守护着她消失于人间的故事。我赚了点钱，拆了很多房子，又盖了很多房子。但只要是有你母亲来过这世界的痕迹的地方，我都尽我所能，为她，也为你们保留。景放，你可以恨我。我这条命，本就应该跟着你母亲离开的。只是，如果我走了，谁为你和景珑遮风挡雨呢？谁为你和景珑保留属于你们的家呢？"张海洋的话，让人听起来有点迷糊了。但隐隐地，又从中窥探出一些什么。我皱了皱眉头，暗想如果王栋机灵，市局的同事应该在赶过来的路上了。现在，如何在他们到来之前，尽可能地稳住姚沫，才是我应该考虑的。

于是，我又往后退了一步，故意问道："我想，这里不止我一个人听不明白你想要表达什么吧？"

张海洋却压根没搭理我。他努力扬起头，看了姚沫一眼："孩子，我想要你知道，我并没有远离过。你想想，为什么你妹妹能够上实验中学、上大学呢？难道你觉得福利院真那么大方吗？而你的养父——姚斌，嗯，他是个好人，但是他也不过局限于是个好人，他窝囊到连自己都养不活，怎么能够养大你呢？景放，叔叔做了很多事情，没有人知晓。我只是选择远远地，也静静地看着你和景珑长大。到你们成年了，我找人冒充你们的远房亲戚，将你们家的老房子拿回给你。是的，我想要补偿，我毁了你们一个家，我想尽我所能还你们一个家。我承认我很懦弱，不敢走入你们的生活，害怕你们想起二十几年前的一切……嗯？景放，这一切的一切，你又是否了解呢？"

"够了！"姚沫将张海洋的话打断。也就是在他低吼出这句话的同时，我身后传来了急促的脚步声。

我连忙扭头，却发现只是几个穿着保安制服的人冲了上来。他们手里都提着小胶棍，上气不接下气地叫嚷着："什么情况？这里什么情况？"

我瞪了王栋一眼，寻思着应该是这家伙自作聪明打电话把墓园的保安叫了上来。我对那几个保安亮出证件，示意他们退后。所幸这几个保安也听话，踮着脚朝我身后栏杆处望了几眼，没敢上前来。

我回过头来，发现姚沫之前宛如猛兽般的愤怒表情，不知为何消失了。替代的，是嘴角上扬的一丝笑意。他压根就没看我这边，而是直愣愣地盯着被他控制着生死的张海洋。

"想补偿吗？"他这么说道。

张海洋应着，似乎想要再说话，可声音却发不出来。我这才留意到，姚沫本来紧紧抓着张海洋衣领的手上，不知道何时多了一柄银色钥匙，钥匙头应该被打磨得很尖，正缓缓刺入张海洋喉头的位置。

"姚沫，住手！"我低吼道。我想要上前，又不敢上前。因为那一刻，我已经明白，双手沾满了鲜血的他，不可能让张海洋活着离开这山顶。但……我始终是一个警察，我不可能拿一名普通群众的生命当赌注。

"知道吗？我很反感别人说我父亲……"姚沫耸了耸肩继续道，"嗯，我说的是我的养父——姚斌。或者，全世界的人都可以说他，嘲笑他，诋毁他。但你——张海洋，还有你那几个道貌岸然的朋友，绝对不行。"

说到这里，他猛地将张海洋的身体往上一拉，张开了嘴，狠狠地朝着张海洋的喉结位置咬了下去。我再次吼道："住手！"并朝前扑去。

这短短的一瞬间，我抓住了姚沫的胳膊，另一只手又朝张海洋皮带的位置伸去。可是，我挥舞出去的手扑了个空。因为，姚沫狠狠咬了张海洋的脖子一口后，直接将张海洋的身体往后一推，并松开了手。

张海洋没有像自己想要表现的那样，在生死面前坦然豁达。相反，他双手挥舞着，惨叫着朝山崖下摔去。他脖子上的伤口，在这场并不大的雨水中变得非异常放肆……放肆地喷洒出血液，放肆得令主人的声音变了调，放肆地渐渐远去。

姚沫被我按倒在地上。他没有反抗，任由我将他的双手铐在身后。他歪着头，面带微笑，眼睛死死地盯着不远处收容着莫莉的坟墓。

他舔了下嘴角的雨水，自顾自地说道："妈妈，我想你了。"

老城区的守护者

市局的同事们赶到时，我和王栋正坐在地上。姚沫被我放到莫莉的墓碑前蹲着，这样，他就能清晰地看到墓碑上那张好看的女人的脸。他的脸上很脏，有泥水，也有雨水，或者还有他自己的泪水吧？这些，并没有人去计较，他本就是一个在几年前，就应该下到地狱的恶魔，只是这几天里，地狱与人间有了一丝缝隙，他得以猛然腾空，嚣张狰狞。

下午张海洋在山顶说过的话，我并没有全部写进报告里。不过，也只是局限于他对姚沫说起自己暗中帮助两兄妹的那些话而已。

之后，我通过其他途径也了解了一下，海城市的旧城区改造工程，确实有大部分落到了张海洋手里。相比较他在新开发区的大刀阔斧，作为旧城区开发商的他，就好像换了个人一般，能拖就拖，拖不起就弄个么蛾子，扯个纠纷扔到法院。这种拆房子建房子的活儿，牵涉面本来就很广，真要说复杂吧，不过是赔钱拆迁再盖新楼。可你要说简单，法院里拖个五年十年出不了结果也是常事。

当然，也没有机会去考证张海洋所说的为了莫莉，为了姚沫和林珑而保留下老城区的话，究竟是真是假。办案多年，也见识过一些坏人，在某些不为人知的方面，保留着一分未泯的纯真。又或者，他想要保留的，其实不是为了别人，而是为了自己。为了他那一段，在自己看来并没有得到圆满的青春岁月吧？

又或者，他只是不甘心，不甘心在自己深爱的女人心里始终没有分量。然后，他自以为是地为人世不再的女人做一二件、三四件、五六件，乃至千千万万件事。只是，纵使他为莫莉做了再多再多，又如何呢？在他最应该为莫莉挺身而出的时刻，他选择的是随波逐流，选择的是释放心魔。我知道，作为一个警察，将这些看法说出来是不对的。但同时，我也只是芸芸众生中的一员，我觉得，在这个问题上，我的看法和姚沫的反倒有一致性——他做得再多，也不值得被原谅。

是的，他不值得被原谅。

那座小土包一般的山并不高，张海洋命大，挂到了树枝上，居然没死，送到市人民医院后被抢救了过来。他喉部的伤没有扎到血管，没大碍。至于断腿断肋骨啥的，也都容易处理。不过，他的脑部受到重创，几天后苏醒过来，眼神中的精明不再。他变成了一个分不清黑白是非，控制不住屎尿的傻子……几天后，张铁来找我，想听我说说那个下午，山崖上到底发生了什么。对他，我也没把那段二十多年前的故事说出，毕竟张海洋已经得到报应了，属于他的过去，没必要剖析开来，给他的后辈留一个好印象终究是好事吧？所幸张铁也没有多问什么，他眨巴着他的小眼睛叹气道："我这唯一的靠山没了，之后想要进市局刑警队这事，恐怕是难上加难了。"

我有点恼了，歪头问他："你爸都这样了，你小子怎么压根没有一点伤感呢？"

张铁瘪了瘪嘴，看我办公室里没别人，便凑过来小声道："夏队，已经是这么个情况了，我挂着眼泪鼻涕来找你难道有用吗？再说了，他又不是死了，只是变得比以前听话了。用我妈的话说，这也是好事。你想想，他们这些做房地产的，屁股后面扒拉开来，谁不是脏兮兮的？得，现在钱也赚到了，人也变听话，不会没事就出去瞎晃了，有过什么是是非非、牵牵绊绊，也算画了个句号。所以……"他笑了起来，压低声，"夏队，这是好事。"

我白了他一眼，要他回去等市局刑警队的通知，回复是不是要他，便没再搭理他。

是的，那几天我很忙，但不像几天前伐木工案发，以及姚沫越狱时的那种忙，而是忙着提审、写报告。那个周末，古倩倩回来待了两天，汪局只给了我一天假。为这一天假，老头子还嘀咕了好几句。

出人意料的是，姚沫被再次抓捕归案后出奇地配合。他没有之前那些明显对抗审讯的消极态度了，反而时不时想起什么细节，让我们补充完整。我并没有参与到他的每一次提审，但提审他的同事都说，他好像换了个人似的，急急忙忙想把他犯下的每一件事都交代清楚，然后给他的人生画上句号。

我明白，他想要死。他曾经也对我说过，要换回林珑真正安宁的唯一方法，或许就是他走入坟墓。或许，现在，他已经收获了自以为的圆满，想要退出了。

他交代了很多事，包括杀死谷建新、赵过、姚斌以及去张海洋家找不到人，偷回皮鞋用来栽赃等琐碎的事，细节提得很少，时间地点这些让我们能做好结案报告的都很详尽。交代杀姚斌的那一次审讯，我是在场的。我质问他对于养育了自己那么多年的养父，是如何下得了手的。况且，姚斌也没有参与那一晚对莫莉景润生的伤害，本就没有罪孽。

姚沫面无表情，和他被捕后面对其他审讯时的模样不同。他甚至都不抬头看我们，只是淡淡地说了一句："一码归一码，养我的恩，我来世再报，欠我爸妈的债，这辈子还是得先还。"

我又问他："姚斌并没欠你们家债啊？"

姚沫看了我一眼："这不是你们需要知晓的。夏警官，你只要瞅着我杀他的整个过程都符合常理就可以了，这样，你的报告就能写下去了。"

我摇头，没再追问。是的，他对于杀谷建新、赵过以及姚斌的一切都交代清楚了。他也说了，找不到机会杀张海洋，只能用其他办法将他引出来。于是，他潜入张海洋家里，偷了一双张海洋的鞋，并留下了明显脚印，让我们警方开始怀疑张海洋，并找出张海洋。接着，穿着一套骑行服戴着头盔的他，明目张胆地尾随着我的汽车……

也就是说，到最后，反倒是我们警方帮他找到了躲在墓园里的张海洋。对于他的这一办法，我觉得有点滑稽，但也不得不承认姚沫的心思缜密。

只不过，对于盛利是怎么死的，他就没法交代了，只是淡淡地说了一句："可能，是我妈回来了吧？"

是的，伐木工连环杀人案的第一起——盛利案发生时，姚沫还在看守所里。所以，他不可能是凶手。但，又是谁用盛利案，为姚沫之后的越狱与行凶拉开了帷幕呢？

这个问题，在那几天里始终困扰着伐木工案专案组的几个苦命的刑警。可姚沫耸肩，对于盛利案只给出几个字："那天我不在外面，啥都不知道。"

也没错啊，他确实不在外面。所以，我们总不能对他大呼小叫，问他，盛利案的凶手到底是不是你小子？可这盛利案不破，整个伐木工连环杀人案就不能结案。于是，我和李俊在汪局办公室里坐了一下午讨论这事儿，最后得出的结果是，还得从姚沫身上撬口子。而如何将姚沫的嘴撬开，汪局想出了一个比较不靠谱，李俊甚至还觉得有点不符合规矩的点子——催眠。至于，他一个刑侦战线干了半辈子的老头，为什么会突然对催眠感兴趣，还得怪我，给他说了邵长歌催眠林珑后，挖出了二十几年前有人进了他们家的那档子事儿。汪局叼着烟，一本正经地说道："实用心理学要改变我们的一些传统刑侦技术，这点我在十几年前就意识到了。想不到临退休了，还有机会见识一下实操。嗯，晓波，这事你就负责一下。至于催眠师，就找你那个同学。"

我愣了，李俊却乐，冲汪局问道："嘿嘿，我说头儿，您怎么就这么超前呢？十几年前就知道心理学了？"

汪局也笑了，将手里的烟掐灭："刚改革开放的那几年里，各种科学都兴起得很快，其中也包括刑侦科学。那时候的刑警，嘴边不挂几个痕迹学法医学里的词汇，都不敢开口发表案情看法。而且啊，和那些科学一起兴起的，还有各种出神入化的特异功能，其中就有所谓的读心术。当然，那时候的人都很傻，觉得这些特异功能多么神奇，如果让这些有读心术特异功能的人走入我们警队，岂不是什么案子都迎刃而解了？当时公安部也有个别领导真这么想，便请了几个特异功能者参与某些案件的侦破，结果不尽人意。"汪局边说边又点上了一支烟，"现在回头一想，那些懂读心术的家伙，应该也就是学过一些心理学里的小技巧而已。实际上，我们刑侦科学里面，对于罪犯的肢体语言什么的，不也是有过不少研究吗？"

李俊没再反驳，扭头看我："得，晓波，你这是落了个好差事。"

我倒也没推却。其实，那几天我也想找个时间去一下学院路，将姚沫被抓捕归案的事给长歌说道说道。毕竟，案子牵涉林珑父母的死因真相。

同时，我并没有觉得汪局的建议有什么不妥，能够让姚沫放下戒备的人，只有林珑。而邵长歌是林珑的丈夫，也算是姚沫的亲妹夫。或许，长歌去催眠姚沫，还真能挖掘出伐木工案背后的真相。

走出汪局的办公室，李俊便叫来贾兵他们，让他们接了我当天下午的工作，放我去干我的特殊任务。我给他们交代了几句，便打电话给长歌，说下午要去他那里坐坐。长歌前几天也知道，是我查到林珑母亲坟墓的位置，这几天里应该带着林珑上去祭拜过了。所以，他在电话里并没有对我用上那种苦大仇深的语调。当然，我也没有感受到他作为好友应该有的愉悦。所以，我在最后又补了一句："我还给王栋打个电话，看看他小子有没有空。今晚，我们哥仨儿喝点。"

长歌在话筒那头沉默了几秒，最后说了句："我戒酒了。"

不知道为何，在他这句话说出后，我心里一阵酸楚。端着红酒杯，轻轻晃动红色液体时优雅的他，似乎在我的记忆中渐渐模糊。他与林珑婚后这几年越发窘迫的经济条件，也在他的生活点滴中显露无遗。我太了解他了，自然明白他戒酒的真实原因。是的，我想他不能接受自己因为经济拮据而去抿上几杯劣质的红酒。

于是，我连忙说道："为了我和王栋与你和林珑这十多年的交情，偶尔破个例还是可以的吧？正好我家里还有两瓶放了四五年的法国货，我带酒，你们两口子张罗菜，如何？"

他沉默了几秒，末了，问了句："你们几点到？"

我看了下表："4点吧。"

一次聚会

  王栋的工种，一般都只忙上午。清早上班，给亡人收拾妥当，送去殡仪馆大厅里静静躺着，然后他们基本上就没事了。当然，也有一些下午死的人被送到殡仪馆，要求入殓师立马给收拾，想要早点办追悼会。遇到这种情况，入殓师们一般都会拒绝，因为临着太阳下山给尸体化妆，就算胆再大的入殓师，也始终忌讳。再说，有些意外死去的人，身子不是一两个小时就能够搞定的，有些甚至还要缝缝补补，没有三四个小时搞不定。给尸体化妆这活儿，传下来的规矩是必须一次做完，中途不能休息。所以，真要下午开始收拾，遇到个困难户，忙到天黑，大晚上给死者化妆，那就瘆得慌了。

  所以，一般问王栋下午忙不忙，他的回答都是还好。然后再问他一句有没有时间一起吃饭，他的回答就彰显了他那祖籍西北的汉子本色："几点？"

  也是因为要喝酒，所以我俩就没必要开两台车。我三点半不到就去殡仪馆兜上了他，朝老城区开去。刚开出殡仪馆，王栋就打开手机给我看一个姑娘的相片。我白了一眼，问他："这谁啊？"

  他的得意都快透过满脸的粗大毛孔溢出来了，还装模作样淡淡地说了句："一朋友，人挺不错。"

我"嗯"了一声，不接话，让他着急。这小子似乎也看透了我的伎俩，坐副驾驶位上低着头玩手机，不搭话了。

半晌，我问道："这姑娘没啥残疾吧？"

王栋便冲我瞪眼："就你家的古倩倩四肢齐全，五官端正，我和长歌的女人就都得有啥缺陷不成？"说完这话，他自己也发现说得不对，又连忙正色："玩笑归玩笑，前两天长歌带林珑去奠拜莫莉。我瞅着林珑似乎也好了不少，挺文静的，就是话不多。"

见他正经了，我也没再打趣："希望她的病早点好起来吧，长歌也好恢复到正常的工作中去，不用整天把时间耽误在照顾她身上。"

谁知道王栋这么个粗枝大叶的人，听了我这话后，竟然淡淡地回了一句："或许，在长歌看来，这一切都不算是耽误呢？"

我没说话了。

至此，车厢里的气氛变得沉重起来。汽车继续往老城区行驶，繁华的世界缓缓往我们身后退去，车前方迎接着我们的，是颜色明显灰暗了不少的老旧建筑。偶尔几块有着亮丽色彩的广告牌，在这些老旧建筑上很突兀地存在着，让人意识到，时代并没有完全抛弃这片区域。也许，是老城自己选择了在这时代的洪流中渐渐褪色。

学院路的那两排梧桐树，却没有操那么多心。它们依旧整齐，用浓烈的绿欢呼着即将到来的夏季。我的心情变得好了起来，伸手按下车窗，任由初夏的凉风拂面，仿佛回到了没心没肺，无忧无虑的青涩少年。就在这时，一声凄厉的尖啸声，在这学院路尽头响起，似乎来自精神病院深处的某个病房，这声响将我迅速拉回到现实中来。紧接着，一个有点荒谬的想法，突然间从我脑子里蹦了出来……

姚沫身体里潜伏着一个分裂的人格——林珑，这是我们目前已知的。那么，在林珑本就错乱的意识世界里，是否也会有一个姚沫蛰伏着呢？

这一想法令我打了个冷战，握着方向盘的手掌心莫名潮湿起来。来自精神病院的女人尖啸声继续回荡开来，由凄厉慢慢转变成嘶哑，最终低沉，仿佛一个男人垂首的呻吟。是的，姚沫的身体在牢笼里，但这并不能阻碍他思想的放飞。他寄居在林珑的意识里，知悉林珑所知悉的一切。那么，他在知悉的同时，是否又可以驾驭林珑的身体，于这人间作恶？又或者说，在林珑的身体里面，是否会有一个姚沫，可以随意释放出来，去做一些本该是牢笼中的姚沫想要做的事情呢？

有点荒谬，我摇了摇头。

还有长歌在呢。他在林珑身边悉心照顾着，又怎会任由林珑自己溜出去，去做一些凭女人的体力不可能完成的事呢？

我将车停到了学院路 8 号的路边，和王栋一起下车。王栋扭头去看精神病院那栋楼，嘀咕了一句："整天听到这些莫名其妙的声响，听久了，一个正常人也得闹出毛病来。"

我没接他的话，径直推开了长歌家院子的铁门，并吆喝道："长歌、林珑！我们过来了。"

长歌拉开了门。

他依旧穿着一件素色的衬衣，衬衣下摆并没有扎到裤子里。他的优雅不再，令我恍惚中生出一种错觉——这是一个假的邵长歌，那么陌生。他的脸色并不好看，开门后便倚在了门槛上，似乎没有邀请我们进屋的意思。

我冲他笑："林珑呢？"

长歌却冲我瞪眼了："夏晓波，你还来干什么？"

我愣了，反问道："长歌，你这是怎么了？不是约好了来你家吃饭的吗？"说到这儿，我才想起那两瓶还在后备厢里的红酒，便自顾自地笑了，"哦，你是看我双手空空对吧？酒在车里，我现在就去拿出来。"

"不用拿了。"长歌冷冷道，"夏晓波，我想，如果你和你的同事还有什么需要我和林珑提供的，最好一次性提出来。我们只是普通小市民，受不了你们这么有一出没一出的骚扰。"

我越发迷糊了："我说长歌，我怎么听不明白你的话呢？"

"你会不明白吗？"长歌露出极其厌恶的神情，"你不明白的话，为什么让你们刑警队的人过来，询问姚沫越狱的前一晚我和林珑在哪里呢？"

我也急了："是谁？是谁来你家找你们问这问题了？"

"别装傻了。"长歌摇头，"就是之前和你一起盯着我们的那两个刑警，你的同事。我记得那个年纪大的叫贾兵，没错吧？"

我一把掏出手机，也没继续询问长歌什么了，径直拨给了贾兵。贾兵很快就接听了，还没等他开口说个"喂"字，我便劈头劈脸地冲他吼道："你来过学院路8号？"

贾兵明显蒙了，但愣了几秒后，还是很快回道："没错啊，就刚才。"

我没好气地又问道："谁让你来的？"

贾兵也听出了我语气里的火药味，也有点恼了："我说夏队，你这是演哪一出。我现在也在办伐木工案，现在找不出第一个受害人的行凶者，难道走访一下案件相关人等，还需要专门给你打个申请，汇报一下不成？"

我被这嘴上向来不会吃亏的家伙给怼得没话说了。最后，我只能气鼓鼓地冲他说了句："就你事多。"然后便挂了线。

我转过身来，只见长歌看我的眼神中，似乎充满着鄙夷。我想开口解释一两句，但最终又不知道应该说些什么。站在一旁的王栋便连忙打圆场："嘿，长歌，看来不是晓波安排人过来找你的。得，回头让他给那两个过来骚扰你的小警察穿个小鞋，给你出气。"

长歌笑笑……是冲王栋笑笑。然后，他又望向我，那眼神中的鄙夷不在了，换上陌生表情。也就在这时，我看到林珑出现了。她从长歌身后缓缓走了出来，手里端着两杯茶。她看看我，又看看王栋。最终，她将茶端到了院子里的小桌上，然后抬头对我和王栋微笑："你俩要来，长歌要我用好茶叶沏茶。"她顿了顿，扭头看了长歌一眼，"好茶叶，贵。长歌舍不得喝的。"

那一瞬间，我觉得我苦心经营多年的坚强警察人设，被林珑的只言片语瓦解得支离破碎。我甚至有了巨大愧疚，不知道自己应该如何面对想要平凡且与这纷扰世间保持着距离的长歌与林珑两人。无奈他们如那逝去年月里的莫莉与景润生一般，所想要的岁月静好，想要的平淡如水，一次又一次，被我打乱。我可以用职责所系让自己不用承担愧疚，放肆地扰乱。然而，我转身之后呢？

"对不起。"我摇头，不敢看林珑，也不敢看长歌了。我快步朝院子外走去。从警几年，见多了人间悲欢离合的故事，泪腺本应该干涸了才对。怎奈何，无论如何理性，情感始终无法升华。不得不承认自己来自烟火人间，最终又还要去往烟火人间去。是吧？再要强的人，内心深处也有一片柔软，外人不能触碰。而看起来纯真到极致的林珑，毫无遮掩的一句说辞，却将我瞬间击溃。

身后有脚步声快速追向我，我听得出是长歌。接着，我的肩膀被人搭上了，身后的他，并没有搭着我肩膀将我拉回去，反倒推着我往一旁走。

我明白，或许他有什么话要和我单独说。于是，我顺从地跟着他朝精神病院方向走了几步。到一棵粗壮的梧桐树后，长歌停步了："晓波，我只是想要知道，这一切，什么时候能画上句号？你和我、和林珑都要好，你也比任何人都知道，她现在需要的是平淡的生活，慢慢地恢复。是的，我们可以为姚沫的事，给你们警方提供一些帮助，但……晓波，已经三年了，我们也会累。"

我扭头，看着他。最终，我觉得拐弯抹角似乎也没什么意思了。于是，我咬了咬牙："长歌，姚沫肯定知道第一起伐木工案真正的凶手是谁。可是一个如他般将生死都看得淡漠的冷血凶徒，我们现在有点束手无策。你我都学过心理学，你更是实用心理学领域的专家，自然知道对姚沫进行催眠，或许可以挖掘出真相。况且，催眠治疗是需要被催眠者与催眠者之间有足够的信任关系，才能

245

得以成功。你是林珑的丈夫，算是姚沫在这世上最后的亲人之一。我想，可能只有你，才能从姚沫嘴里，挖掘出深藏在他内心深处的秘密，令这一切终结。"

将这一席话说完，我反倒豁然了。我静静地看着他，等待着他对我这一过分要求产生的愤怒。

但是，我未曾想到……

我未曾想到的是，长歌在听我说完这些后，原本望向我的眼睛，急忙朝一旁的马路移动了一下。紧接着，他居然点头了。

"好吧！我可以去会会姚沫，不过我有一个要求……"他再次望向我，眼神变得坚定且决绝，"整个过程中，我不希望任何人在一旁发声，包括你——夏晓波。"

我愣了一下，他的爽快应允反倒让我有点接受不了，甚至开始觉得有什么不对的地方。

"好，我答应你。"我点着头说道。

第十二章

用爱为借口作孽者，永不可赦

她并不稳定

人的潜意识是一个记忆的储存库，功能有点像电脑的硬盘，可以把我们从生到死的所有经历，都存储起来。很多我们以为忘记了的过去的片段，在进入催眠状态后，受术者会发现自己的记忆，其实并不是一潭死水。接着，催眠者向其间投入一颗小石子，这潭死水会有美丽的波纹，并缓缓散开。诸多我们以为不再记得的记忆，开始被激活，重新进入活跃状态。实际上，也是这一些我们以为遗忘了的记忆，它们一点点、一丝丝、一段段地存储在那里，最终造就了我们每一个人的性格。

那么，潜意识里的你，是否敢于向一位催眠师敞开自己的心扉呢？或者应该说，真实世界中的你，是否会答应向一位并不熟悉的催眠师展示自己所有的记忆呢？我想，大部分人都不会答应的。所以，催眠师与被催眠者之间的信任关系，便变得尤为重要。这也是为什么催眠治疗不可能真正被运用到刑事侦查中来的原因。

姚沫的记忆，与其他大部分人肯定是大相径庭的。他来自一个知识分子家庭，父母都非常优秀，还有一个双生子妹妹。所以，在他最初开始接受印记的幼年时代，对于什么该做什么不该做，肯定是有很好的界定标准的。可惜的是，三岁半时的他的整个世界，在那么一个有风的夜晚突然坍塌了。坍塌之际，他与妹妹林珑还那么年幼，稚嫩到连选择的权利都没有。紧接着，他在一个脾气暴躁且酗酒的锁匠家庭长大，那十几年里，他的世界里究竟发生过什么，没有人知晓。待他成年后，他仿佛入魔般，想要成就妹妹林珑的幸福，并不择手段。在属于他的所有记忆中，灰暗到让人不想记住的部分，应该是非常多的，支撑着他从未崩溃的缘由，是否只是因为他妹妹这一个因素呢？

又或者，真如他自己说的，到一切事情都完结了，他会选择离开这个世界，还清净的人间给林珑吗？那么，他想要的完结，是否又真的完结了呢？

始终，围绕着他的，还有太多太多的谜团，是我们永远都不可能知晓的。作为一名刑警，有些属于他自己的秘密，我本也没必要知晓。不过，对于长歌来说，可能想要知晓的，又与我们其他人并不一样。

长歌说自己有点迫不及待，想早早地把姚沫的事告一段落，便要求我给市局打个电话，申请当晚就去看守所和姚沫聊聊。局里很快给了我回复，说也不能太晚去提审姚沫这种极度重犯，安排在了7点。从学院路到看守所有一定的距离，领着一个非司法机关的外人进看守所提审犯人，也有不少手续需要办理。所以，我们这顿本应把酒畅聊的晚饭，变得尴尬且匆忙。因为我们不可能将今晚的行程让林珑知晓，于是，气氛变得越发奇怪。王栋就受不了了，说感觉窒息，加上又不能喝酒，他气鼓鼓地往肚子里填了三碗米饭。

林珑依旧很少说话，但看她端菜收碗，举手投足间，条理似乎也很清晰，让我和王栋颇感欣慰。长歌始终没怎么说话，烧菜煮饭，屋里屋外的张罗，与我们曾经认识的那个他大相径庭。曾经，属于他的那一抹与生俱来的贵族气质，被生活的琐碎来回打磨着，光芒最终湮灭，显得如此平凡。

收拾得差不多了，长歌一抬手，说也6点了，要往那边赶了。我便越发诧异，感觉长歌对于今晚这场临时起意安排他与姚沫的会面，怎会如此上心？或许，真如他自己所言，他迫切着，想要让姚沫这个让他与林珑的世界产生波纹的外因，早点消失不见吧。

只是，这一消失，就是姚沫生命的终点。

要说像王栋这么一个看起来粗枝大叶的男人，心思有时候也还挺细腻的。他扭头看了看走入屋里的林珑，自告奋勇道："你们俩早点去吧，我在这院子里抽会儿烟，玩会手机游戏等你们。"

我点头，因为我明白王栋的意思——林珑不可能跟我们去看守所的。那么，留她一个人在家，自然不是很好。毕竟她看起来再如何正常，也始终还是个病人。

但长歌对这一建议并不是很乐意采纳。他冲我俩耸了耸肩："不用，林珑已经开始学会独处了。现在我每天还要去学校上会儿班，那几个小时里，林珑都是一个人在家的。只不过，我们要早点回来。她啊……"长歌边说边朝着屋里的林珑的背影看了一眼，"没有我在她身边，她不会睡觉，一个人傻乎乎地哼歌。"

我循着长歌的目光望去，那是林珑的纤细身影，正将洗好的碗筷放入柜子。莫名的，那首 *big big world* 在我脑海中缓缓响起，三年前找到林珑时的画面再次出现。那么，长歌这一刻所说的林珑哼歌不睡的场景，是不是和她独自生活在精神病院里的夜晚一样呢？那一刻的她，目光柔和，宛如心爱的人儿安躺在身边。她轻声哼唱，只为爱人欣赏……

"等我五分钟。"长歌转身，朝屋里走去。只见他走到林珑身后，在她耳边小声说了句什么。距离太远，我和王栋自然不知道他说的是一句如何打动人的话儿，却可以看到林珑的脸上有了娇羞的笑意。接着，长歌又一次用之前我所见过的方式搂着林珑的肩膀，往楼上走。也就是在这一刻，我再次捕捉到了林珑的身体有一个不易察觉的，想要挣脱长歌搂抱的细微动作——她扭了一下……

长歌却已朝楼梯口迈步了，林珑选择了顺从。

他俩的身影消失在我和王栋的视线里。王栋扭头看了我一眼，微微笑着："晓波，可能你我有时候多虑了。林珑现在看起来，挺正常的。"

"挺好的。"我笑了，抬头望向面前这小洋楼的二楼。我看见，那盏黄色的柔和的灯光再次亮了，长歌抚慰林珑躁狂心灵的温柔时刻到来。这温柔膨胀着，溢出了面前这栋 20 世纪 60 年代建起的三层楼房，扩散到院里。它似乎还具备某种威力，能将人融化。我和王栋，便正在这辐射之下。我们变得不再言语，静候长歌对林珑的安抚奏效。

但……

但，让人意想不到的是，在那黄色灯光亮起之后，"哗啦啦"，铁链与水泥地板摩擦的声音，在二楼缓缓响起。紧接着，我们清晰地听到林珑的叫声："不要，我不要……"

她的叫喊并没有尾音发出，瞬间止住，应该是被什么捂住了嘴。不知道为什么，我的心好像被一双突然伸出的手狠狠地揪了一下。作为刑警，我的身子甚至第一时间朝前倾，想要大踏步冲上学院路8号的二楼。

王栋的手搭到了我的肩膀上。我扭头，见平日里没啥正经的他，此刻终于挂上了成年人的稳重表情，对我正色且轻描淡写地说了句："晓波，我们改变不了的。"

我愣住了，缓缓坐下。实际上，我选择止步，并不代表我对于王栋这句"改变不了"的妥协与认可。相反，作为一个在正义与邪恶之间死死捍卫正义的卫道者而言，所能改变的难道还少吗？

但，长歌爱着林珑，而林珑也爱着长歌。我们无法走入林珑的世界，无法理解她对长歌的爱是以何种方式存在着。但我们可以知晓长歌对林珑的爱，是细水长流，是绵绵情浓，是舍弃自我，是无私亦无畏。那么，作为一个实用心理学学者的他，所用的方法方式，自然有他的用意与主张吧。

十几分钟后，长歌穿着一套有点旧但有熨烫痕迹的西装，锁上了学院路8号的铁门。王栋抢先上了车，坐到驾驶位上说："今晚陪你俩一起吧，就算不方便进去，窝在看守所的停车场里抽一两小时烟也无所谓。"长歌笑了，上了车的后座。我故作轻松，冲王栋翻白眼，上了副驾驶位。

汽车缓缓开出学院路，身后是囚住了林珑的老旧街道。在这老旧的街道上，有曾经是儿童福利院的精神病院大楼，也有曾经是老学者一家安居的装饰考究的洋楼。突然间，我开始意识到，林珑，似乎从未走出过这片老城区，来来去去，去去来来，始终都在其间停留与漫步，未曾远离。

精神病人无法忘却很多习惯，也无法走出她们熟悉的世界。她们不再好奇，静静守在她们觉得安全的狭小范围里，来回游荡着。

"你每次留她一个人在家待着，都要这样锁住她吗？"我小声问道。

长歌扭头，望向窗外，那幢灰色的老旧建筑正往我们身后飞驰而去。

"是，她依旧不稳定。所以，每次都只能这样。"他小声回答道。

镣铐与钥匙的协奏曲

6点45分，我们抵达看守所。我让王栋不用真的留在车里待着，领他一起进了看守所，想着到时候让他坐在审讯室外面走廊的长凳上就是了。可当晚值班的彭所的脑袋摇得跟个拨浪鼓似的，说晚上提审本来就坏了规矩，市局也说了只有一个非公检法系统的专家跟进来，现在怎么还要多出一个呢？

我便冲王栋摊手，他咧嘴笑着说："在停车场等着也没啥，谁让我们是好兄弟呢！"说完这话，他朝外面走去。市局派来和我一起参加这次提审的另一个刑警比我们早到，他正坐在办公台前填表格。我便走了过去，看他鸡脚般难看的字在表格上爬来爬去。

长歌看了一眼王栋，回头对我笑了笑："十几年了，想不到我们还能像当年一样。"

他这话反倒让我有点内疚。我拿起桌上的记录本并推开通往审讯室的门。长歌快步跟上，彭所拧着一大串钥匙朝监区走去，那钥匙与钥匙一起合奏的哗啦哗啦声，在这夜晚居然有点悦耳。进了审讯室，我终于忍不住了，扭头对长歌低声说道："对不起。一直以来，我的本意只是想保护你和林珑的安全……"

长歌打断了我："我知道。其实……其实我每次对你发火，也只是说说而已。这三年里，我压力很大，却又要在林珑身边温柔相待。所以，一旦有什么打破我们宁静的生活，我就忍不住。希望……希望你也能理解。"说完这话，他走向审讯室的电灯开关处按了几下，岔开了话题，"能调暗一点吗？"

我笑了："这是审讯室，不是诊疗室。"

旁边的刑警同事插嘴了："出门时汪局跟我说了，今晚配合夏队做姚沫的催眠治疗，把审讯室当心理咨询中心就是。"

我冲他瞪眼道："那汪局有没有跟你说今晚这趟差事，你我都闭嘴就行了。"

他吐了吐舌头："说了。"然后退到了审讯室的角落坐下。

长歌也笑了，转身搬起一把椅子，放到了姚沫即将坐的那张铁凳旁。

"不要坐这么近吧!"我如此说道。

长歌摇头:"没事,我……嗯,别忘了,我不单单是一位催眠师,还是姚沫的亲妹夫。"

五分钟后,走廊外再次传来了哗啦哗啦的声响。

姚沫是罪大恶极的重犯——死囚。从走进看守所的第一天起,就戴上了沉重的手镣和脚铐。此刻,镣铐在地板上拖拉出的声响,一声一声,悠长且沉重。与之伴随的,是彭所身上那串钥匙,一片一片来回碰撞,清脆且欢快的镣铐与钥匙的声响,一个向生,一个往死,在这暮色将至的黄昏里协奏开来,分外诡异。

长歌似乎有点紧张。他搓了搓手,把椅子再一次朝姚沫即将坐的那张有铁栏杆的铁凳旁挪了挪。我犹豫了一下,将审讯台上的台灯按开,然后扭身将审讯室的大灯关了。

"夏队,把灯调这么暗,不太合适吧?"彭所走到了门口,看了看有点暗的房间冲我说道。

我忙解释:"今天情况有点特殊,希望所里理解下。"

彭所便也没说啥了,扭头吩咐身后那两个左右挽着姚沫的武警道:"一会儿站在门口提高警惕,这货能耐挺大。"

武警应着,快步进了屋。接着,我们看到了姚沫……

他的头发与胡须今天早上应该刮过了,颜面显得比之前白净了不少。尤其这次被捕后,他没有了之前那种锋芒外露的嚣张跋扈,眼神中多了些许安静与柔和。让人觉得奇怪的是,他看到邵长歌,并没有露出反常的表情，只是冲他微微点了点头。按理说，这么一个并不在工作时间里的审讯场合，突然看到亲人的他，应该很意外才对。可……

是的，他与林珑之间，有着某种让人无法理解的感应存在着。那么，在他的世界里，这次的会面，或许提前就已知晓了。

姚沫很配合，任由武警将他身体铐到铁栏杆里的铁凳上。他看看身旁的邵长歌，又看看我。接着，他又望向了角落里坐着的刑警。

"夏警官，能让他离开吗？"他冲着角落里的刑警努了努嘴。

"不可以。"我顿了顿，又补了一句，"没得商量的。"

我那同事也识趣，将椅子往角落里又挪了挪："当我不在就是。"

姚沫似乎还要说什么，可长歌却先他开口了："没关系，不影响我们聊些什么的。"

姚沫扭头，看了长歌一眼。他沉默了几秒，最终叹了口气："好吧！都听你的。那么……"他扭头望向我："那么今天，你们想聊些什么？"

长歌应该并不想让我在这场审讯中开口，又或者，在他的理解中，今天这本就不是一场审讯，而是一次心理辅导。所以，他很快把话接了过去。只见他嘴角上扬，眼神中也尽是柔和的光。

"God has given you one face, and you make yourself another ."

长歌小声念叨出了这么一句让人觉得莫名其妙的话。

我皱了下眉——上帝给了你一张脸，你又替自己另外再造了

256

一张。这居然是邵长歌这么一位精通于催眠治疗的心理咨询师的开场白，让人有点摸不着头脑。他这话并不是说给我听的。他目光所及，是坐在他身边的姚沫。此刻的姚沫被牢牢地固定在审讯椅上，他听到这句话后，身体有很明显的轻微颤抖。

我收住了联想，下意识将椅子往后挪了下，仿佛这样，就能够将更多的空间留给此刻的施术者长歌。

"姚沫，我想催眠你，和另一个潜意识世界里真实的你好好聊一聊。"长歌柔声说道。

姚沫并没有摇头，他也没有看我，转而歪着头望向长歌。他眉头微微皱起，鼻眼间本属于他这么一个恶魔的狰狞不见了，替代的是一种平和。

他似乎在犹豫，没否决，也没点头。

长歌又说话了："姚沫，我和林珑想得到我们应该拥有的安宁。希望……"他顿了下，"希望你能够理解。"

姚沫嘴角上扬了。他的神情依旧平和，却又让我觉得似曾相识。他再次望向了我，并冲我耸了肩道："夏警官，看来，我带不走秘密。"

我自然明白他这话的意思。伐木工案的另一个凶手是谁，他不可能不知晓。他想用自己的死亡，为伐木工案画上句号。但最终，当他看到邵长歌来到看守所的一刻，他终于明了自己的坚持只是徒劳。

我始终觉得，姚沫并不是一个会随意改变自己决定的人。如果，有什么外因会让他的决定改变，那么只会是一个叫作林珑的女人。以及……以及林珑的幸福生活。

长歌的声音再次响起：

"Per me si va ne la città dolente, per me si va ne l'etterno dolore, per me si va tra la perduta gente…"

他说的是意大利语，具体说的是啥，我自然不懂，能分辨出是哪国语言已经算不错了。长歌知道房间里没有谁能听懂他的这段话，于是，他又用中文说道："通过我，进入痛苦之城，通过我，进入永世凄苦之深渊，通过我，进入万劫不复之人群。"

我愣了一下，努力搜索这段话的出处。这是……这是但丁《神曲》中的一段话——人们站在地狱之门前所哼唱的一段说辞。假如我没记错的话，之后但丁带领读者走入的世界，正是万劫不复的地狱。

果然，他那缓慢且好听的声音，在房间里继续回荡开来："正义促动我那崇高的造物主；神灵的威力、最高的智慧和无上的慈爱，这三位一体把我塑造出来。在我之前，创造出的东西没有别的，只有万物不朽之物，而我也同样是万古不朽，与世长存……"

他停顿了，目光继续聚焦姚沫的眼睛。姚沫并没有避让，嘴角上扬，依旧安静，似乎在静候长歌进入他的世界。半晌，长歌抬起一只手，放到了审讯台桌面上。他用食指开始轻轻敲打金属台面，发出清脆的"哒哒哒"声。

他开始重复这段说辞，语速也在一遍一遍地放缓。最后，甚至连语调也变得低沉起来，宛如来自遥远的另一世界的声音，在这人间飘荡开来。

"凡走入此门者，将……"那手指敲击的哒哒声也在同时放缓，

"将舍弃一切希望……"

终于，姚沫的头往下垂落。

树洞是树的伤痕

"你还在吗？"长歌如此说道。

"在。"

"嗯。"长歌扭过头来对我点了下头，做了个开始的手势。

他声音依旧柔和："你是姚沫吗？"

那垂着头的被催眠者却没有出声。

长歌放任着对方的沉默，静候了一两分钟后，他再一次问道："姚沫，你还在吗？"

"我……我……"姚沫的声音不大，但在这审讯室里依旧清晰，"我不是姚沫……"

我打起精神，想着这一刻被催眠后的姚沫身体里的另外一个人格——林珑，难道会再次出现吗？

"我不是姚沫。"他的双眼微微地睁开，望向了坐在他身旁的邵长歌，"我不是姚沫，我是树洞。"

博尔赫斯·弗雷德里克·斯金纳（Burrhus Frederic Skinner，1904-1990）是新行为主义的主要代表人物，也是操作性条件反射理论的奠基者。这位伟大的美国心理学家始终坚信心理学的首要目的是预测和控制行为。外部刺激是一个自变量（independent variabes），而由它引发的行为则是因变量（dependent variabes），自变量与因变量之间的一致关系，也就是刺激与反应之间的关系，这是一种科学法则。那么，行为主义就是揭示这些法则的一门科学。

斯金纳对于促成行为的奖励称为强化。正强化，指行为者通过做出相应的反应得到想要的结果。负强化，指行为者为了避免某些不期望的结果而做出的相应的反应。比如说，当一个孩子用装病来请假，以避开他不愿意参加的学校活动。装病便是这一情景下刺激与反应链中的负强化。

不过，同样在每一个人的孩童时期，他能够改变外界事物发展的能力微乎其微，那么，他又是如何实现负强化，来避开他所不想要的结果呢？又或者，他用来逃避的方式，是给自己进行一种催眠，甚至幻变，成为一个不需要为周遭一切做出任何反应的树洞呢？

我所坐的位置，只能看到邵长歌的侧面。所以，我并不能窥探到姚沫的话令邵长歌有什么反应。但从他那依旧温和且缓慢的话语声看来，他保持着镇定，并用他的镇定诠释着一位专业的心理咨询师的职业素养。

"好吧，树洞先生。现在，你在吗？"长歌再次发问道。

姚沫的头低垂着，声音不大，却清晰："我在。"

"你在哪里？"

"我在……"姚沫说到这里停顿了。此刻，这一整片审讯区域都很安静。他均匀的鼻息声，在房间里清晰可辨。这时，长歌扭头过来，冲我和另外那个同事做了一个别出声的手势。

安静持续了差不多十分钟。每个人都在静候着，静候着属于姚沫的睡眠进一步深入，深入到他骨子深处，让潜意识中的他缓步到来。

终于，长歌细长的手指又开始在审讯桌上轻轻敲动了。一下、一下、又一下……

"树洞，你在哪里？"长歌再一次重复着这句话。

姚沫的身体微微地抖动着。

"树洞，我想知道，你身处何方？你身边有着什么？而你又在做着什么？"长歌继续着。

姚沫的呼吸较之前快了一点，但也只是一点点而已。半晌，他的声音变得含糊起来："我在荒野，一望无垠的荒野……"

长歌："就你一个人吗？"

"嗯，就我一个人。"姚沫的头还是垂着，声音缓慢却逐渐连贯起来，"就我一个人，在荒野中孤零零的树洞里待着。"

长歌似乎意识到了什么，他扭头看了我一眼，但我并不明白他看我的这一眼所要表达的意思。紧接着，他语调变得没有之前那么温柔了："你害怕？"

姚沫"嗯"了一声。

"说出你害怕什么。人，还是事？"长歌发出了指令。

姚沫顿了顿，他在犹豫。末了，他答着："父亲来了……"

我的精神为之一振，因为在这段开始于二十几年前的人间悲剧中，姚沫与林珑的父亲——景润生这一人物，似乎始终是模糊的。而此时此刻的姚沫开始说到父亲，自然就是这位在很多年前就被锯开的男人，他终于出现了。

"父亲来了……好重……好重的酒气。嗯，父亲回来了，他又喝酒了。"姚沫喃喃自语般的念叨声，让我意识到，或许，他所说的父亲，并不是景润生。

长歌应该也猜到了。于是，他尝试性地问道："是姚斌回来了吗？"

"嗯。"低垂着头的他应道，他的话匣子好像已经完全打开了，没有等待长歌继续发问，便自顾自地念叨开来，"父亲进来了，他又醉了。他并没有看到我，因为我在安全的树洞里蜷缩着。其实，他只要打开衣柜的门，就能够将我拽出来。但他没有，就好像他压根就不知道这对于我来说如同荒野的家里，衣柜就是我的树洞，我在树洞里躲着。"

姚沫所说的荒野，居然是他与姚斌的那个家。至于他的树洞，只是房间里的一个衣柜而已。

姚沫继续说着："父亲没有来找我，他坐下了，在大口喘气。我闻见了劣质烈酒的恶臭味，在整片荒野中弥漫开来。他一定又会哭的……一定会……嘿嘿！他果然又开始哭了，还念叨起了我妈妈的名字。"

"是莫莉吗？"长歌插话道。

"是的。"姚沫应了声，停顿了几秒，"是的，我妈妈就是他心中最大的秘密。而我，就是收纳着他心中这一最大的秘密的那个树洞。"

长歌："咦，为什么是树洞呢？"

"因为，树洞是树的伤痕。同时，树洞也是父亲唯一能够承载他秘密的地方。"姚沫应道。

听到这里，我觉得这趟催眠治疗，似乎有点跑偏了。说来说去，越来越像情感剧里郎情妾意的桥段，距离我们想要的真相越来越远。这时，我不合时宜地轻微咳了一声，并望向长歌，等待着他的回头。

他回头和我眼神交汇了。他眼神中有着责怪，对我的催促有着埋怨。我耸了耸肩，指了指审讯台上摊开的笔记本。

长歌冷笑了，闷哼声甚至让房间里的每个人都听到。也是这一瞬间，我意识到此时此刻，真正如神祇般能够左右一切的，不正是眼前看起来羸弱的长歌吗？而端坐在姚沫身旁的他，正在逐渐高大起来，似乎可以左右世间一切了。

他的语调变得越发严厉起来，与其说是对姚沫进行着引导，不如说是在命令姚沫走向他想要的结果。

所幸，此刻的他，似乎并不想听姚沫说这些不着边际的话了。他闷哼后，扭头，望向姚沫："那么，将人斩成两截，也是你和你父亲所守护的秘密之一吗？"

我开始紧张起来。因为长歌的这一发问，有着极强的引导性，直接将已经死去的伐木工案的受害者姚斌，定义为对于整个事件都事先知情的参与者。就在长歌将这一发问说出的同时，我脑海中突然闪出了姚斌在我的世界中最后留下的那个背影。他的佝偻，他的苍老以及他的沮丧，在那个画面中得以淋漓尽致呈现，仿佛他终于要放下身后的一切，开始坦然面对死亡了。

　　垂首的姚沫没有出声，他的鼻息变得浑浊起来，似乎有黏液在其中流淌。我终于忍不住了，也不想在乎长歌是否又会用厌恶的眼神看我。我拿起笔，直接在面前的笔记本空白处写了一句："伐木工是不是姚斌？"接着，我站起来将写着这话的本子递到了邵长歌眼前。就在我走近邵长歌的同时，我获得了靠近被催眠的姚沫的机会。在这一瞬间里，我发现微微低垂着头的姚沫，双眼似乎并没有紧闭，甚至，他的眼珠还在动，朝着我递过去的本子瞥了一眼的细微动作。

　　这一发现令我警觉起来。尽管此刻的邵长歌，作为我们警方邀请的专家来到审讯室里，协助我们的工作。但始终，也只是协助而已。这里是审讯室，并不是心理咨询师的诊疗室。我想，我需要令长歌清楚这一点。我不在乎他是否看了我写在本子上的话，也不在乎他接下来介入姚沫意识世界的方式方法了。

　　我开口了。是的，我直接开口问道："盛利是谁杀的？"

　　令我意想不到的一幕发生了，在我面前那本垂着头的姚沫缓缓仰起脸来。不仅如此，他，原本微眯的眼睛，居然还瞪大了。

　　他笑了，嘴角上扬……

　　我愣了，意识到自己的莽撞，似乎将催眠状态中的他惊醒了。可依旧端坐在我身旁的邵长歌却一把抓住了我的手臂，将我往后推了下。紧接着，他也站了起来，本就不矮的他，用一种俯视的姿势，迎上已经睁开了眼的姚沫。他站起身，将终于得以窥探到姚沫表情的我，拦在了他的身后。

"说吧，盛利是谁杀的？"长歌开始重复我的发问了。

"是我。"仰着脸的姚沫声音高亢起来，变得有点不像本来的他，"没错，杀死盛利的人就是我，你的……你的养父……"

他顿了顿："姚斌。"

我猛然醒悟，那个关于"国王长着尖耳朵"的寓言故事中的情节在我脑海中飞逝而过。是的，故事的最后，收藏着秘密的大树的枝干被锯下，做成长笛，每一声笛鸣都会发出它所知悉的那个秘密。当树洞拥有了宣泄秘密的机会时，它会代替那位倾诉过秘密的人，将一切都完全吐出。

此刻的姚沫仰起了脸。他咬着牙，很激动的模样。他的双眼瞪得很大，完全不像一个进入睡眠状态的被催眠者。他直直地看着邵长歌，眼睛并不避讳与长歌的眼神交会："因为……"他的声音响亮起来，"因为那几个禽兽不如的家伙伤害了莫莉……因为……因为用爱为借口作孽者，永不可赦。"

长歌沉声道："那么，请你告诉我，二十几年前的那个夜晚，到底发生了什么？"

姚沫双眼湿润了，但我并不知道这眼泪是来自他自己的，还是来自此刻他所扮演的姚斌。他咬住嘴唇，被固定在审讯铁椅上的双手也抖动起来，指甲努力抠向铁板……接着，他的身体开始颤抖，如同癫痫发作的病人。甚至，他的嘴角，有白沫在往外溢出。

"用爱为借口作孽者，永不可赦！永不可赦！永不可赦……"他终于咆哮了起来，"是的，都是我杀的，每一个人都是我杀的。除了手刃他们，我找不出任何方式能够令我内心深处的恨意得到释怀。但为什么呢？为什么我会失败到，连去杀死最后一个人——张海洋的机会都没有呢？为什么呢？"

"啊！"他仰起头对着天花板吼叫了起来，身体剧烈晃动，就连审讯椅都被带动了。站在审讯室外面的那两个武警也连忙打开门，严阵以待，望向了审讯室里的他。

长歌扭头，对我沉声说道："不能再继续了。"他说这话明显并不是征求我的意见，只是知会我而已。因为他紧接着做出的动作，是伸手搭到了癫狂状态中的姚沫的脖子后方。他握住了姚沫的后颈，手掌做着令姚沫放松的拿捏动作，他的语调坚定有力："姚沫，我是邵长歌，林珑的丈夫邵长歌。现在，我在你身旁，我希望你醒来……"

他探头过去，用自己的额头贴上了姚沫的额头："能听到我的声音吗？"

颤抖着的姚沫好像很艰难一般应了一句："嗯。"

"那么，我现在数到三，你就回来……"

"一……"

"二……"

"三……"

姚沫猛地吸了一口气，胸腔瞬间被这股气充满。但，他并没有吐气的动作，而是继续保持着昂首挺胸的姿势静止着。他的脸色开始变得苍白，额头上有细小的汗滴渗出。

"回来！"邵长歌抬手，对着姚沫胸口猛地捶了上去。

姚沫那口气终于吐出了，一瞬间，他好像被放了气的气球，一下软瘫到椅子上。他瞟了房间里众人一眼，紧接着闭眼，胸口起伏不定。

长歌没再吱声，静候着姚沫的情绪稳定。

过了有七八分钟吧，姚沫再次睁开了眼睛。他看了我一眼，又看了长歌一眼，最终，他摇了摇头："我是不是已经告诉了你们答案。"

"是的。"我冲他点头，"真正的伐木工，是姚斌。"

"那么……那么……"姚沫又一次摇了摇头，望向长歌，"那么，现在你是不是应该回去了呢？被锁住的林珑在等你。"

他的这句话，好像针尖的锋芒，深深扎到了长歌的心坎。长歌缓缓坐下，好像房间里的其他人都不存在一般。他冲姚沫耸肩："是的，我也想回去。可是，你还在，我回不去，我和林珑都回不去。"

姚沫沉默了。半晌，他抬头望向了我："夏警官，让长歌回去吧！"

他看我的眼神显得很真诚，似乎令我无法拒绝。我点了点头。这时，坐在角落里的刑警同事连忙小声说了句："夏队，我们的任务还没……"

他这话说到一半停住了，因为审讯室中间端坐着的姚沫扭头望向了他。也就是在这一瞬间，我们都发现，这些天里消失了的桀骜不驯的那个他，似乎一下又回来了。他露出犀利的眼神道："你们想要的一切，今晚全部会知晓。"

他又看着我道："满意了吗？夏警官。"

我没应他，伸手搭到邵长歌肩膀上说道："让王栋送你回去吧，我一会儿可以坐同事的车走。"

长歌也没有说话，似乎当他说出那句关于自己与林珑无法回去的话语之后，有了新的心事，在独自琢磨。所幸，他也没有拒绝我的建议，顺从地任由我搭着他的肩膀往审讯室外面走。可走到门前，他却突然停住，回过头来。

"姚沫，哈姆雷特对奥菲利亚说过的那句台词，你还记得吗？"长歌出人意料地问出了这么一句话。

姚沫愣了一下，紧接着，他小声喃喃自语一般念叨起了长歌在刚见到他时说起的那英语短句："God has given you one face, and you make yourself another．"

长歌对于姚沫的回答似乎很满意，他点了点头："是的，上帝给了你一张脸，你又替自己另外造做了一张。"说完这话，他转身，朝着走廊外走去。

姚沫没有再坚持什么，他将他想要掩盖的一切，悉数说出。最终，我们得到的真相，主人公是在几天前被锯成了两截的受害人——姚斌。至于，将他杀死并锯开的凶手是……

即便是如汪局一般经历了许多凶案的老刑警，对于姚斌案的真相，也瞠目结舌。因为，将姚斌杀死并锯开的人不是别人，而是……而是他自己。

二十多年前的一个下午，小小的景放，被赋予了一个新的名字——姚沫。他拎着自己简单到不能再简单的包袱，迈出儿童福利院，跟随在当时还年轻的姚斌身后，走向香粉街。经过他自己的家时，四岁的他停了下来，扭头去看。还天真的他不是很明白在这个一度温暖的家里，究竟发生了什么。但他已然知晓，父母都不在了。而妹妹，也与自己分隔两个世界。

姚斌并不是一个称职的父亲，因为他本就没有准备成为一个孩子的父亲，甚至也没有能力成为一个孩子的父亲。因为收养了姚沫的缘故，他被父母赶出了香粉街，在古兜里租下一个铺位，继续锁匠的营生。他始终酗酒，身上长期有着烟酒混合在一起的令人恶心的味道。每每醉酒，他便会打骂姚沫，事后，他又会抱着小小的姚沫哭泣，说些只有自己与莫莉知道的故事。他始终相信，莫莉不是杀害景润生的凶手，就算莫莉的生母疯癫，不太正常。

醉酒的他，时常这么对姚沫说："总有一天，我会找出真相的。如果真相真的存在，真凶真的另有其人的话。那么，我会亲手将他锯成两段的。"

每每至此，小小的姚沫都是那么害怕。他不记得那一夜里究竟发生过什么，但姚斌所说的要将人锯成两段，令他想着都害怕。不过，小小的他只能一动不动地站着，就像一棵树，或者一棵树的树洞。是的，树洞是树的伤痕，姚沫也正是姚斌的伤痕。姚沫承载着属于姚斌的秘密，秘密里，有着诸多姚斌自己想当然的剧情，导致他没有和莫莉携手人生。秘密里，还有姚斌的咬牙切齿，终有一天，他要将某些人锯成两截。

姚沫也曾经鼓起勇气问锁匠："你既然这么爱我妈妈，那么，为什么只领养我，而不把我妹妹也一起领养了呢？"

被日子打磨得逐渐苍老的锁匠笑着摇头："孩子，我酗酒。到以后，你妹妹会出落得亭亭玉立，变成你妈妈的模样。那时，我无法保证自己不会做出伤害她的事情来。"

诚然，锁匠并不能保证自己会做出什么，正如他无法控制打骂尚年幼的姚沫一样。

所以，在姚沫知道老城区出现了被锯开的尸体后，第一时间就意识到，可能是姚斌找到了害死自己母亲的真凶。不过，他还不能确定，只能通过与我的交谈，了解到了尸体被锯开的位置，是否和他父亲当时被锯开的位置一致。得到确认后，姚沫便越狱了。

他想直接去找姚斌。但他明白锁匠铺可能被人监控了，正如林珑住着的学院路 8 号被人监控了一样。他用偷来的手机给姚斌打电话，但姚斌并没有接陌生来电，选择直接按掉了。姚沫意识到自己想找锁匠问清楚这件事，还是需要偷偷回去。可回去，也就有着很大的风险被警方抓捕。

姚沫不怕再次被捕。他只怕再也见不到他至爱的林珑。姚沫知道自己终究是要离开这个世界的，再舍不得，也不过是自己的贪婪，自己的自私。于是，潜伏在城市某个阴暗角落里的他，突然怀念起自己租住在精神病院后那栋小楼房里的日子。那时候，他每天都可以从窗户望过去，看到林珑的身影。姚沫眷念着那段日子，眷念着每天都能看到林珑的那个七年。可是，爱需要人伟大，怎么可以因为自己的贪婪，而让林珑无法获得她想要的幸福生活呢？

　　嗯，我亲爱的妹妹。我静候着万物无声，夜晚来临。我缓缓推开了衣柜门，缓缓走近。安躺在你最爱的男人身旁的你，依旧是鬼斧神工雕刻出来的完美人儿，令我心疼不已。我想要你原谅，原谅我从稚嫩中来，无法开天辟地给你一个完美世界。也想要你莫念，莫念我终要率先离去，这人间不再有我，不再有你这个哥哥的存在。

　　你记得我也好。

　　最好，你把我忘掉。

　　那个夜晚里的姚沫，独自站在床边，看着林珑，也看着邵长歌。许久，许久……

　　终于，他回到了古兜里，那个他与父亲的家。很奇怪，父亲整宿都不在家，难道他在手刃了害死莫莉的凶手后，选择离开这个城市了吗？

　　晨曦来临，姚沫想着是否要离开这个鬼地方的时候，房门被人推开了。

　　那一刻，姚沫躲在衣柜里，屏住呼吸。他不能确定外面是谁，先等等吧……

　　脚步声有点像老锁匠，却似乎又有区别。父亲的脚步声应该没有这么沉重才对……可紧接着，姚沫意识到自己好多年没有关心过这个老者了，他是否苍老更多了？是否步履更为沉重了？无从知晓。

就在姚沫想推开一条缝看看外面时，"咔嚓"一声，衣柜似乎被人从外面锁上了……

"姚沫，你在衣柜里面躲着吧？"老锁匠的声音响起。紧接着，他笑了，笑得很得意，像一个藏了很多年的小小阴谋开始摊开给人看，"打你小时候开始，你就喜欢躲在这个衣柜里。也只有躲在这个衣柜里，你才会觉得安全。其实，我一直都知道的，我不说而已。我本就不是一个称职的父亲，太多事做不到。不过我想，既然我无法给你什么，那么我也无权索取。我将你的世界始终留给你自己，任由你长大成年后做回你自己。"

姚沫开始推门。老锁匠劝他不用白费力气了，并告知姚沫，衣柜外面的锁是定时锁，一个小时后会自动打开的。至于为什么要留一个小时给自己，老锁匠声称想将一切都告知姚沫，可又害怕姚沫听到后会愤怒激动。

这个理由有点假，但姚沫无法选择。于是，他静静聆听，老锁匠说自己在几天前，无意中听盛利讲起当年的那一晚，他们几个在自己离开后，去过莫莉家，并做了一些不可原谅的事。老锁匠便疯魔了起来，找了个理由把盛利约到霸下桥的老宅子里。他捆住盛利，用一柄锋利的小刀逼迫盛利说出了当日的真相。而真相，也和张海洋说的有很大区别……

那一晚，莫莉被侵犯了……侵犯她的不止盛利一个人，还有谷建新，还有赵过，还有张海洋。每一个人，都不是无辜的，都用爱的名义，犯下了滔天的罪孽。被堵住了嘴的景润生不断挣扎着，目睹着妻子被酒醉的几个平日里熟悉的人伤害。等到一切结束后，衣衫不整的莫莉捡起一把尖刀，失误插入了景润生的胸膛。目睹了丈夫鲜血喷溅的她，一下昏迷了过去。剩下的四个行凶者开始面面相觑，每一个人都觉得自己并不是罪大恶极者，并将自己犯下的罪恶归咎于酒精，甚至归咎于爱。赵过和谷建新拉开了门想跑，但被盛利拦住了。盛利说，这里的每一个人都是这个夜晚的同谋，这起命案谁都逃不了干系。所以，他要求每一个人都将那柄尖刀拔出后再刺入一次，权当大家从此拴在一起的一个投名状吧。

最终，他们每个人都对着景润生的胸口刺了一刀，这也是为什么殡仪馆的老头觉得景润生的伤口奇怪的原因。然后，他们相约这一晚开始亡命天涯……他们连夜离开了海城市，却又不知道去往哪里。他们站在城外的小山上，风还是很大，他们互相埋怨指责。最终，在听到莫莉疯癫被捕的消息后，四人抱着侥幸心态各自回家，又在之后的那半个月里，各自匆匆忙忙离开了海城……

二十几年过去了，有很多很多人们以为值得永久记住的，却都遗忘了。关于莫莉的故事，在老城区的居民中渐渐隐没。只不过，有一个叫姚斌的锁匠，却从没有遗忘。他如同苦行僧般选择了另一种方式，为自己曾经对莫莉的爱苦行。终于，他的身体衰老了，脑子里有过的激情都灰飞烟灭。他青春不在，一无所有，在老城区里卑微苟且地赖活着。老锁匠走不出自己给自己筑起的城，也绕不过自己给自己设下的坎……直到，直到他终于在那个夜晚知晓了真相。

属于他的人生，如同一支燃到尽头的香烟，等待着终点的到来。但从盛利嘴里知悉一切后，他竟然有了一种欣喜，一种快感。那一瞬间，他发现自己几十年浑浑噩噩，原来都是因为内心深处，有一团淤泥始终堆积在那里。他想用自己的方式为死去的莫莉做些什么，可他始终没有做好。

终于，他知道自己要做什么了……

他杀了盛利，也杀了谷建新。他想杀张海洋，却发现，像他这般的小人物，连张海洋的面都见不到。不过，他在翻入张海洋的家后，带走了一双张海洋的皮鞋。他琢磨着如果真无法找到张海洋，或许有其他办法可以让张海洋受到惩罚。

紧接着，他听说了姚沫越狱的消息。老锁匠知道，这个本就偏激的养子，不可能袖手旁观。但老锁匠想再为莫莉多做一点点，不想让姚沫插手此事。他没有接听陌生来电，并用谷建新的手机将赵过骗到了海城。

他并没有想到警方这么快就注意到自己，但他又意识到让警方留意到自己或许是件好事。他在接到汪局的电话后，便去了市局，兜里揣着一包前天晚上被自己杀死的赵过裤兜里的好烟。

他见到了夏晓波，那个将自己的养子姚沫抓捕归案的夏晓波。这小子确实挺贼，似乎留意到了自己身上带的那包本属于赵过的"方烟"。走出市局后，老锁匠抬头看了看初升的太阳，突然感觉人生的终点即将到来。他知道姚沫一定会找到自己，而自己在那个猴精猴精的夏晓波面前留下了蛛丝马迹，他们最终锁定自己是迟早的事。

老锁匠不紧不慢地将这一切说给了被锁在衣柜里的姚沫听。在说出这一切的同时，姚沫还听到外面有搬东西的声音，细细碎碎的，好像还在整理什么东西。最后，老锁匠似乎把一切都布置好了，清了清嗓子。

"嗯，姚沫，再过几分钟，你就可以出来了。我想，我也要走了。不出意外的话，警察会满世界去找张海洋。你小子机灵点儿，应该可以跟着他们后面找到张海洋的。然后，我希望你完成爸爸没有完成的事……"

他停顿了一会儿，最终叹了口气："孩子啊，很多年前，我对你妈妈说过这么一句话。嗯，那时候，你妈妈还没嫁给你那死鬼老爸呢，她特喜欢看童话。嘿嘿，所以我告诉她——就算，我不能成为你的王子，但，我永远会是你的骑士。所以现在，我要去另一个世界继续做这个骑士了。"

衣柜里的姚沫便有点纳闷："爸，你想……"

他听不清楚自己后面的话语声了，因为电锯的轰鸣声突然响了起来……

他开始哭泣，开始嘶吼。他在衣柜外的那柄锁弹开后，却不敢推开衣柜门，而是选择继续缩在衣柜里双手抱膝，继续流泪，仿佛这样就能回到儿时的时光，衣柜外，那个活生生而又醉酒的养父依旧还在……

"或许，锁匠的人生，定格在了二十几年前的那个下午。河堤前跪着的莫莉，身后响起的枪声，带走的不只是莫莉，还有他，一个叫姚斌的年轻锁匠……"审讯室里的姚沫最后这么说道。

尾声

我离开市看守所时，已经 11 点了。出乎意料的是，我看到自己的车还停在停车场，里面端坐着的王栋正叼着烟对我微笑。

这家伙嘴硬，非得说自己并不是回来接我，而是开不惯这破车，拿来还给我。免得我明天又要过去找他拿车，碍了他的事。我也没反驳，坐在副驾驶位上，放下车窗，望着窗外万家灯火闪烁的人间……

我感性吗？一直以来我都会这么问自己，却总也找不到答案。

那么，我的一干同袍感性吗？他们都是刑警，经历着大是大非。法律是高于一切的，维护法纪的人又怎么能感性呢？只是，当一些悲情故事在我们面前演绎时，为什么总有那么多铁骨铮铮的汉子，偷偷扭头揉眼睛，咒骂风沙太大呢？

不知道为何，脑海中跳出了邵长歌见到姚沫后说起的那句英文 ——God has given you one face, and you make yourself another。当他离开审讯室的时候，似乎还说起，这是哈姆雷特对什么人说过的话？那么，这应该也是莎士比亚笔下的台词吧？只是，为什么他会重复两次提到这句台词呢？

我翻出手机，尝试着搜索《哈姆雷特》里这句台词出现时的剧情。这是哈姆雷特说给他的爱人奥菲利亚的话语。之后，奥菲利亚用一种非常诡异的方式自杀了。是的，掉入水中的奥菲利亚没有呼救，也没有挣扎，任由自己往水下沉没……

自杀……我皱眉……长歌毫不犹豫地答应了我的要求，因为顺着我的要求，他可以见到姚沫。然后，作为一个精通于催眠的心理学家，对于暗示的运用自然是得心应手的。那么，他是不是在用某种暗示，指引姚沫，走向他想要的结局呢？

况且，只有姚沫离开这个人世的那一天，才是长歌与林珑安静生活的真正起点。那么……

我拿出了手机，翻出了看守所当晚值班的彭所的号码，拨了过去。手机响了很多声，都没有人接。

我把方向盘一转，掉头往回赶去。坐在一旁的王栋翻了个白眼道："怎么，落了东西在看守所？"

这时，我的手机响起，彭所回了电话。

他并没有问我为什么打电话给他，而是在话筒那头大声说道："出事了，姚沫自杀了……"

连环杀人犯姚沫畏罪自杀。

他站在监房的床铺上，望着铁窗外的世界发呆。突然间，他笑了，然后，他往前冲出两步，再高高跃起，头朝下扎向了地板……

两天后，他被推出抢救区。医生看了看那副铐着的手铐摇头道："没必要锁了，植物人了，这辈子估计都不会醒过来了。"

《人间游戏·伤痕》完稿于 2018 年 12 月 10 日

敬请期待,《人间游戏》三部曲大结局。

出品人：许　永
责任编辑：许宗华
特邀编辑：王佩佩
责任校对：雷存卿
封面设计：李双鑫
印制总监：蒋　波
发行总监：田峰峥

投稿信箱：cmsdbj@163.com
发　　行：北京创美汇品图书有限公司
发行热线：010-59799930

创美工厂
微信公众平台

创美工厂
官方微博